故宫的古物之美

The Beauty of Antiquities in The Palace Museum

「增订本」

祝勇

著

人民文学出版社

图书在版编目(CIP)数据

故宫的古物之美/祝勇著．—2版（增订本）．—北京：人民文学出版社，2022（2024.12重印）
ISBN 978-7-02-015171-4

Ⅰ.①故… Ⅱ.①祝… Ⅲ.①散文集—中国—当代 Ⅳ.①I267

中国版本图书馆CIP数据核字（2022）第046143号

责任编辑　薛子俊
责任印制　王重艺

出版发行　人民文学出版社
社　　址　北京市朝内大街166号
邮政编码　100705

印　　刷　北京中科印刷有限公司
经　　销　全国新华书店等

字　　数　160千字
开　　本　880毫米×1230毫米　1/32
印　　张　12
印　　数　30001—35000
版　　次　2018年4月北京第1版
　　　　　2022年8月北京第2版
印　　次　2024年12月第7次印刷

书　　号　978-7-02-015171-4
定　　价　88.00元

如有印装质量问题，请与本社图书销售中心调换。电话：010-65233595

目　录

自　序	故宫沙砾	1
第 一 章	国家艺术	1
第 二 章	酒神精神	19
第 三 章	动物妖娆	39
第 四 章	人的世界	59
第 五 章	巨像缺席	71
第 六 章	案头仙境	85
第 七 章	绝处逢生	101
第 八 章	命若琴弦	115
第 九 章	犹在镜中	133
第 十 章	铁骑铜鐎	153

第十一章	裘马轻肥	167
第十二章	女性逆袭	191
第十三章	白衣观音	213
第十四章	雨过天晴	235
第十五章	一把椅子	259
第十六章	天朝衣冠	277
第十七章	踏雪寻梅	291
第十八章	回到源头	307

附录一 创造一个大文化的视角去解读故宫文物 327

附录二 安静地躲在文字背后 333

图版说明 342

注释 350

自序

故宮沙礫

它是对我们古老文明的惊讶与慨叹,是一种由文化血统带来的由衷自豪。

一

我不知道本书的写成，有多少是出于一家著名刊物主编的"威逼"与"利诱"，有多少是出于自愿，因为在写过《故宫的隐秘角落》之后，我隐隐地有了写故宫"古物"的冲动。

有一点是明确的：这注定是一次费力不讨好的努力，因为故宫收藏的古物，多达一百八十六万多件（套）。我曾开玩笑，即使我可以一天写五件，要全部写完，需要一千年，相当于从周敦颐出生那一年（北宋天禧元年，公元 1017 年）写到现在，而实际上我写一件古物，常常需要一个多月。这实在是一件幸福的烦恼：一方面，这让故宫成为一座"高大全"的博物馆，故宫一家的收藏超过 90% 是珍贵文物，材美工良，是古代岁月里的"中国制造"；另一方面，这庞大的基数，又让展示成为一件困难的事，迄今为止，尽管故宫博物院已付出极大努力，每年的文物展出率，也只有 0.6%。也就是说，有超过 99% 的文物，仍难以被看到，虽近在咫尺，却远似天涯。至于书写，更不能穷其万一，这让我感到无奈和无力。这正概括了写作的本质，即：在庞大的世界面前，写作是那么微不足道。

二

这让我们懂得了谦卑。我曾笑言，那些给自己挂牌大师的人，只要到故宫，在王羲之、李白、米芾、赵孟頫前面一站，就会底气顿失。朝菌不知晦朔，而蟪蛄不知春秋，这不只是庄子的提醒，也是宫殿的劝诫。六百年的宫殿（到 2020 年，紫禁城刚好建成六百周年）、七千年的文明（故宫博物院收藏的文物贯穿整个中华文明史），一个人走进去，就像一粒沙被吹进沙漠，立刻不见了踪影。故宫让我们收敛起年轻时的狂妄，认真地注视和倾听。

故宫让我沉静——在这座宫殿里，我度过了生命中最沉实和安静的岁月，甚至听得见自己每分每秒的脉搏跳动；但另一方面，故宫又让我躁动，因为那些逝去的人与事，又都凝结在这宫殿的每一个细节里，挑动我表达的欲望——

我相信在它们面前，任何人都不能无动于衷。

三

我把这些物质称作"古物"，而不是叫作"文物"，正是为了强调它们的时间属性。

每一件物上，都收敛着历朝的风雨，凝聚着时间的力量。

1914年在紫禁城内成立中国第一个皇家藏品博物馆，就是以"古物"来命名的。它的名字叫——古物陈列所。如一百多年前《古物陈列所章程》所写："我国地大物博，文化最先。经传图志之所载，山泽陵谷之所蕴，天府旧家之所宝，名流墨客之所藏，珍赆并陈，何可胜纪……"[1]

1925年故宫博物院成立，1928年北伐成功后，南京国民政府颁布《故宫博物院组织法》，将故宫博物院的内部机构，主要分成"两处三馆"，分别是秘书处、总务处、古物馆、图书馆、文献馆，正式使用了"古物"一词，而且"古物"的范围，含纳了图书、文献之外的所有文物品类，古物馆的馆长，也由当时故宫博物院院长易培基先生兼任，副馆长由马衡先生担任（后接替易培基先生任故宫博物院院长），可见"古物"的重要性。

物是无尽的。无穷的时间里，包含着无穷的物（可见的、消失的）。无穷的物里，又包含着无穷的思绪、情感、盛衰、哀荣。

面对如此磅礴的物质书写，其实也是面对无尽的时间书写。我们每个人，原本都是朝菌和蟪蛄。

四

当我写下每个字的时候，我知道自己陷入了不可救药的狂妄，仿佛自己真如王羲之《兰亭集序》所说，可以"仰观宇宙之大，俯察品类之盛"。

但我知道我不是写《碧城》诗的李义山，"星沉海底当窗见，雨过河源隔座看"，一个人面对岁月天地，像敬泽说的，"是被遗弃在宇宙中唯一的人，他是宇航员他的眼是3D的眼。"[2] 我只是现实世界一俗人，肉眼凡胎，蚍蜉撼树。我从宫殿深处走过，目光扫过那些古老精美的器物，我知道我的痕迹都将被岁月抹去，只有这宫殿、这"古物"会留下来。

我笔下的"古物"，固然不能穷其万一，甚至不能覆盖故宫博物院收藏古物的六十九个大类，但都尽量寻找每个时代的标志性符号，通过一个时代的物质载体，折射同时代的文化精神，像孙机先生所说的，"看见某些重大事件的细节、特殊技艺的妙谛，和不因岁月流逝而消褪的美的闪光"[3]。我希望通过我的文字，串连成一部故宫里的极简艺术史。（本书也因此获得中国作家协会的重点项目扶持，当时书名拟为《故宫里的艺术史》，但这终究不是一部严格意义上的艺术史，于是改用了这个相对轻松的书名。）

五

我认真地写下每一个字,尽管这些文字是那么的粗疏——只要不粗俗就好。我知道自己的笔那么笨拙、无力,但至少,它充满诚意。

它是对我们古老文明的惊讶与慨叹,是一种由文化血统带来的由衷自豪。

尽管这只是时间中的一堆泡沫,转瞬即逝,但我仍希求在"古物"的照耀下,这些文字会焕发出一种别样的色泽。

名称：田告母辛方鼎

时代：商代后期

尺寸：通高 15.6 厘米，宽 13.4 厘米，重量 1.68 千克

第一章 国家艺术

青铜器原本并不是『青』色，而是熟铜般的颜色。

一

李泽厚说:"传说中的夏铸九鼎,大概是打开青铜时代第一页的标记。"[1]

关于大禹,人们都知道他治水的故事。许多人并不知道,大禹还是中国历史上第一个王朝——夏朝的创始人、九鼎的铸造者。[2]

正是因为有了那九只大青铜鼎,华夏文明的眉目才清晰起来。

夏朝建立的年代,大约为公元前 2200 年前后。

华夏五千年文明史,也大约从那时算起的。

治水成功,他就把天下分为"九州",分别是:豫州、青州、徐州、扬州、荆州、梁州、雍州、冀州、兖州。

那应该是我们国家最早的行政版图。

之后,大禹就主持铸造了九只巨大的青铜鼎[3],把各地方国的动物图像都绘制在上面，各地方国的金属也包含其中。精美绝伦、形体巨大的青铜九鼎，使抽象的权力第一次通过具象的物质形式得以确认。

二

九鼎不仅是艺术品，更是大禹"晒"权力的最主要的工具。权力是需要展示的，没有九鼎，大禹这位肌肉男的扩胸运动就只能是孤芳自赏、自娱自乐。

中国的青铜器，一出场就成了"国家艺术"，成了国家力量的象征。这不仅因为青铜器象征着财富，更因为它本身就是财富。科学家用摄谱仪对二里头青铜爵进行成分分析，发现其中92%是红铜，7%是锡。这两样金属，在当时无疑是贵金属。夏商时代，数以千计、万计的奴隶，分散在深山荒野，寻找着铜锡矿藏。甚至有学者分析，"这或许是导致夏、商都城频繁迁移的原因之一。"[4]

在那个时代，一座都城可以没有壮阔的宫殿，却不能没有华丽的鼎，因为它，已经成为王朝正统性的象征。有人用"纪念碑性"（monumentality）来指明了鼎的重大意义：一方面，它具有内在的纪念性和礼仪功能；另一方面，它通过青铜的坚硬质感，克服权力的易碎性，使它得以永垂不朽。

但是，商朝并没有像他们希望的那样永垂不朽。这个王朝在这座最后的都城度过了最后二百七十三年之后，在第三十代商王帝辛（也就是人们所说的商纣王）的淫乱中，土崩瓦解了。[5]纣王宠爱妲己，让一个名叫涓的乐师专门为她制造淫乱之声，然后他们一起，沉浸在"北里之舞，靡靡之乐"中。当然他最重要的发明，是他招来大批戏乐，聚集在沙丘，然后"以酒为池，以肉为林，使男女裸相逐其间，为长夜之饮"[6]。

在纣王充满快感的叫声中，周武王率领着他的军队从西北高原上俯冲下来，沿着黄河一路高歌，杀进了殷都。直到这时，纣王才意识到自己的末日来临了，于是仓皇登上鹿台，穿上他的宝玉衣，纵身跳进火里，自焚而死。周武王到达后，手起刀落，砍下他的头，挂在太白旗杆上，任那颗曾经不可一世的头颅，在风中摇来荡去。

纷乱的大火中，华美的殷都碎成一堆闪烁不定的光，又变成一股黑色的烟尘，升到天空中，就不见了踪影，剩下一堆黑乎乎的焦炭，夹杂着变色的青铜器，在漫长的岁月中被尘沙所掩盖，仿佛一只巨大的沉船，在河岸边的淤泥里越陷越深，成为一座地下废墟。自20世纪20年代开始，考古学家们一点一点把它挖出来，后来的中学历史课本上于是有了一个耳熟能详的名字——殷墟。

三

日本学者野岛刚曾对我说过,他不喜欢中国的青铜器,因为它沉闷、阴森,甚至有些狰狞。他不理解为什么古代中国人会制造这样的器物。

他或许并不知道,放回到几千年前,青铜器原本并不是"青"色,而是熟铜般的颜色,在黄河与黄土之上,发出一种灿烂的金黄。这种颜色不是镀上去的,而是铜锡合金本来的颜色。因此,古人将青铜称作"金",青铜器上的铭文,也通称"金文"。只是因为在岁月中沉积得太久了,它才变成我们熟悉的青绿色。

那不是那些器皿的本色,而是岁月的颜色。岁月,也是有颜色的。岁月的颜色,就是青苔的颜色。因此,它们表面的铜绿斑驳,是岁月强加给它们的。

我们可以想象九鼎新鲜出炉时的样子——粗重敦实的形体上,布满了精细的花纹。它们被一字排开,分列在庙堂之上,阳光穿过廊柱,有如今天舞台上的追光,从侧面打上去,凸显出它们的花纹,幽幽地反射着金灿灿的光。

我们说金色的秋天、金色的阳光,都不过是一种比喻,那不是真正的金色。中国传统的"五色"(青、黄、赤、白、黑),也没有金色。真正的金色能够压倒所有的颜色,在各种颜色中独占鳌头。就像一个人,原本是人群中的一分子,但他成了王,就不再是人,或者,不再是一个普通的人。人与王,永远有着本质的区别。就像夏王大禹,人们始终不愿意拿他当人看,而是把他当作了神——能够战胜洪水的,一定是神。他因治水而伤了脚,走路一瘸一拐,这样的"禹步",被一代一代的巫师所效仿,成为他们最具职业标志性的步态[7]。

应当承认,金色是一种迷人的颜色,也是最能烘托出权力的富贵和威严的颜色。它令人肃然起敬,又目眩神迷。因此,金色是一种充满魅惑的颜色,人的欲望,很大程度上就是由这种颜色诱发的。

四

商朝灭亡后,从夏朝流传而来的九鼎,就像漂流瓶一样,漂流到了周朝,由商朝的最后一个首都——殷,搬运到周朝崭新的都城——洛邑,安顿在成周城的明堂当中,用以震慑天下。

张光直说:"王权的政治权力来自对九鼎的象征性的独占,也就是来自对中国古代艺术的独占。所以改朝换代之际,不但有政治权力的转移,而且有中国古代艺术品精华的转移。"[8]

因此,夏商周三代都城的漂移路线,同时也是九鼎的搬运路线。

四百年后，公元前606年，一位雄心勃勃的楚王挥师挺进到东周都城洛邑附近，这让周朝皇帝心中感到彻骨的冰凉。此时的周朝，早已天下大乱，皇权出现功能性萎缩，周王已成傀儡，再也无力展示自己的肌肉。于是，那些不忠不孝的诸侯们，就像惦记父亲的存折一样惦记起九鼎。有一天，兵临洛阳郊区的楚王，向周王派来的那个名叫王孙满的使臣打听鼎的下落，问道：九鼎到底是大是小，是轻是重？王孙满面无表情地回答道：再怎么论，你也与九鼎攀不上关系。

王孙满当时的回答，后来被史官一遍遍地书写过。他说：

> 在德，不在鼎。昔夏之方有德也，远方图物，贡金九牧，铸鼎象物，百物而为之备，使民知神、奸。故民入川泽、山林，不逢不若。螭魅魍魉，莫能逢之。用能协于上下，以承天休。
>
> 桀有昏德，鼎迁于商，载祀六百。商纣暴虐，鼎迁于周。
>
> 德之休明，虽小，重也。其奸回昏乱，虽大，轻也。天祚明德，有所底止，成王定鼎于郏鄏，卜世三十，卜年七百，天所命也。周德虽衰，天命未改，鼎之轻重，未可问也。[9]

王孙满告诉楚王，鼎身上铸出的那些动物纹样，不仅仅是为了好看，更是用来沟通天地神祇的灵物。它们张嘴的地方，风就从那里产生，巫师升天，也全靠它。因此，九鼎并不仅仅是用来显示政治权威的礼器，更是一种神器。只有在有德的君主面前，它才灵验。夏朝不灵了，它就来到了商朝；商朝气数尽了，它又来到周朝。如果君王德行兼备，那么鼎即使再小，它的分量也是重的；反之，鼎再大，它也是轻飘飘的。此刻，周王就把九鼎放在郏鄏，占卜已经预言，这只鼎可以传三十代，享七百年，这是上天的意志，是"天命"。周朝的德行虽然衰弱了，但是天命谁也篡改不了。所以，这九鼎，您还是别惦记了。

《左传》里的这段文字，不仅描述了九鼎的外貌，更让我们知道，在当时的观念中，万物之灵，都附着在鼎上，使这些鼎拥有了超自然的色彩。大禹创建夏朝，不仅依赖政治上的强势，更是"天命"所归。天的旨意，成为指导人间一切行为的最高准则。

后来的帝王从这一事件中得到启示，无不把自己描绘成"天命"的代表者。唯有如此，他的地位才会变得无可争议。而九鼎，无疑就成了对"天命"的证明。于是，它不再是作为历史事件的结局而出现的，而是成了这件事件的先决条件。公元前606年，楚王不知天高地厚地"问鼎"，把得九鼎与得天下完全画了等号。九鼎的意义，从此出现了戏剧性的倒置，成为天下诸侯得到王权的一个条件。

公元前290年，秦相张仪向秦惠王的建议再次证明了这一点。

[图1-1]

田告母辛方鼎,商代后期

北京故宫博物院 藏

[图 1-2]
小臣缶方鼎,商代后期
北京故宫博物院 藏

[图1-3]

或鼎,商代后期

北京故宫博物院 藏

[图1-4]
兽面纹扁足鼎,商代后期
北京故宫博物院 藏

[图 1-5]

颂鼎，西周晚期

北京故宫博物院 藏

[图1-6]

克鼎，西周晚期

北京故宫博物院 藏

他主张攻打新城、宜阳，以威震周室，周皇室惊慌之下，必然会将九鼎出让给秦国，以求自保。拥有了九鼎，依照版图和户籍，挟持天子来号令天下，天下就没有敢不听从的，秦王的霸业，可大功告成。[10]

周朝灭亡后，九鼎下落不明。公元前219年，扫灭六国的秦始皇在东巡归来途中，在彭城[11]听说九鼎又在大河中神奇地出现了，立刻乐开了花，派数千人下河寻找。就在他们用绳子即将把九鼎拉上来的时候，天空中突然飞来一条苍龙，一口咬断了绳子，九鼎又重重地摔入水中，溅起无数水花，很久以后，它们荡起的巨大波纹才慢慢平复。

《资治通鉴》对这一事件的记载是：秦始皇东巡归来，过彭城，"欲出周鼎泗水，使千人没水求之，弗得"[12]。

因治水成功而铸造的九鼎，自夏至周、在人间存在了两千多年之后，又回归了江河，再未进入世人的视线。

五

今天的故宫博物院收藏的青铜器多达一万五千多件，先秦时代的，就差不多一万件。

在这些青铜器中，有商代前期的兽面纹鼎；有商代后期的兽面纹鼎，高颈、鬲形腹；还有商代后期的田告母辛方鼎［图1-1］、小臣缶方鼎［图1-2］、或鼎［图1-3］、兽面纹扁足鼎［图1-4］；西周的颂鼎［图1-5］、克鼎［图1-6］……

从这些古老的青铜鼎中，我们仍可推测九鼎的雄浑、缛丽、炫目。

但它们不是九鼎。

真实的九鼎，已经永远消失在历史的暗夜里。四千多年过去了，或许，它们仍藏身在我们脚下，在我们无法确知的深度。仿佛埋藏得最深的种子，而后来所有被称作历史的事件，不过是地面上结出的花朵与果实而已。

名称：兽面纹觥

时代：商代后期

尺寸：通高 15 厘米，宽 20 厘米，

重量 0.72 千克

第二章 酒神精神

当后人轻轻挖开那些温湿的泥土,就会呼吸到从前朝代的味道。

一

我们常说，"觥筹交错"，因为这个词，与我们推杯换盏的、热闹的、迷醉的现实生活关系密切。尽管这词里所包含的觥与筹——两种古老的器物，早已成了博物馆里的标本，对现实袖手旁观。

我没有见过筹的实物，但是我见过觥。故宫博物院里藏着很多古老的觥——流行于商代后期至西周早期的一种酒器，或者也有筹——古人行酒令时用的筹码。或许，只有在故宫，才谈得上"觥筹交错"。

那些觥，一般为椭圆形或方形器身，带盖，有的觥全器做成动物状，头和背为盖，身为腹，四腿做足。其中有一件商代后期的兽面纹觥［图2-1］，我百看不厌。它于三千多年以前由一个不知名的厂家生产，设计师没上过美术学院，但造型秀丽迷人，它的美，可以傲视时光。

[图 2-1]

兽面纹觥,商代后期

北京故宫博物院 藏

我的许多同事也喜欢这只觥,把它选入"故宫人最喜爱的百件文物"。这一百件文物中,青铜器类只入选了十一件。它的上部敞开着,觥盖已去向不明,口上有流,是用来倾酒的,以一个优美的弧度,确立了与饮者的联系,錾上铸一兽首,高圈足,流、腹、足上起扉棱。它的造型、纹饰,无不渲染着那个时代的高傲与华贵。

二

每个朝代都有自己的气质,商代是一个宽阔、野性、暴烈、充满想象力的朝代,充满了不可驾驭的力量和不可预知的变化。人们把现实中无法解释、无法解决的问题,交给了神去解决。而酒,恰好是人与鬼神沟通的媒介之一。

记得有人说过,假如历史不掺杂一点酒精,它将变得多么无趣乏味。我知道这一定是一位酒徒说的,因为这话里洋溢着二锅头的味道。一个理智的人,说出的话一定是有逻辑的、四平八稳,甚至是无懈可击的。但有时掺杂了酒精的语言也可以通向真理,比如京剧里最动人的一折,不正是《贵妃醉酒》吗?

根据《神农本草》的记载,中国人至少在夏代就开始酿酒了,只是当时的人们,在山地中采花做酒,到了商代,才开始以谷类酿酒。

这或许与商代农业的繁荣有关。那些多余的谷物，经过复杂的发酵程序之后，延伸出了酒，也让谷物克服了播种、生长、成熟和死亡的轮回，可以在时间中长存，而且越久越香。

酒的原料虽然来自于大自然，但它的味道却不是大自然原有的。那是一种人造的味道，我不知道从前的人类经过了怎样精密的筹划，才发明了这种味道，我只知道这种味道一经产生，就让人依赖，让人眷恋，让人从身体到灵魂都感到兴奋、战栗和迷醉。

尤其在古老的商代，人生活的世界，鬼魅而神秘，烟雾缭绕的山冈、隐秘的丛林，还有组成复杂图案的星空，似乎都暗示着鬼神的存在。据说神灵一般对食物不大感兴趣，却对酒的香气格外敏感，时常被它吸引。《尚书·君陈》孔传："芬芳香气，动于神明。"特别是鬯酒，香气浓郁，祭祀者手持青铜爵把它洒在地上，蒸发出来的酒香更加浓烈，鬼神更乐于享用其"芬芳条畅"之气。[1]

反过来，在酒制造的幻觉中，人才能与神进行近距离的沟通。

酒是一种连接人与神的神秘物质，没有酒，神就会变得缥缈无形、行踪不定。没有了酒，商人们就失去与神鬼，与那个广大、深微而不可知的世界联络的渠道，就没有了安全感，就像今天的人们失去了手机就没有了安全感、就感觉自己完全与世界脱节一样。

三

有了酒，就有了各种形制的酒器。所以我们应该感谢那嗜酒的商人，把中国的物质文明带入了一个全新的时代。起源于夏代的青铜器，一入商代，立刻花样翻新、品种繁多，仿佛进入繁花盛开的季节。在商代的各行各业中，有专门制作酒器的氏族，比如"长勺氏"和"尾勺氏"。他们在青铜器上，铸造出饕餮纹——一种近乎狞厉的美学符号，来为自己壮胆。还有蟠龙纹、龙纹、虬纹、犀纹、鸮纹、兔纹、蝉纹、蚕纹、龟纹、鱼纹、鸟纹、凤纹、象纹、鹿纹、蛙藻纹……就像人的指纹，乍看区别甚微，仔细看去却个个不同。以至于今天，我们几乎无法找到两件完全相同的青铜器。

除了觥，那时的酒器，还有爵、角、觯、斝、尊［图2-2］［图2-3］［图2-4］、卣［图2-5］［图2-6］、方彝、枓、勺、禁等等，一个也不能少，示威似的，显示那个年代的豪气，无限的耀眼，无限的精致，也无限的复杂，连今天的青铜器专家们，有时也难免感到头疼和茫然。

只是，在三里屯的灯红酒绿，与"二里头"的鬯酒芬芳之间，相隔着几十个世纪。有无数代人，像雾像雨又像风，在这漫长

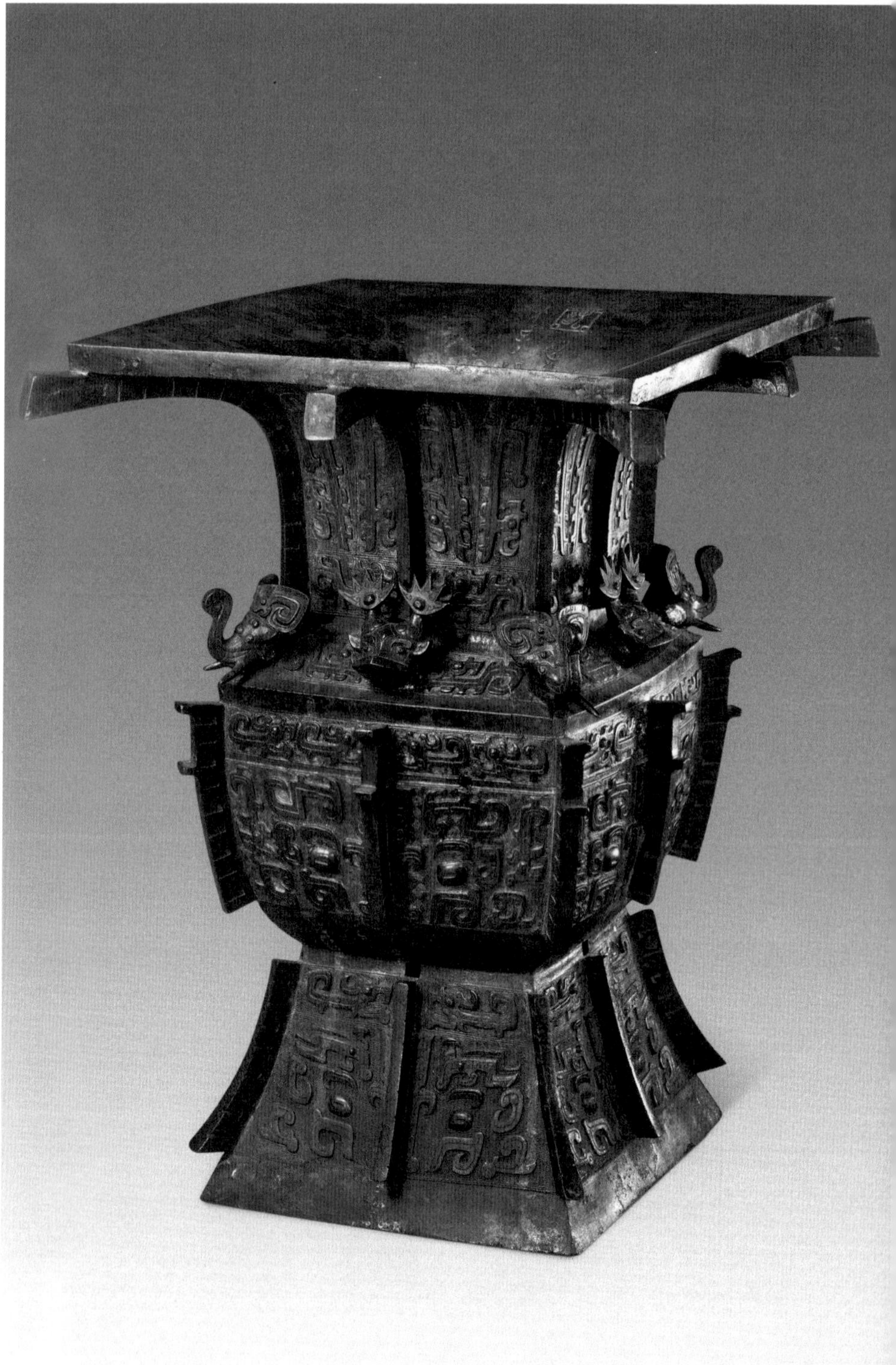

[图 2-2]

亚酗方尊,商代后期

北京故宫博物院 藏

[图 2-3]

三羊尊,商代后期

北京故宫博物院 藏

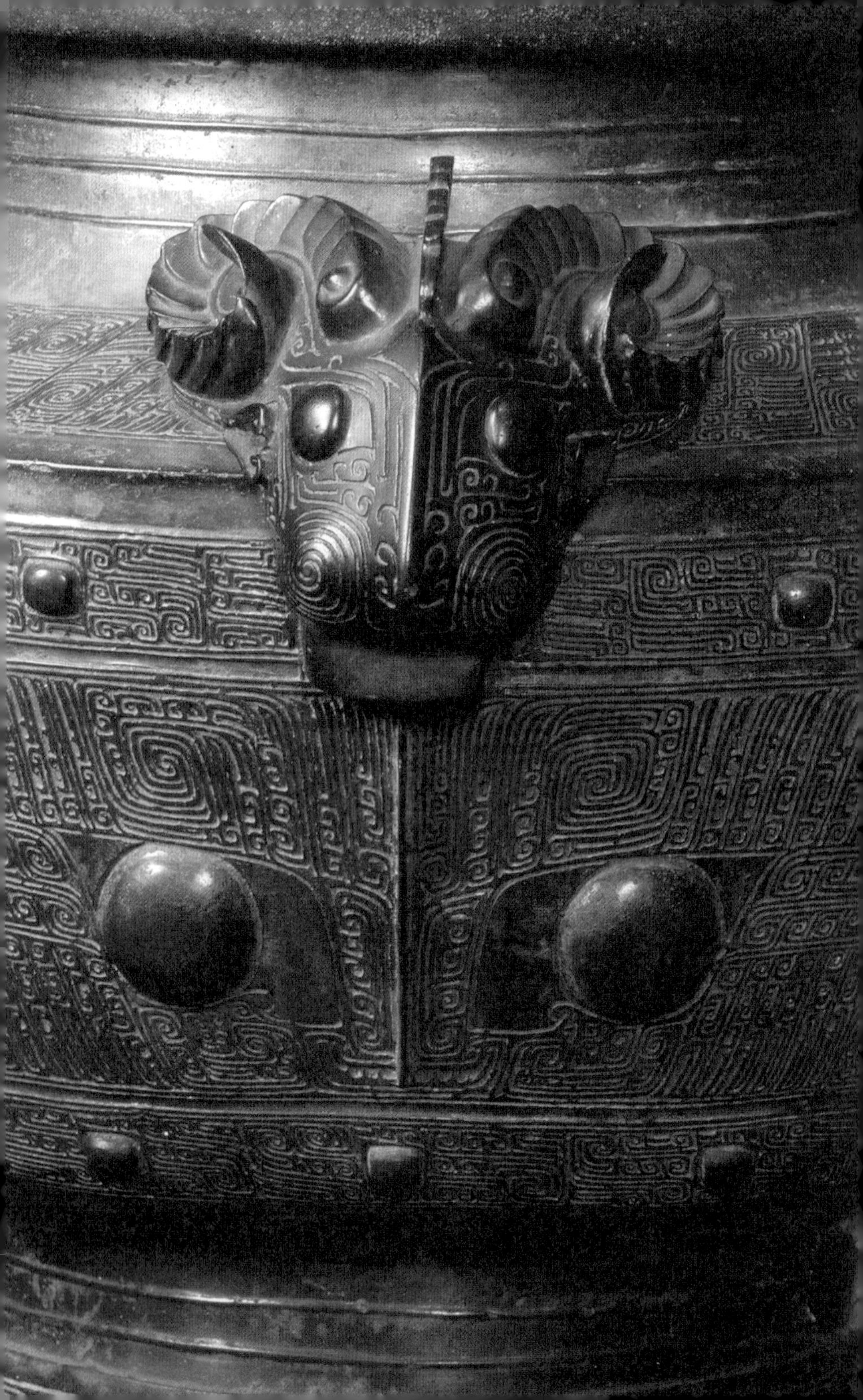

[图2-4]
兔尊，商代后期
北京故宫博物院 藏

[图 2-5]
六祀㚔其卣，商代后期
北京故宫博物院 藏

[图 2-6]

臣辰父乙卣,商代后期

北京故宫博物院 藏

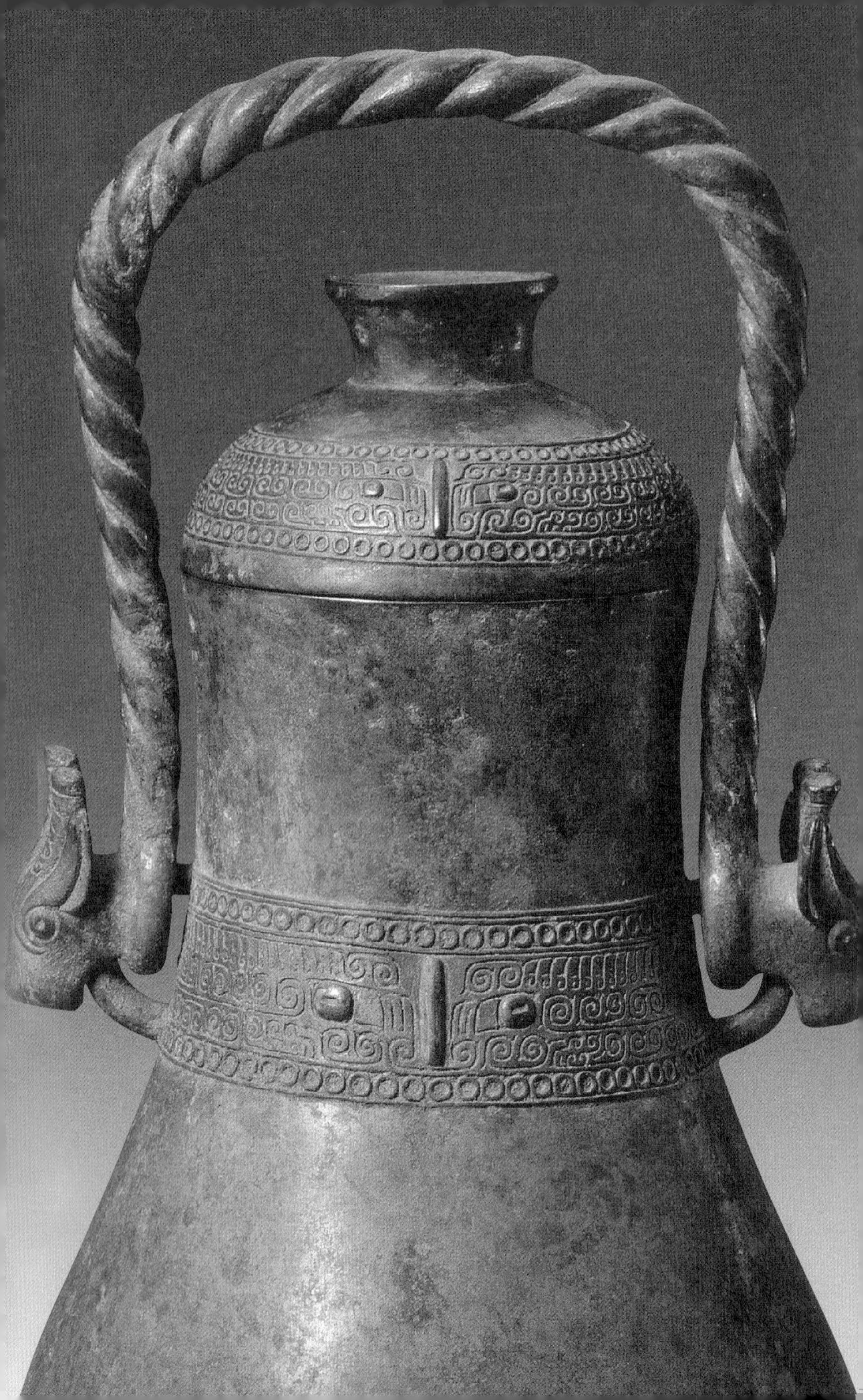

的时段里出现又消失了。自洛阳二里头遗址的夏墟到安阳的殷墟，在黄河中游两侧，有多少帝王、百官、宫女、士兵、能工、巧匠，在那里穿梭和游动。只是他们的生活早就被时光一层一层地覆盖，那个时代与我们的生活，已经没有任何关系。但是，我宁愿相信，在历史中，也存在着能量守恒定律。我相信所有的元素都停在深不可测的地下，不停地发酵着，像酒一样，在时间中酝酿。有朝一日，当后人轻轻挖开那些温湿的泥土，就会呼吸到从前朝代的味道；只需轻轻地一触，所有沉睡的事物都会醒来。

四

假若时光倒流，我们能够目睹那些城市里的生活，就会发现，这些精美的酒器，不仅作为礼器，用在祭祀仪式上，有些也作为现实生活中的饮器，让人们体验"觥筹交错"的热烈与糜烂。也就是说，这些青铜酒器不仅可以拿去孝敬神神鬼鬼，人们也可以用它们来款待自己。

对此，曾任大英博物馆东方部主任和牛津大学副校长、如今已是我所供职的故宫研究院顾问的英国东方考古艺术学家杰西卡·罗森，在她的著作《祖先与永恒》中写道："在商代至周代早期（至少到公元前771年），礼器可能与高级贵族在普通宴

[图 2-7]

受觚，商代后期

北京故宫博物院 藏

会上使用的饮食器皿类似。"[2]

随着时间的推移，人们为自己准备的青铜酒器越来越多。在瑰丽浩大的礼仪之外，那些青铜酒器里，还盛满了商代贵族现实人生的高贵和丰腴。

我想，在所有的灾变来临以前，一定会有位不知名的饮者，坐在三千年前的风雨如晦里，姑且远离了怪力乱神，也远离了阴谋与爱情，把这只兽面纹兕觥里的酒液舀进一只青铜觚[图 2-7]，然后擎起它，神色安然，一饮而尽。

五

酒可载舟，亦可覆舟。商人或许没有想到，关于酒的剧情，竟然以商纣王的"酒池肉林"为结局。终于，在酒带来的晕眩与快感中，商朝晃晃悠悠地倒下了，再也没能站起来。

向商朝发出最后一击的，是一股以周为名的小股部队。

那支部族，在建立周朝以前的历史不见于任何文字记载，就像所有黎明前的景象一样，漫漶不清。可能有人抬杠，说《诗经》和《史记》中明明记有周人克商以前的活动路线，但是，且慢——那完全是后来的追述，而不是来自当时的现场记录。

有历史学家根据周人克商之后定都在西安附近（镐京）来推测，那里可能本来就是他们的根据地，况且，20 世纪的考古

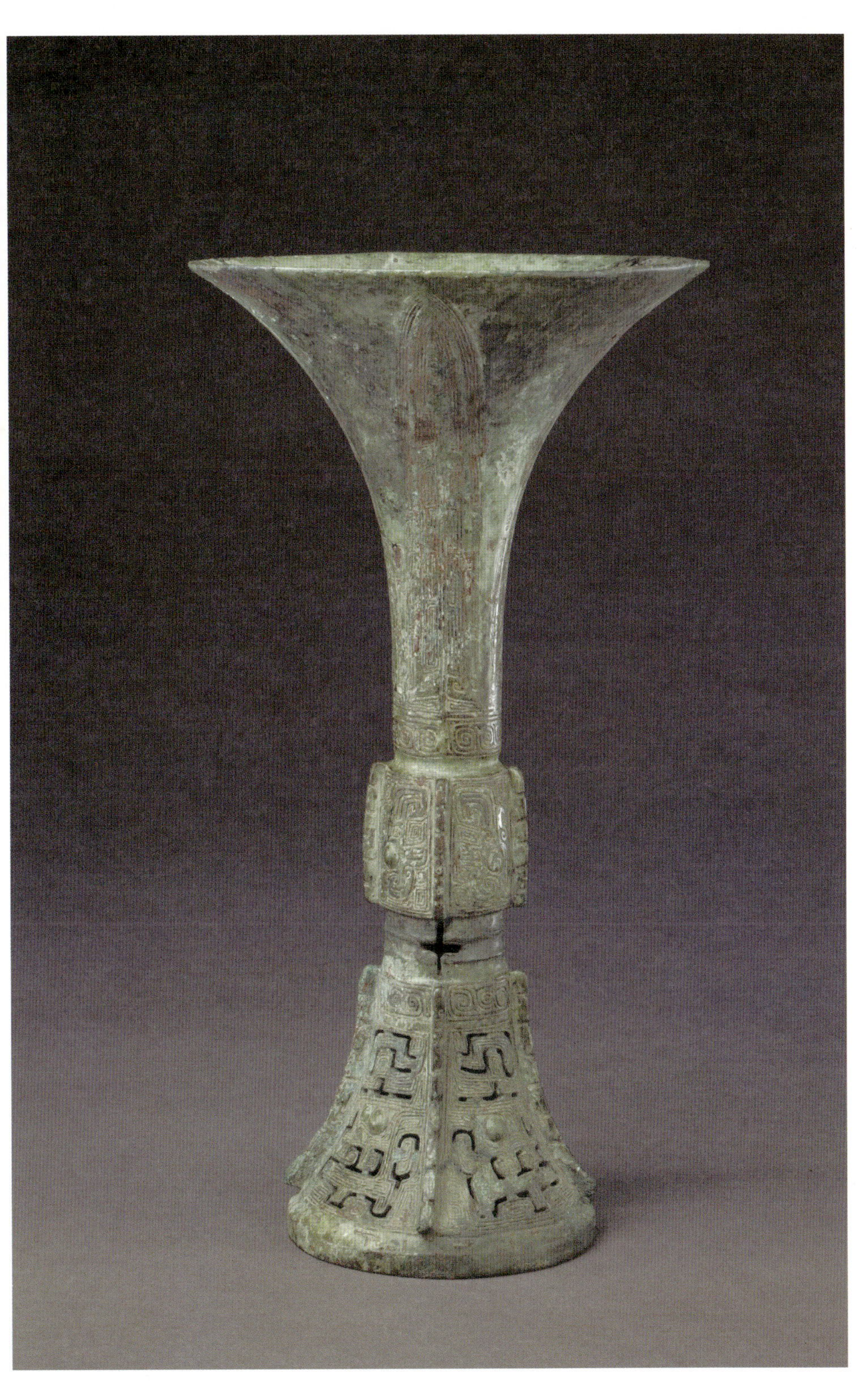

发掘也证明了那里曾经活跃着一支与商文化完全不同的部族,他们在不断东移中,最终在西安附近落了脚。[3]

不论怎样,当周朝在血腥与尘埃中建立起来,它就决心掌握住意识形态这个阵地。鉴于酒的负面作用,周武王迅速下达了禁酒的政策。周公还亲笔写了一篇诰词,名叫《酒诰》,我们今天仍然能从记录古代历史的经典著作——《尚书》里查到这个文件。

周代《礼记》,也对君子饮酒做出制度性约束:

> 君子之饮酒也,受一爵而色洒如也,二爵而言言斯,礼已三爵而油油以退。[4]

"洒如",是肃敬之貌;"言言",是和敬之貌;"油油",是悦敬之貌。

也"洒如"了,也"言言"了,也"油油"了,就该"退"下去了。

用今天话说,饮过三爵,就该边儿上歇会儿。

此乃"三爵之礼"。

春秋时,晋灵公要在酒桌上伏杀赵盾,被赵盾一个名叫提弥明的手下看出端倪,想让赵盾逃走。提弥明提出的理由,冠冕堂皇：

> 臣侍君宴，过三爵，非礼也。[5]

意思是赵盾陪君王喝酒，已过了三爵的定量，再喝就属于"非礼"，因此要告辞了。此事记在《左传》里。

辉煌一时的青铜酒器，在理性的约束下，一步步没落了。到西周中后期，酒器已经很少出现，到春秋时代，更是凤毛麟角。

六

1976年，一支考古队在陕西扶风的一片荒野上挖开一座古墓。当大地像粗糙的皮肤一样被撕开一道口子时，里面缓缓露出了一百零三件青铜器。

在它们之上，四季已经轮回了几千次，却没有人知道它们的存在。

它们始终沉埋在最深的地下，默不作声。

此刻，这些暗藏在我们身边已达三千年的旧物，不仅揭开了微氏家族的百年历史，而且见证了青铜酒器由商入周的神奇演变——

这个家族的第一代人，拥有的酒器类型最为繁多和复杂，有方彝，有尊，也有我们谈到的觥；到了第二代和第三代，青铜酒器的尺寸明显萎缩；到了第四代时，突然出现了令人惊异的变化，不仅几乎所有的酒器都消失了，还出现了一种全新的青铜器类型。

那是一套大型编钟。[6]

钟鸣鼎食。

我几乎看见了属于人间的灿烂与淫糜。

名称：莲鹤方壶

时代：春秋后期

尺寸：高 122 厘米，宽 54 厘米，重 64 千克

第三章 动物妖娆

一只小小的仙鹤,似乎要把壶体的重量化为虚无。

一

我一眼就能辨认出那件莲鹤方壶［图 3-1］。

不是因为我眼力好，是它太显眼。

它也是一尊酒器，但它是春秋时代生产的。

它的身上，带着那个年代的胎记——

它不像鼎、尊这些礼天的器物，以恢宏的体量和单纯的几何造型控制人们的视线，相比之下，它更加精致、复杂。它像一个人，穿着那个时代的华服，自上而下，透着那个时代里的奢华与考究。

它的美，郭沫若、宗白华、李学勤等几乎所有重要的艺术史家，在自己的著作里，都不曾回避。

二

假如我们只看壶身，会觉得它跟其他青铜器没有什么区别，

[图 3-1]

莲鹤方壶,春秋后期

北京故宫博物院 藏

不过是覆盖着连篇累牍的动物纹饰而已,只有专家才会看出,那是蟠龙纹,而不是饕餮纹或者其他什么纹。前面讲过,没有两件青铜器的纹饰是全然相同的,但对于大多数人来说,所有的纹饰都差不多。这也不是没有道理,因为在这些纷杂如麻的纹饰当中,的确存在着一致性,也就是说,那些貌似千变万化、永不重复的纹饰,其实都遵循着某种相同的语法,对此,曾任职台北故宫博物院的艺术史大家谭旦冏先生在他的专著《铜器概述》中一一进行了破解。至于他是怎样破解的,这里就不说了,各位自己找书来看。我们不妨打一个比方——一个外国人面对着多如牛毛的汉字,他一定会崩溃,因为英文只有二十六个字母,可以掰着手指头数,无论怎么排列组合,都不出这个范围,不像汉字,一个是一个,都是单兵作战。但汉字也不像他想象的那样毫无规律,汉字有部首,有基本的造字规则,在这浩大的汉字系统内部,还是存在着内在、隐秘的勾连。青铜器的纹饰也是一样,它再复杂,也有统一性。正是这种统一性,使花样繁多的纹饰,呈现出统一的视觉效果,这就是青铜器纹饰的规则,也是大多数人不太容易区别它们的原因。

所以,面对这件莲鹤方壶,我们也可以像大多数人一样,把它复杂的、幽秘的纹饰暂且放在一边,去关注上面更直观、更独特的"部件"。

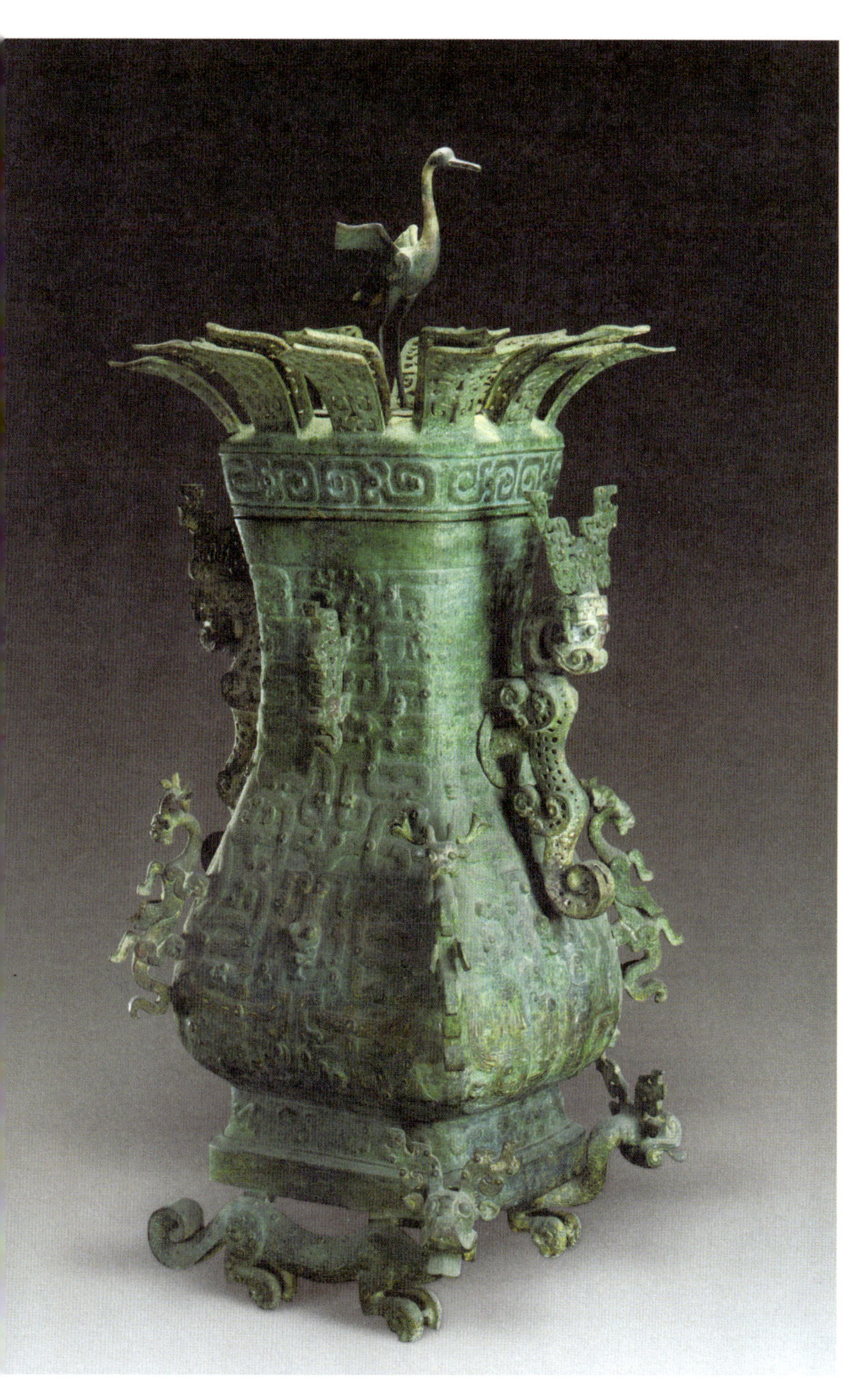

[图 3-2]

莲鹤方壶（局部），春秋后期

北京故宫博物院 藏

那是一些动物的雕塑，从纹样系统中脱离出来，活灵活现：

底座是两只卷尾虎，侧首吐舌，身体展开着，托起方壶的全部重量；方壶腹上攀着的四条飞龙，壶颈两侧的耳，是附壁回首的龙形怪兽 [图 3-2]；最绝妙的部分出现在壶冠上，在那里，双层莲瓣形次第开放，形成两个同心圆；在圆心上，在莲瓣簇拥中，立着一只仙鹤，体态轻盈，似乎要抗拒地球引力，把方壶引向天空。

一只小小的仙鹤，似乎要把壶体的重量化为虚无。

三

王国维在《殷周制度论》中说："中国政治与文化之变革，莫剧于殷周之际。"[1]

自西周到东周列国（春秋战国），是一个由王权统一到群雄逐鹿的时代。中央的约束力的减弱，使原本附着在青铜礼器之上的国家权力在下放，各国诸侯已经纷纷铸造青铜器，不仅齐、楚、秦、晋这些大诸侯国在铸造，像陈、蔡这样一些小的诸侯国也要过这把瘾，争先恐后地铸造青铜器。

权力的松弛，为青铜铸造带来了意想不到的自由：

造型艺术上，青铜器摆脱了西周统一的端庄风格，形成了多元的地方色彩，由简朴厚重转向优美和实用；动物形体也逐

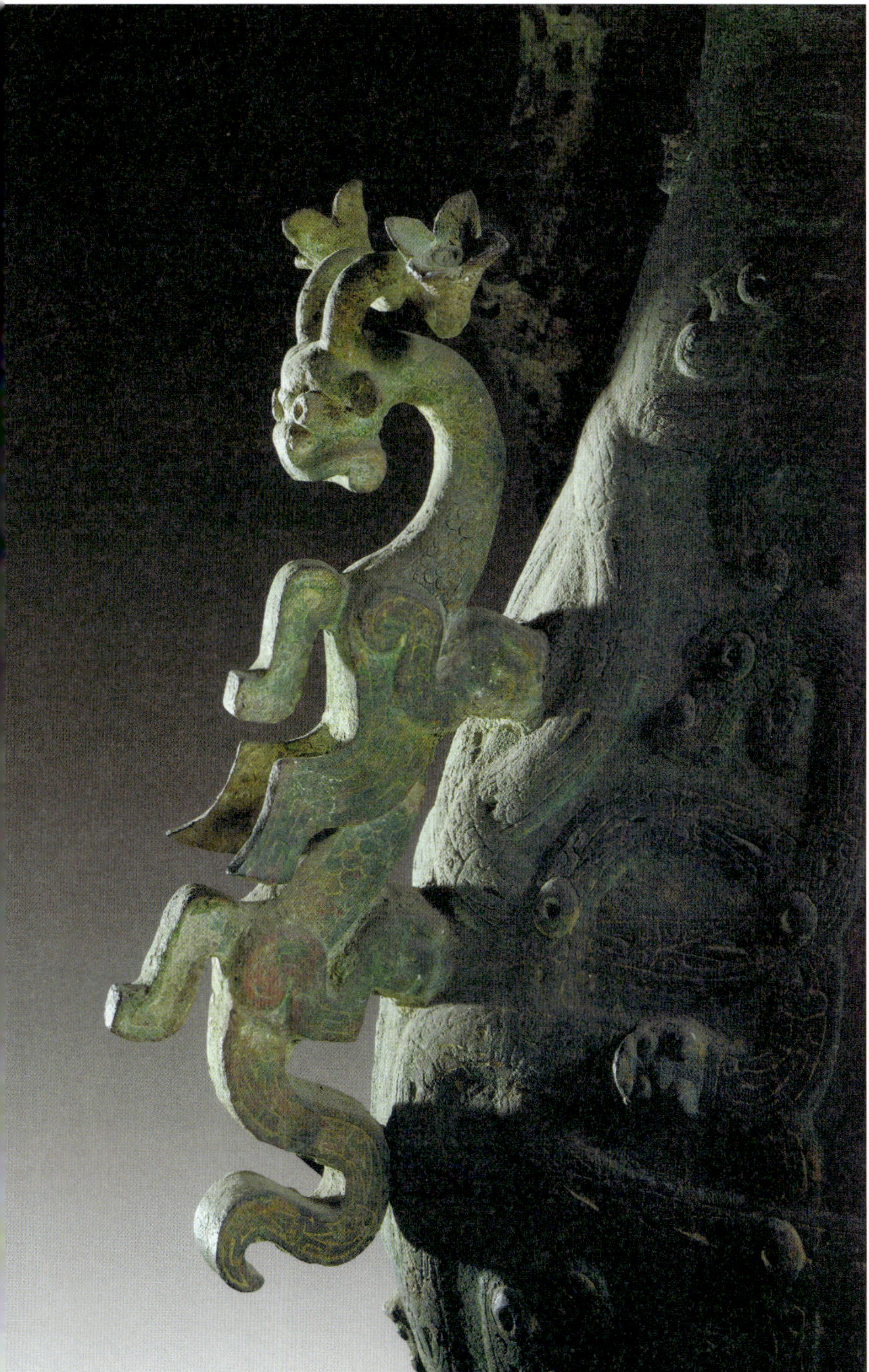

[图 3-3]

魏公扁壶，战国后期

北京故宫博物院 藏

渐由纹饰中的阴线和阳线中脱颖而出，变成更加写实的浮雕、圆雕和透雕，像这件莲鹤方壶上的仙鹤，"成为一种独立的表现，把装饰、花纹、图案丢在脚下了"，"表示了春秋之际造型艺术要从装饰艺术独立出来的倾向"。[2]

连被称为"国之重器"的鼎，也摆脱了它一本正经的气质，像故宫博物院所藏的陈侯鼎，鼎腹浅，鼎腿长，像个跳高运动员，傲然独立，还有青铜椭圆鼎，变成了横向的椭圆状，像相扑运动员，憨朴可爱。

上一章说过，酒器到了周代已经走到了末路，春秋时代遗留到今天的青铜酒器更不多见，莲鹤方壶，因此而愈显珍贵。青铜器向生活领域长驱直入，除了酒器，这一时期的日常生活器具还有：盘、鉴、匜、壶 [图 3-3] 等水器；钟、铃、钲等乐器；化妆奁、镜这些化妆器；还有香炉、灯这些杂器……

与此同时，各种实用艺术纷纷挣脱了材料的控制，多种材质的工艺品走进人们的生活，其中有：漆器、陶器、金银器、纺织品。玉更以它清雅的气质和玲珑的色泽介入到生活用具的设计和制作中，"被用作剑饰、发笄、佩饰和带钩，即使一度是礼制性器物的璧和琮在这个时期也丧失了原来的象征意义而成为装饰品"[3]。

技术上，各种新观念、新技术也突然迸发，各种新的实验

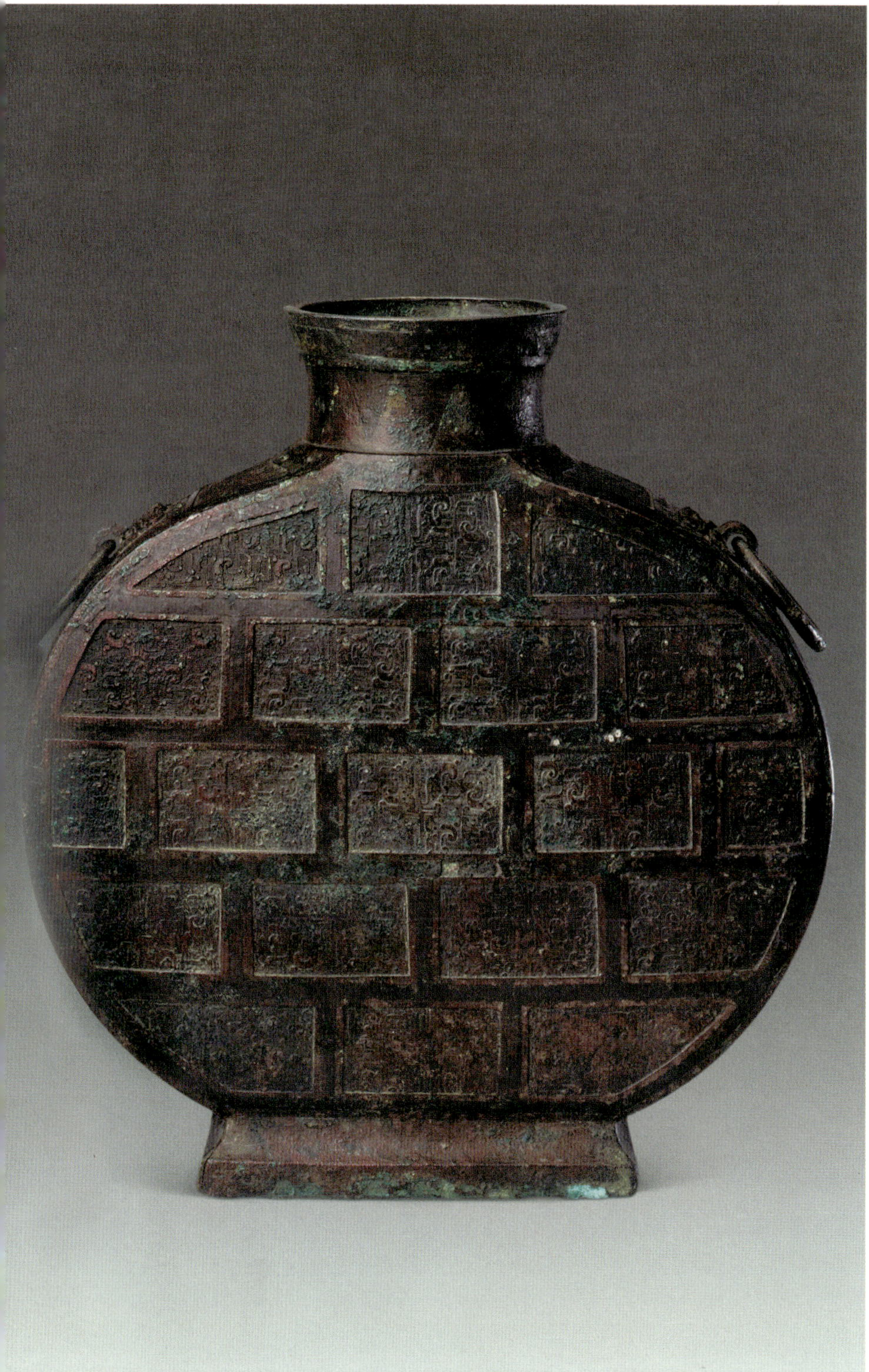

也无拘无束地自由展开，工艺的巧思达于极致。

这件莲鹤方壶，就是用当时的"高科技"——"分铸法"铸成的。也就是说，壶上的仙鹤、双龙耳和器身主体，都是分别铸成，然后再与主体部分联铸在一起的。

那时还没有数控机床，但这并不妨碍那时的工匠不差毫厘地把各自分铸的零件连接到一起。

四

一个妖娆多姿的动物世界，就这样弥漫在坚硬冰冷的青铜器上。它不再像商代和西周的动物纹饰那样，用半抽象的装饰性线条来联通他们冥想中的宇宙，也摆脱了《山海经》里的种种神秘与怪异，动物身上的神性消失了，恢复了它们原有的温顺、亲切、可爱。

故宫博物院藏品中，有一件春秋后期的龙耳簋［图3-4］，"侈口束颈""矮体宽腹"[3]，它的双龙耳上，两只大眼炯炯有神［图3-5］。还有一件同时期的虎足方壶［图3-6］，足圈"下置两虎"[4]，虎虎生风。最有趣的是那件兽形匜［图3-7］，通高只有22.3厘米，宽42.7厘米，像一只华美的小宠物，俏皮而娇憨。到了战国，这个动物王国变得更加放肆和发达：像故宫博物院收藏的一件鱼形壶，鱼口向天，仿佛正在张口喘气；各种

第三章　动物妖娆　49

[图 3-4]

龙耳簋，春秋后期

北京故宫博物院 藏

[图3-5]
龙耳簋(局部),春秋后期
故宫博物院 藏

[图3-6]
虎足方壶，春秋后期
北京故宫博物院 藏

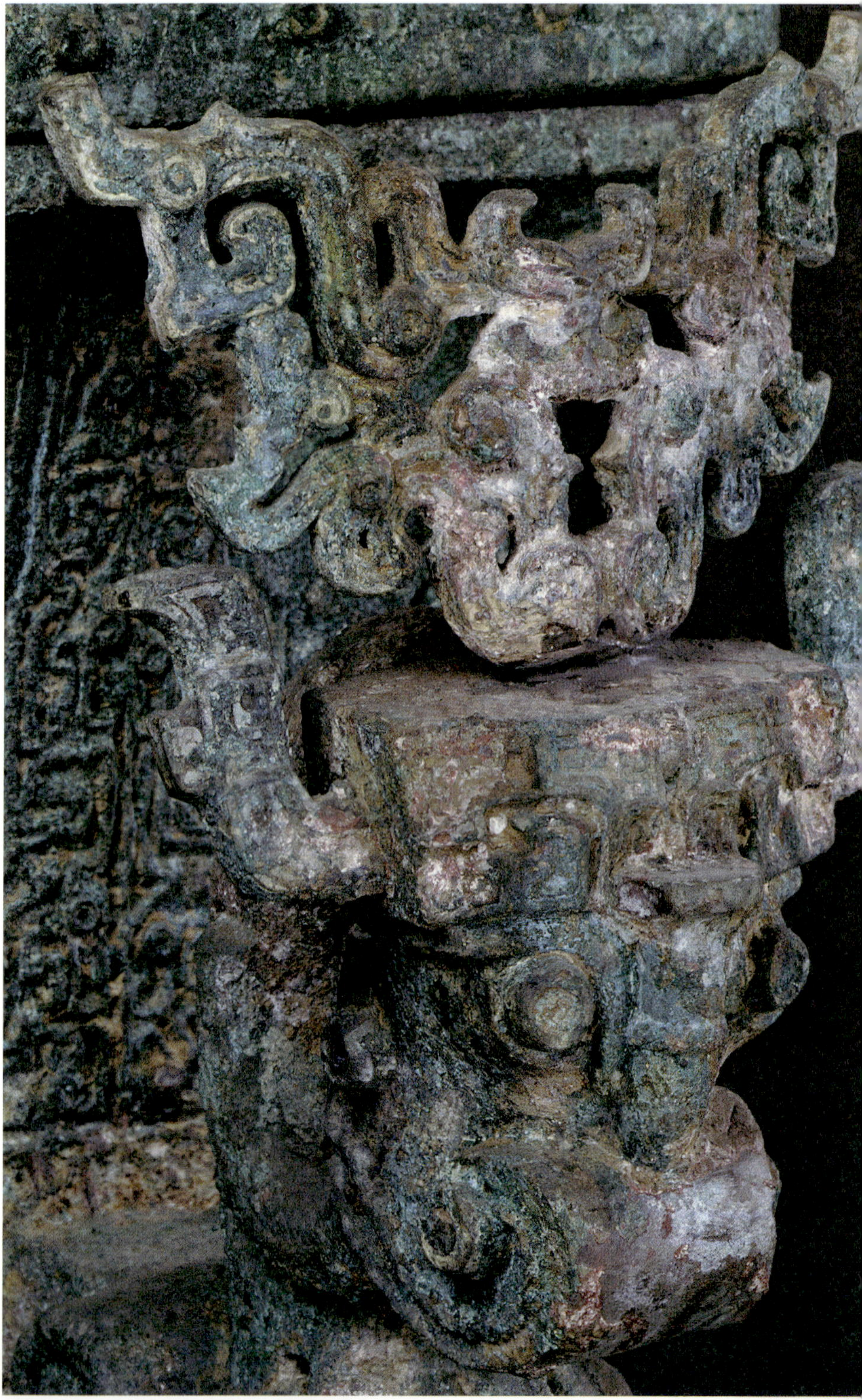

[图 3-7]

兽形匜,春秋后期
北京故宫博物院 藏

虎符、虎节,青铜的器身几乎要困不住老虎奔跑的速度。最绝妙的,是那件战国前期的龟鱼纹方盘[图3-8],在盘子的内底,有龟鱼戏水的图案[图3-9],可以想象,当盘中贮满清水,那龟、那鱼,就会动起来,在晶光闪烁的水纹里愉快地游荡,托起盘子的四只足,是四只活泼的小老虎[图3-10],背对背,把盘面拉紧。它们的力量,似乎都紧绷在它们青铜的身体里。

假如我们能把镜头拉开,我们会看到那时的山川茁壮,大地肥沃,雨水温柔,林木恣肆。至于那时候的人,尽管都隐在青铜器的背后,拒绝露脸,但从这些青铜器所描述的动物世界

[图3-8]

龟鱼纹方盘,战国前期
北京故宫博物院 藏

[图3-9]

龟鱼纹方盘(局部),战国前期
北京故宫博物院 藏

里[图3-11],我们完全可以感受到他们内心里的豪气勃发、阳气充足。

青铜器最肆意活跃的年代,刚好是今天的历史学家们津津乐道的"轴心时代"。在那个时代里,有孔老庄墨、孟韩荀屈,这一大堆"子",不仅在思想上领跑全球,而且两千多年无人超越。

那个时代也有人忙着种地,忙着喝酒,忙着谈恋爱——一首名叫《关雎》的求爱歌,被放在了《诗经》的首篇,成为以后几千年所有中国人的知识源头……

这只莲鹤方壶,寄托着那个时代的生命诉求、时代美学和工艺理想,把一件实用的酒器,打造得迷离耀眼。

像一场缓缓降临的梦,繁复、诡异、轻灵。

1930年的一个夜晚,郭沫若先生在灯下书写《殷周青铜器铭文研究》,用他秀丽的行书,在纸页上写下一串这样的文字:

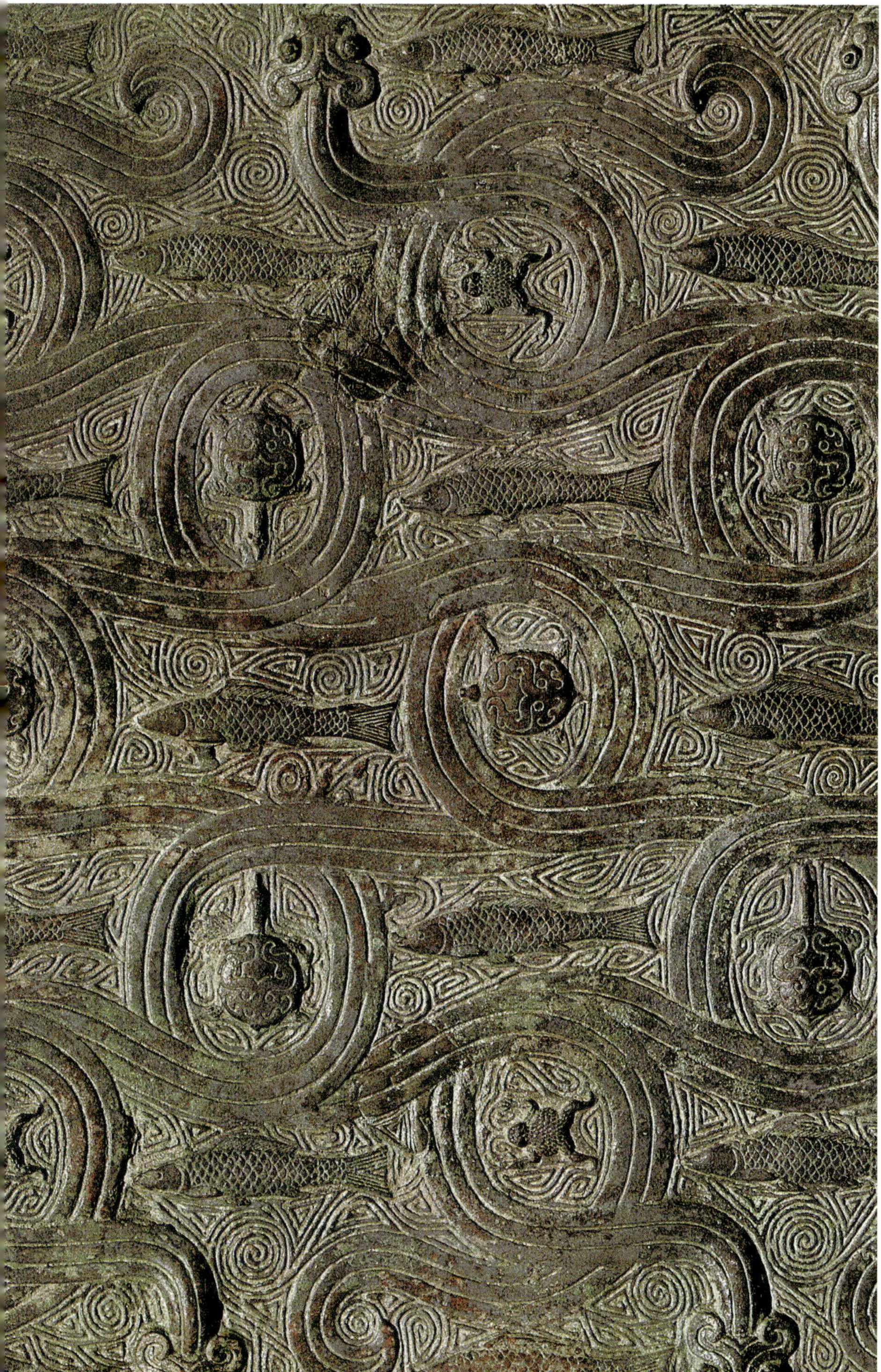

[图3-10]
龟鱼纹方盘(局部),战国前期
北京故宫博物院 藏

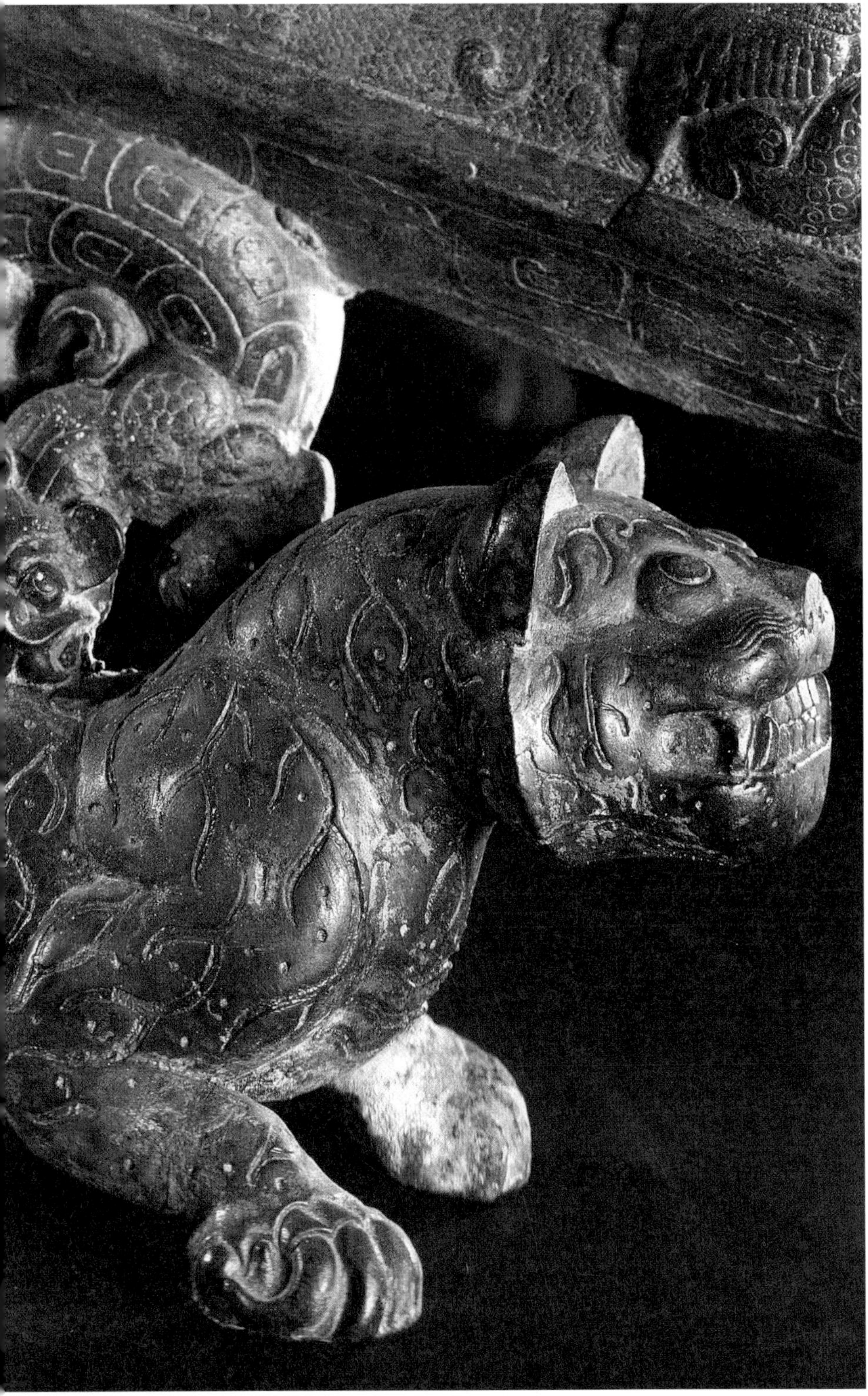

[图 3-11]
龟鱼纹方盘（局部），战国前期
北京故宫博物院 藏

  此壶全身的浓重奇诡之传统花纹，予人以无名之压迫，几可窒息。乃于壶盖之周骈列莲瓣二层，以植物为图案，器在秦汉以前者，已为余所仅见之一例。而于莲瓣之中央复立一清新俊逸之白鹤，翔其双翅，单其一足，微隙其喙作欲鸣之状，余谓此乃时代精神之一象征也。[4]

名称：宴乐渔猎攻战图壶

时代：战国前期

尺寸：通高 31.6 厘米，宽 22.3 厘米，重量 3.54 千克

第四章 人的世界

在战国时代,一定有人发现了战争的娱乐性质。

一

时间来到了战国，一个大家都不打算好好说话的年代。那个时代的人，基本上都像吃了枪药似的，为他们心中的真理、死理、面子，或者仅仅为一个女人，动不动就急赤白脸、以命相搏。那也是一个热血的时代，是血的流速越来越快的时代——不仅在血管里流，在青铜刀的血槽里流，更在荒野大地上翻滚。那时的空气中都回旋着血液的腥甜，像肥料一样，滋养着人们的野心。

故宫博物院这件青铜壶［图4-1］［图4-2］，浑身上下，被四圈平行排列的三角云纹带分成三个区：在前两个区里，有人在采桑和射礼，有人在乐舞和射猎，春和景明，波澜不兴，一片生产劳动的和谐景象；但这些都只是铺垫而已，第三区才是这组"壁画"（壶壁上的画）的主体和高潮——它位于壶的下腹部，界面最宽，可以容纳大场面，所以，这上面的情节，也最惊心动魄。

[图 4-1]
宴乐渔猎攻战图壶,战国前期
北京故宫博物院 藏

第四章　人的世界　63

[图 4-2]
宴乐渔猎攻战图壶（纹饰展示图），战国前期
北京故宫博物院 藏

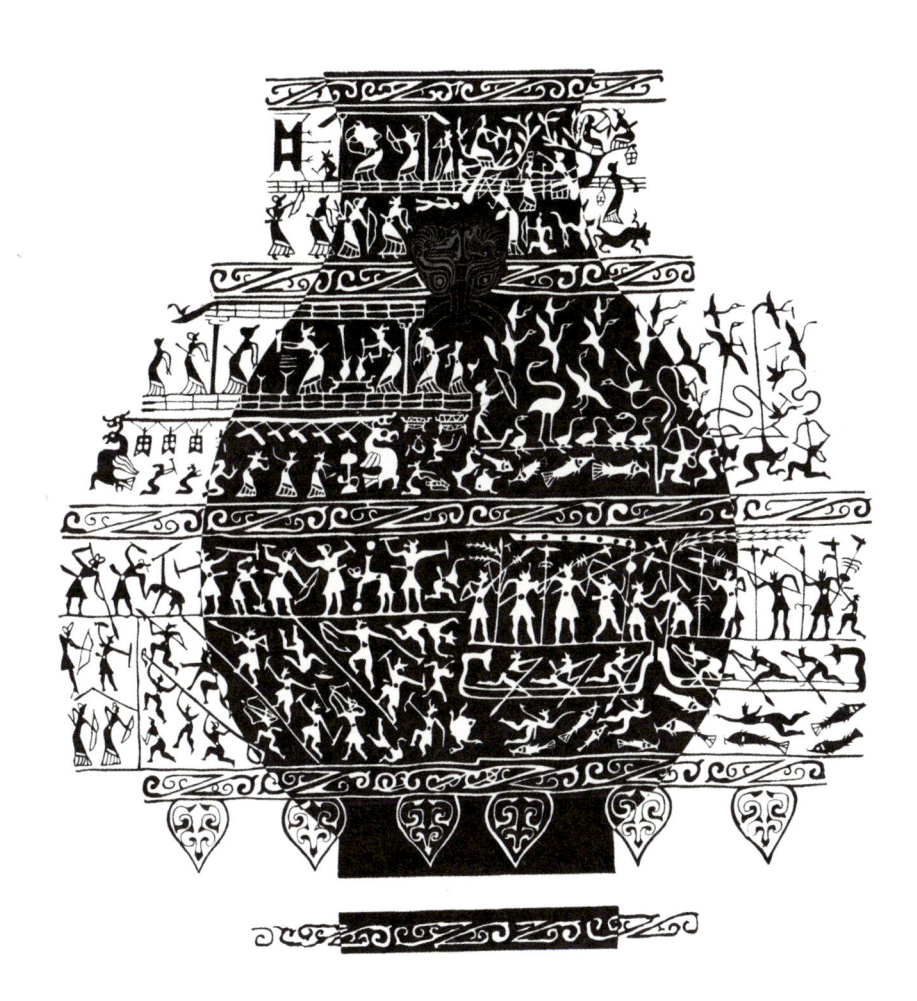

它再现了战国时代的一场战役,而且,是一场水陆两栖作战。作战动用了战船、云梯等各种先进的装备,彼此打得不可开交、肝脑涂地。

壶上没有注明这场战役的具体日期、战场位置,我想那里应当离河不远吧,不然怎么要两栖协同呢?但中原大地,哪里没有河呢?我们的文明,不就是被河流所孕育,并不断塑造的吗?

我也不知道谁在战斗,只知道必然有一场战役,隐在某一部历史的秘册里,隐在一层层的风雨背后。或许,就在这场战役结束后,获胜的一方凯旋在子夜,就想到了要铸造了一件青铜壶,来炫耀他们的胜利,捎带着也纪念一下牺牲了的无名烈士——就像我们今天时常在昔日的战场竖起一座纪念碑一样。

只是那支取胜的部队,没能从胜利走向胜利,而是从胜利走向了尘土——他们就像他们的敌人一样消失在时间中,即使历史学家也打探不到他们的消息。在这世界上,只有时间是战无不胜的,可以征服一切目大狂。唯有这件青铜器没有被时间所消灭。人们把它从尘土里挖出来,送进故宫博物院,供人们瞻仰和研究。专家们为它起了一个很长、很专业的名字:

宴乐渔猎攻战图壶。

二

　　这件宴乐渔猎攻战图壶，对于艺术史来说非常重要，因为上面画的不再是动物，而是人。

　　我们知道，在前面谈到的那些青铜器中，只有动物才有存在感，后来植物也有了存在感，但人是没有存在感的，人的存在感要通过动物和植物才能体现。但这件宴乐渔猎攻战图壶告诉人们，这种情况一去不复返了。

　　其实，人在青铜器上亮相的时间，可以追溯到殷商到西周初年。安阳殷墟著名的妇好墓，出土过一对青铜钺，被称作至今发现的最早的中国青铜钺，其中一件上面就有虎扑人头纹，那颗孤零零的人头，居于两虎之间，那两只老虎张开大口，似乎马上要分享它。故宫博物院收藏着一件西周后期的刖人鬲，这只鬲的平底方座上，开着两扇门，门枢齐全，可以开闭，而守门者，是一位受过刖刑（把脚剁掉）的人［图4-3］。

　　只是，这些器物上的人，并不构成器物的主体，他们是弱者，是边缘人，非死即残。那是人自我贬低的结果——在他们看来，自己从来都不处在世界的中心。这个世界是由鬼怪神灵主导的，人得听他们使唤。

　　那时的人们，经常被一些基本的问题所困扰，比如他们不

[图 4-3]

刖人鬲（局部），西周后期

北京故宫博物院 藏

知道鸟为什么会飞、山里为什么会有雾、人为什么会死。那个神出鬼没、险象环生的世界，经常让人感到无力和茫然。于是他们发明了青铜器，通过青铜纹饰超自然的魔力，去与上天神灵沟通，让自己不再孤苦无援。

但这样的情况不是一成不变的，由商入周，动物的神秘性就一点点消失了，春秋战国时代，青铜器上几乎再也找不出饕餮纹了。于是我们会想，人类认识世界、改造世界的能力增加了，对神异力量的依赖减弱了。但是还有一个有意思的事情值得提一下，就是周代建立以后，他们不能照搬商代的信仰系统了。商人尚鬼，传说中他们的祖先，本身就是动物（神灵）变的。《诗经》里说："天命玄鸟，降而生商。"这也是商代政权合法性的来源。所以商人祭祀时，鬼神和祖先往往是不分的，祭神就是祭祖，祭祖也是祭神。但是周人与商人不是一家，商人姓子，周人姓姬，假如商人与神是一个血统，那么周人就无法再与神攀上亲戚了。于是，周人就把自己的祖先与天、与神的世界分开了，祖先不再是有超自然能力的神灵，而是上天的儿子，他们统治天下，是因为他们的身上承载了"天命"。

于是，自周代开始，那个人神混居的世界被一分为二——一个是天的世界，由神主宰；另一个是人的世界，由王主宰。人们从此不再在神话的世界里兜圈子，而是从玄幻世界回到了

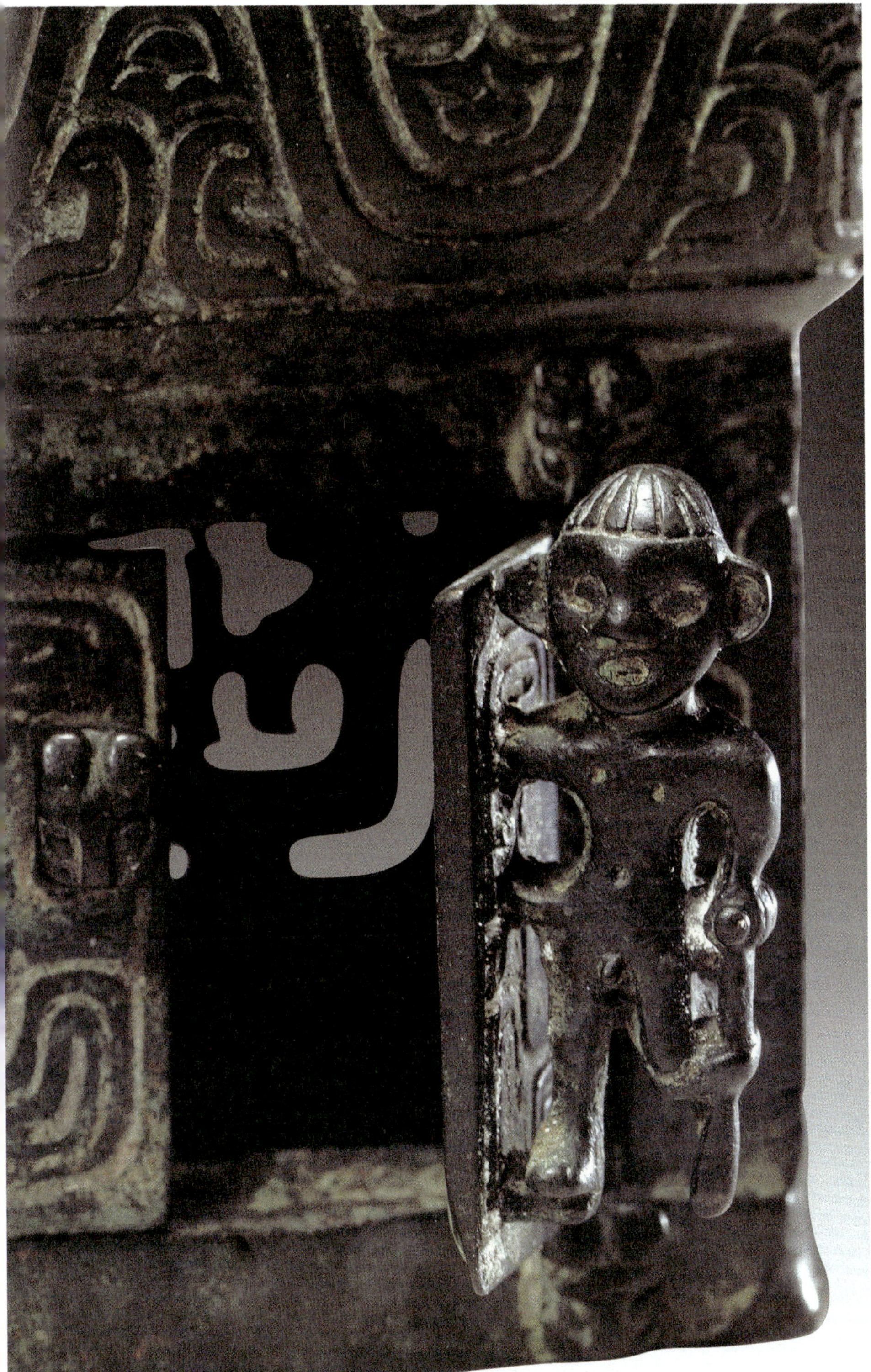

人间。肉身的祖先成为信仰,有血缘温度的人间秩序(礼制)开始确立。艾兰(Sarah Allan)说,理解商—周转变的关键,在于前者的"神话传统"被后者的"历史传统"所取代。[1]

这是人们打量自我的开始,从战战兢兢,放大为理直气壮。

三

但是,这个以周王为核心的人间秩序坚持了几百年,就支离破碎了。

那是因为没有了神鬼的震慑,礼法的紧箍咒也失灵了,人们心里的兽和魔,就狂奔而出。

春秋战国,是一场打了五百年的战争,比后来的一个朝代都长出许多。这场漫长的、看不到尽头与希望的战争,把很多东西都打没了,比如权力、财产、尊严、生命,还有道德底线——仅春秋二百四十余年,就已"弑君三十六,亡国五十二"。孟子愤怒地说:"春秋无义战。"

但战争这事,在很多人眼中,未必像孟子想的那样严重。如前一篇所讲到的,对于艺术史来说,中央控制力的减弱,反而带来了纹饰、造型和工艺上的解放。至少,在那些在荒原上游走的、像苍蝇一样乱撞的游侠、猛士、纵横家眼里,战争就无比可爱,因为在战争中,所有的规则都被打破了,人可以抢钱抢老婆，可以杀人不偿命，当然自己的钱和老婆也随时可能被抢，自己也随时可能成为别人刀下之鬼。但大家都默认了，所以战争就成了一个大家都承认规则的大游戏，一场大 party。意义层面的事，是文士们的事，是历史学家的事，对于当事人来说，舒坦就是意义。

前文说过，每个朝代都有自己的气质，同样，每个时代都有自己的命。有些事情，既然没有能力去解决，就莫如抱着一副放松的、幽默的、娱乐的态度去面对，打碎了瓶瓶罐罐，自然有人出来收拾。这个世界，从来都是有人管打，有人管收。

我想，在战国时代，一定有人发现了战争的娱乐性质。这世上最大的娱乐，莫过于对战争的观看。其实今天的人们也是如此。我们被战争大片号召进影院，明摆着是冲着银幕上的血腥惨烈去的，越是刀光四溅，越是血肉横飞，观众就越亢奋。现实中的战争也是如此，比如美国攻打伊拉克、利比亚的时候，世界上不少电视台都在直播，这个时候，就是收视率一路蹿红的时候。相反，我从来没见过直播和平的，比如直播我们吃饭、睡觉、上班、如厕。人们可以说，这是为了反对战争，引以为鉴，但我相信大部分人是看热闹的。他们脸上洋溢着正义感，却把快感深深地埋在心里，打死也不说。

四

我们不妨把这件宴乐渔猎攻战图壶，当作那个年代里的"现场直播"（青铜器，不过是当时的屏幕而已），而用来纪念一场胜利的所谓"纪念碑性"，其实已经不那么重要了。

于是，在战国，在历史上最深黑的夜里，在有一群人，赶在死亡来临之前，用一只宴乐渔猎攻战图壶，记下了那一场拼死的厮杀，然后，把脸隐在黑暗里，孤芳自赏。

我同意有些学者的看法，即：在这个时代，缺乏宗教意义的装饰充斥于器物之上；复杂精巧的设计将一件坚实的铜器转化为一个"蜂房"般的构件。同时，器物也成了描绘宴饮、竞射以及攻杀等画像的媒介。

他还说，古老的纪念碑性的各个重要的方面——纪念性的铭文、象征性的装饰，以及外形——就这样被一一抛弃，这种反方向的发展最终导致青铜礼器的衰亡。[2]

名称：秦兵马俑

时代：秦代

第五章 巨像缺席

这些兵马俑，于是成为秦始皇所设计的『未来世界』的一部分。

一

战国青铜壶上出现过的军队侧影,到了秦代,一下子放大成兵马俑的浩荡战阵[图5-1]。

不再是器具上的图像,而是宽银幕、IMAX、3D电影。

我是在冬日里前往西安的兵马俑博物馆的,那一天,狂风呼啸,我脑瓜冰凉。我看到的景象,就是两千多年前,东方列国的兵卒们看到的景象。

秦军的到来对他们来说只意味着两个字:死亡。

秦兵马俑,与长城、故宫一起,成了中华文明最著名的标志,也是最具"纪念碑性"的存在,因为它们都"与永恒、宏伟和静止等观念相通"。[1]

但它们的永恒、壮丽,都不是靠单打独斗,而是依托于群体完成的。无论兵马俑、长城、还是故宫,全部是由单独个体反复叠加所形成的庞大整体——兵马俑总共包含了七千多个人

[图 5-1]

秦始皇陵兵马俑武士俑群（背视），秦

陕西秦俑馆 藏

物塑像，故宫是由九千多间房屋组成的建筑群，长城虽然可以算是一座单体建筑，但是它绵延万里，浩大无双，因此也是通过对一些基本单元（比如墙身、敌楼、烽燧等）的不断复制，像折尺一样一节一节地伸展的，因此，它也是一道复合的墙、一个复杂的建筑综合体。顺便说一句，古代中国人一向是通过平面的铺展来实现他们对于宏伟的想象，而很少表现出对于高度的野心。

只有近距离观察，我们才能透过那些兵俑的面孔［图 5-2］［图 5-3］，辨识个体之间的差别，就像我在卢浮宫看到的那些古希腊的大理石人像，那些花岗岩的脑袋，却让我在石头的冰冷表面下，感觉到血的流动和肌肤的弹性。我感觉那些石像是有灵魂的、有感情的，甚至认为它们随时可以开口说话。兵马俑也很逼真，西方研究中国艺术的最有影响力的汉学家之一、故宫研究院的学术顾问雷德侯（Lothar Ledderose）教授在他著名的《万物》一书中说，兵马俑在眼睛与胡子等容貌特征上表现各异，"实现了无穷无尽的变化，使大军看起来栩栩如生，英姿勃发"。[2]

两岸故宫都收藏有秦代兵马俑。台北故宫博物院 2016 年 5 月举办了"秦·俑——秦文化与兵马俑特展"，展出若干秦俑；2015 年开放的北京故宫博物院雕塑馆（慈宁宫）里，虽然只展

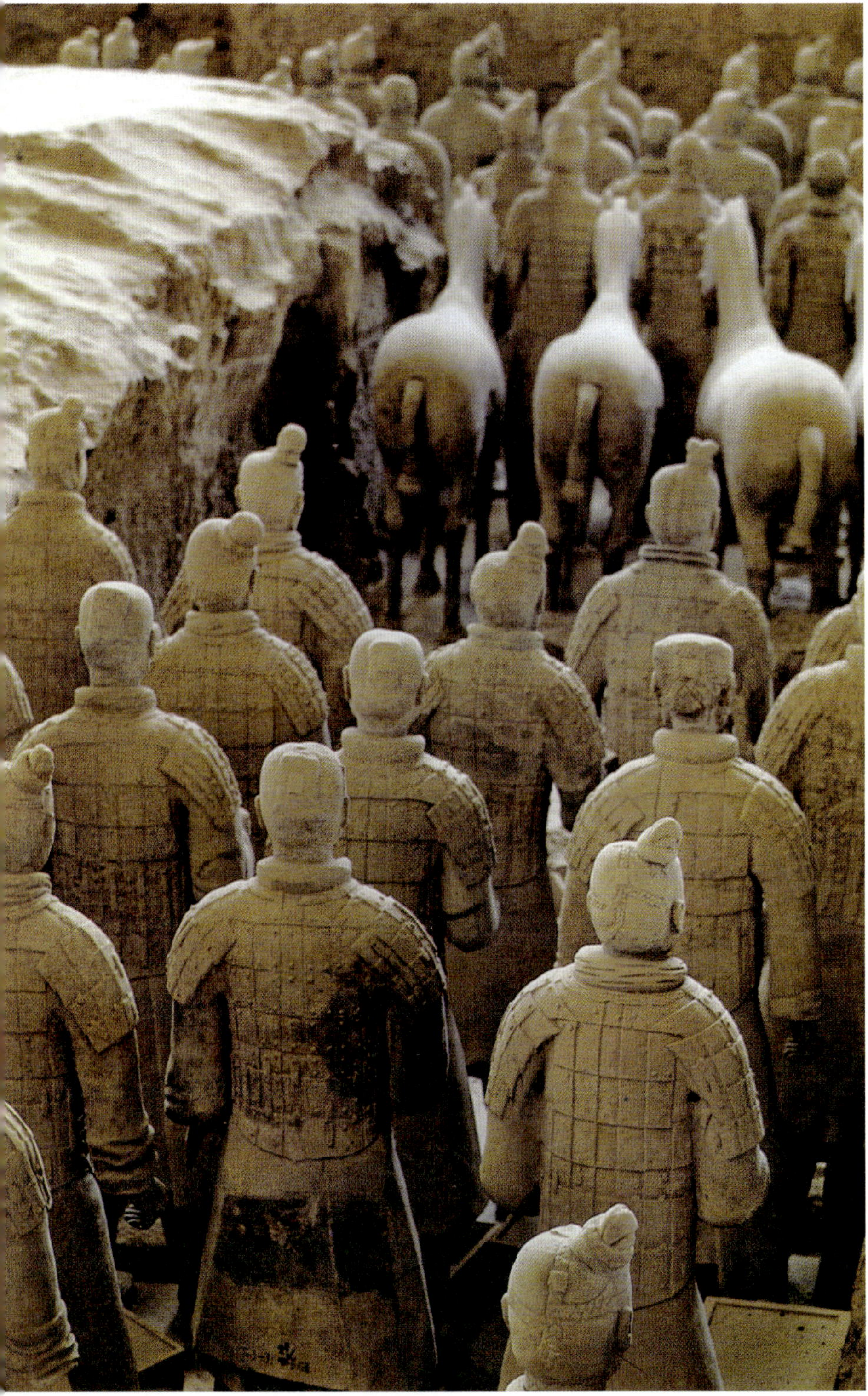

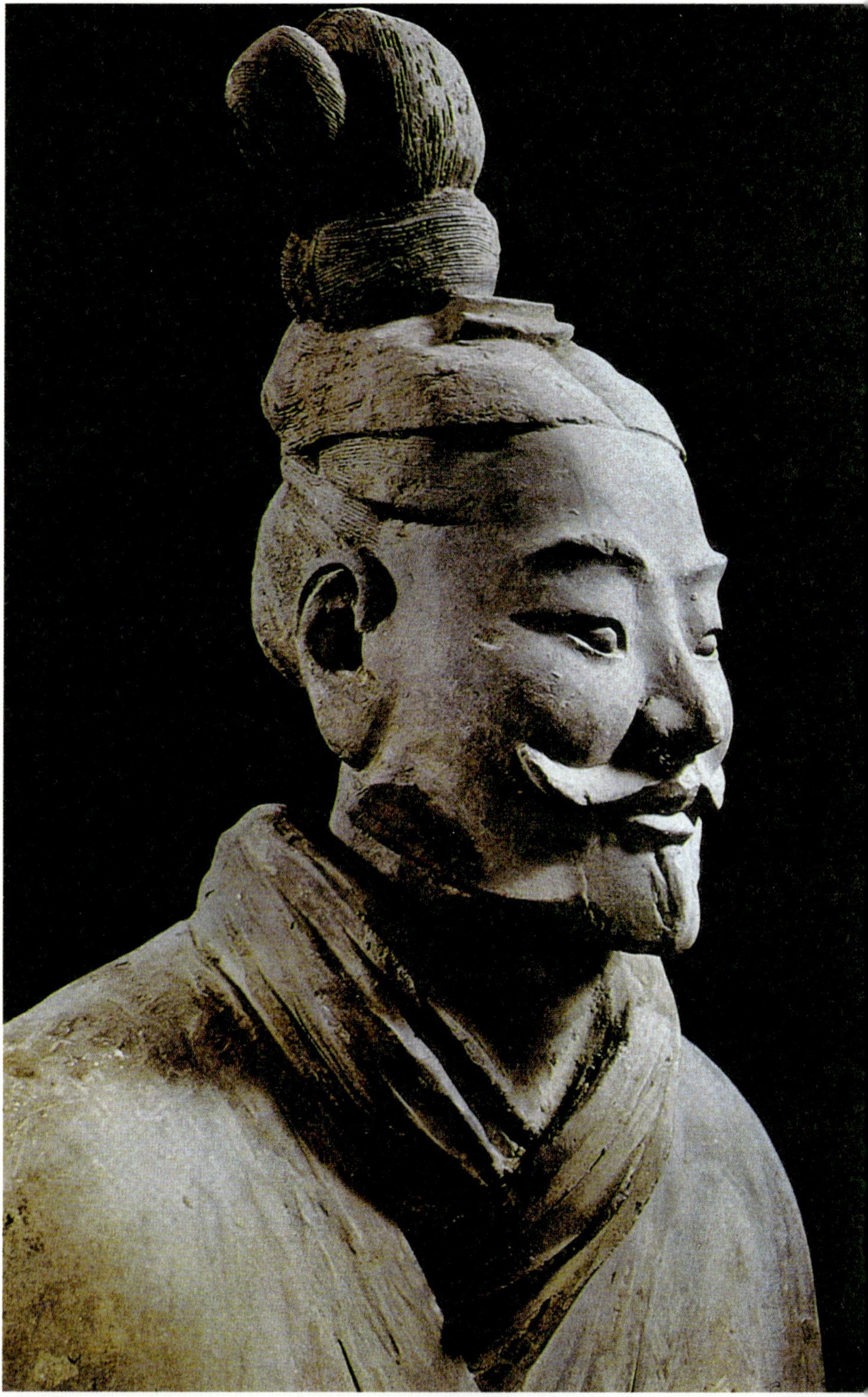

[图 5-2]
秦始皇陵兵马俑战袍武士俑,秦
陕西秦俑馆 藏

出了两件秦代兵俑,不如西安兵马俑博物馆那么排场,但在这里,我们可以凑近去看,看它们的每一个细节,甚至可以与它们窃窃私语。在西安城的兵马俑博物馆里,这基本上是不可能的。在那里,兵马俑是作为整体出现的,但在故宫,它们却是个体,是单兵,我们可以问询它们的年龄、籍贯,打探关于那个时代的小道消息。

二

人们普遍认为,秦始皇缔造这支军队,是为了炫耀他无可比拟的人间权力。巫鸿先生在他的著作中说:"骊山陵中金字塔式坟丘是秦始皇个人绝对权力的象征。"[3]

但是,一个问题出现了——假如秦始皇是为了突出他的个人权威,那为什么不干脆建造一个巨大无比的个人塑像,让世人崇敬和瞻仰?

假如我们把视野放大,我们就会发现,这样的巨型雕像,在世界其他早期文明中都曾经出现。在四五千年以前的尼罗河畔,人们不仅制造出了二十米高的狮身人面像——斯芬克斯,同时,也把最宏伟的雕像献给了人世间的王——法老胡夫。三千年前,在古埃及以东、亚洲西部的古巴比伦,也铸造出了被称为"世界四方之王"的阿尔贡一世的青铜头像。与春秋战国时代相平行，在爱琴海温煦的海风里，古希腊人发现了人体之美，雕塑家米隆在公元前5世纪创作的《掷铁饼者》，肌肉男手持铁饼蓄势待发的那副动感，在今天仍被当作体育运动的绝佳标志。但是，在中国，造型艺术历经夏商周秦四代，早已进入辉煌之境，人像艺术也已从怪力乱神和动物世界里脱颖而出，但截止到秦代（乃至以后更长的时间），从来没有产生过一尊巨大无比的个人塑像。

我们说过，在商代，人们认为祖先都是神灵变的，所以神和祖是不分的，青铜器上的纹样符号，很多就是代表不同氏族和家族的徽号，据此，蒋勋先生认为："至少在西周以前，中国人是以部族的共同符号（图腾）作为崇拜的对象，而不把'伟大'的概念与个人结合的。人，在死亡以后，统统归回到一个共同的图腾符号上去，是巨大的龙或凤的种族，强调的只是龙的符号，而不是某一个个人。"还说："一直到相当晚近的时代，中国人并不喜欢替自己立像，立像留影仿佛是人死后的事，这自然和中国俑的历史有密切的关系。"[4]

假如我没有曲解蒋勋先生的意思，那么他的意思是这样的：在那个古老的年代，生产力不够发达，人是要抱团取暖的，主要依靠家族和集体的力量，而不能强调个人主义。

我想他说得有道理，但问题是中国人从来没有放弃过个人崇拜，越是在生产力落后的时代，这个世界就越是流行崇拜，只不过人们崇拜的对象由万能的神灵，过渡到至高的君主。这样的例子，史书里比比皆是。那么，对于君主的这种崇拜之情，为什么没有物化成巨大的塑像呢？

三

在秦始皇陵，我看到了巨像的缺席，这让我心里很不踏实。至少在我看来，这很不合逻辑。秦始皇苦心孤诣地打造自己的陵墓，塑造的却是普通战士的群像。我想这一定不是因为他谦虚（他以"始皇"自居，就说明他不是一个谦虚的人），也不是因为他主张"文艺为工农兵服务"，我相信他也没有这么高的觉悟。其中的缘由，又是什么呢？

为了想明白这个问题，我想我们还是回到原点上——兵马俑到底是干什么用的？

前面说过，秦始皇缔造这支军队，是为了显示他的人间权力。这时，一个问题出现了——秦始皇并没有打算过把这支部队留在人间，而是自它们诞生那一刻起，就率领着它们潜入了地下。也就是说，当这些惟妙惟肖的兵俑被生产出来以后，它们就像尸体一样，被秦始皇带到了阴间，在1974年，一位陕西农民像刨地瓜一样把几块破碎的陶俑刨出来以前，两千年间，没有多

[图5-3]

秦始皇陵兵马俑战袍武士俑,秦

陕西秦俑馆 藏

少人真正见到过它们。他的权力,向谁展现呢?

在秦始皇的时代,以活人殉葬非常流行,这是皇帝人间权力的一部分。皇帝死了,就得有人陪着死。那些与他关系亲密的妻妾、臣僚和亲属,在人间占尽了便宜,轮到为皇帝殉葬,他们也得首当其冲。除了这些人,普通的行政和军事角色都是以陶俑来代替的。不然让皇帝死后孤零零地躺在地下,让他与人民群众相脱离,那多残忍。所以就得用这种更残忍的方法,来表达对皇帝的"人道"。

在大部分学者看来,这些兵马俑是用来代替人殉、构建秦始皇的来世的。毕竟,用这些满脸泥垢的大兵来殉葬(因为秦始皇陵没有进行更多挖掘,所以除了军人以外,我们没有看到其他角色),比活人殉葬要"进步"得多。

这些兵马俑,于是成为秦始皇所设计的"未来世界"的一部分(有学者将这座巨大的陵墓内部所包含有复杂的宫殿模型和天体图像称为"宇宙模型",杰西卡·罗森教授在《祖先与永恒》一书中,对秦始皇在地下建立的模型宇宙有过专门分析)。西汉时代的历史学家司马迁对那个世界有过这样的描述:

始皇初即位,穿治骊山,及并天下,天下徒送诣七十余万人,穿三泉,下铜而致椁,宫观百官奇器珍怪徙臧满

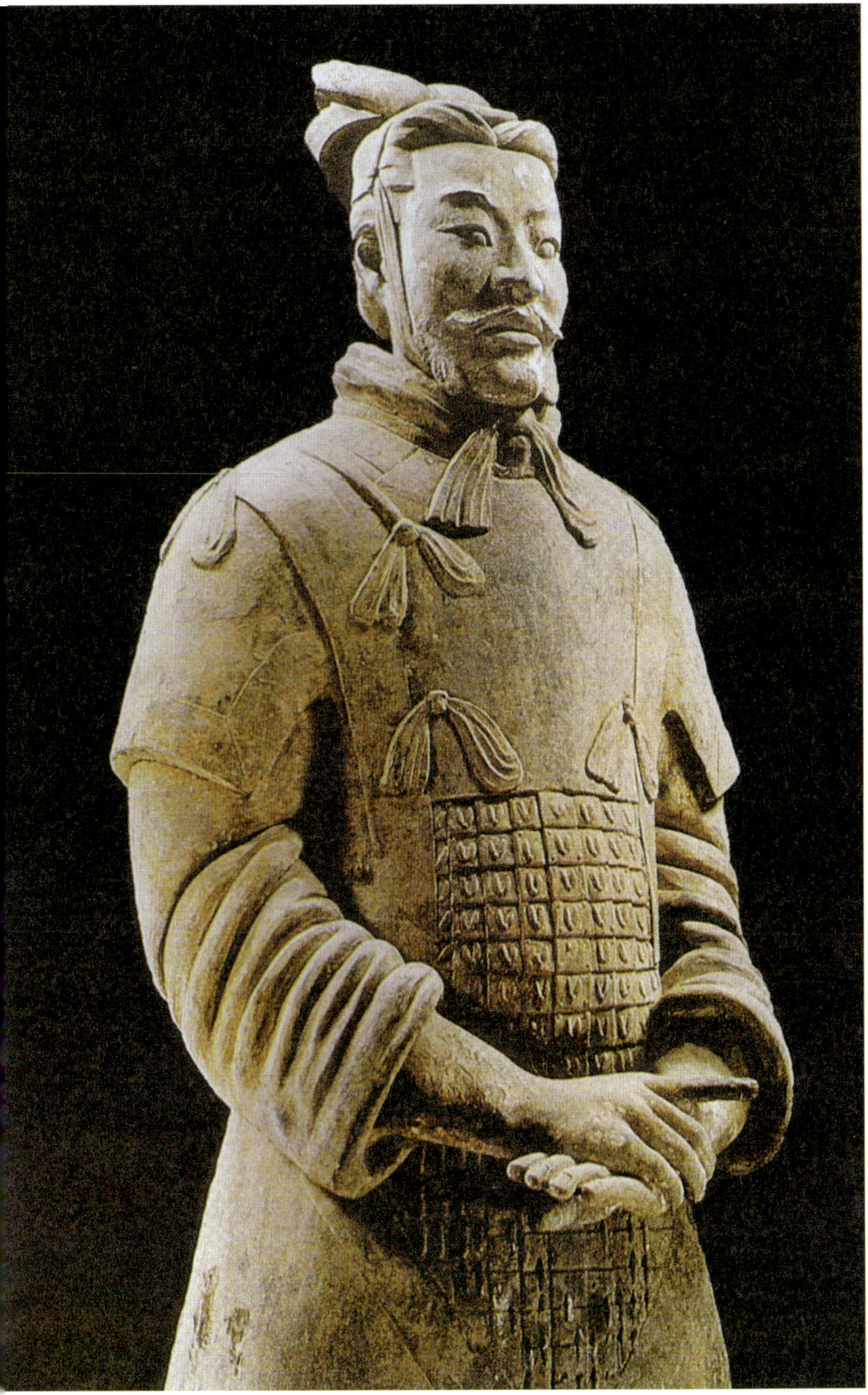

之。……以水银为百川江河大海，机相灌输，上具天文，下具地理。[5]

当秦始皇在死后"穿越"到那个"未来世界"，他生前的所有布局，都将在那个世界里为他服务。也就是说，在那个"未来世界"里，他还活着，因此，他自然无须再像法老胡夫、阿尔贡一世那样，去重塑一个自我。

然而，这样的解释，又带来了新的问题——假如仅仅出于一种拟人的手法，那些泥制的人像，有必要做得那么逼真、讲究吗？东周时期的一些墓葬，随葬俑就很小，眉眼也很粗疏，与兵马俑一比，简直就像伪劣产品。汉代墓葬也是这样。不是他们没有能力做得细致，是他们认为没有必要。

巫鸿先生说："在中国美术史的全过程中，只有秦始皇授意将自己的墓俑做得与真人等大。"[6]

一定是另有原因。

四

前面已经讲到，古代中国人创造图像时，更看重的是功能意义，跟艺术史没关系。也就是说，博物馆里陈列的那些古代艺术品，在当年是为了"用"，而不是为了"看"。比如商周青铜器上的动物纹样，不仅仅是作为装饰存在的，而是具有某种通灵的神性，有它们在，笨重的青铜器才能成为一枚神器。一件无生命的实物，一旦被象征化，就会具有了某种力量，可以等同于、甚至超过现实中的力量。

这样我们就不难理解，商周墓葬中发现的那些随葬物——青铜器、漆器，甚至金、银、玉器，为什么打造得那么一丝不苟，而不是像今天那样，用纸糊的电视、手机，或者亿元大钞就打发了。它们不是作为替代物出现，而是像现实中的器具，即使在黑暗的地下，也要随时使用的。在他们的观念里，死人的世界，和活人的世界其实没有区别，荀子曾经教育人们："丧礼者，以生者饰死者也，大象其生以送其死也。故事死如生，事亡如存，终始一也。"[7]因此，它们不是随葬品，而是死者的日常生活用品。

同理，秦始皇决定打造几乎与真人等大的军人塑像，也不是（或者说不仅仅是）作为一种象征物代替活人来殉葬，更没有一点艺术诉求，他是把这支泥制的军队看成一支真实、凌厉的军队，用来抵抗冥世中的一切顽敌。杰西卡·罗森说："兵马俑既非地位标志，也非纪念性的塑像；它们是一支实际意义上的军队的相似物。必要时，它们的兵器便会派上用场。为了让食具和兵俑都具有实际效用，它们似乎就必须在细节的精确度和完整性（如果可能的话）上达到逼真的程度。"[8]

五

于是，在这支威武的军队背后，我看到了秦始皇的恐惧。这个不可一世的王，在三百尺深的地下——那个他从来未曾抵达的世界，竟然是那么虚弱、孤独、没着没落。

其实，秦始皇从来都是一个没有安全感的人，自从这个鸡胸、长着马鞍鼻的病弱少年被他的祖父秦昭襄王当作人质送给赵国，他的安全感就不存在了，我在《在故宫看见中国史》一书中讲到过秦始皇（那时还叫嬴政）的抑郁型人格。他后来扫六合、吞八荒的那种凶猛，还有他焚书坑儒的狠劲儿，都是这种抑郁型人格的反弹。他的优越感和悲哀都同样地突出。他用凶狠和血腥来掩盖自己的虚弱与惊慌，以至于他在死后，还像一个婴儿那样需要保护。

杰西卡·罗森说："秦始皇由著名的兵马俑大军守卫，很多其他墓葬则以石门和巨大沉重并经过精心凿刻的石块封闭。死者似乎对外界怀有很大的恐惧。"[9]

秦始皇陵，无论它多么壮丽，它都不过是一件用来容纳恐惧的容器。

陵墓有多大，他的恐惧就有多大。

名称：力士博山炉

时代：东汉前期

尺寸：通高 23.9 厘米，宽 10.1 厘米，重 1.4 千克

第六章 案头仙境

那时的人对世界所知甚少,这从反向上激发了他们对世界的想象。

一

李少君去见汉武帝，言称自己是七十岁的老头儿。汉武帝打量着他年轻的脸，有点不大相信。那应该是在公元前133年，汉武帝拒绝了匈奴的和亲要求，在马邑设下埋伏，拉开与匈奴战争的历史大幕[1]。那一年，汉武帝二十四岁。

我至今查不出李少君的真实年龄。历史中的李少君，一无身份证，二无介绍信，三无固定住所，属于典型的"三无人员"，只知道他的职业叫方士，掌握着使人长生不老的特殊技能，实际上就是一个四处游走招摇撞骗的盲流。为了打消心中的疑虑，汉武帝亮出一件很古老的青铜器，问李少君是否认识此物，李少君仔细瞅了瞅，说："齐桓公十年时，这件铜器曾在柏寝台放过。"[2] 汉武帝于是趴在青铜器上仔仔细细核对上面的铭文，当他看见齐桓公的名字时，一时间蒙圈了，因为李少君不可能提前看到齐桓公的铭文。在场所有人，也都露出了惊讶的表情。

[图 6-1]

鎏金博山炉，西汉中期

北京故宫博物院 藏

司马迁后来在《史记》里写下这一幕时用了四个字："一宫尽骇"。他们于是对李少君的方术深信不疑，认为李少君是神、是仙，他的年纪，往少了说也有几百岁了。[3]

李少君曾经在武安侯田蚡的府上宴饮，酒喝大了，就指着在场九十岁以上的老同志说："你们这帮小朋友，当年我跟你们的祖上一起撒尿和泥玩呢。"李少君说出他们当年一起玩耍和骑射的地点，那些老寿星们迅速搜索自己的童年记忆，想起自己的长辈们都说到过那个地方，于是彻底服了，毕恭毕敬地，把李少君当作自己的老前辈。

每个朝代都有能忽悠的人，专门忽悠皇帝，也早就成了一门专业，李少君是这方面的杰出人才。那一天，面对着那件青铜器，李少君从容不迫，潇洒而镇定地对汉武帝循循善诱："有此奇物可以化作黄金，用这样的黄金做成饮食器具，可以延年益寿，这样，就可以见到蓬莱仙人，与蓬莱仙人进行封禅大典就可以长生不死，飞升成仙。"

李少君声称，自己曾经登上过东海中的蓬莱仙山，在那里，一个名叫安期生的千岁老人给了他一颗像西瓜那么大的巨枣，吃了它，他才长生不老。

坚不可摧的汉武帝，就这样被那个名叫李少君的骗子忽悠得五迷三道，把寻找神仙，求得长生不老之术当作自己最紧迫

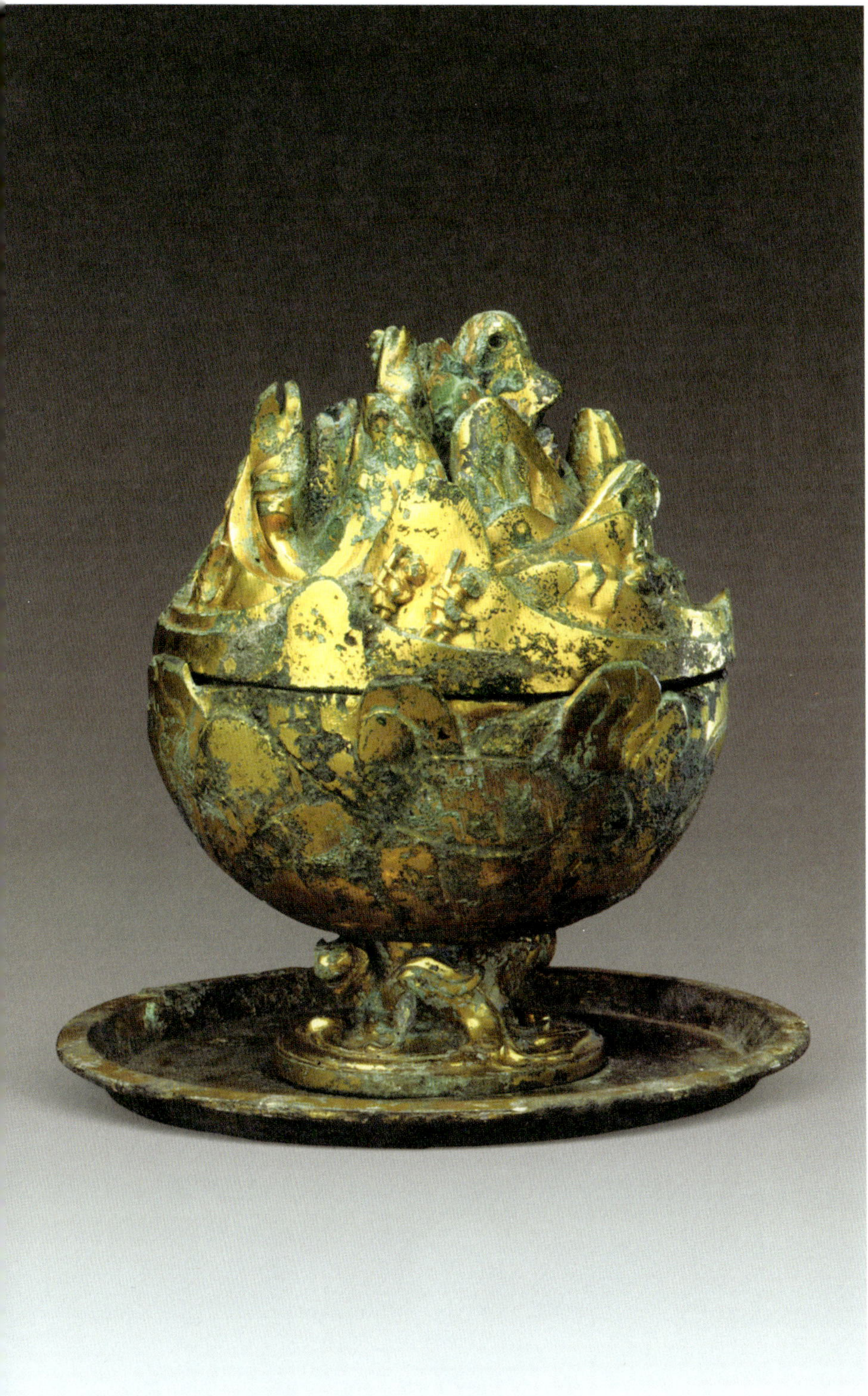

的任务,而且这项工作几乎贯穿了他的一生。横扫匈奴的汉武大帝,在这个领域,注定要一败涂地。

二

在中国人的观念里,在鬼神的世界之外,还有一个奇幻的世界,叫仙境。美术史家巫鸿先生说:"仙境既不是一个抽象的概念,也不是虚幻的神话故事,而是一个他们曾亲眼见过并能绘声绘色地加以描述的实实在在的地方。"[4]那个世界不在天上,也不在地下,而就在人间,只不过与我们生活的俗世有一段距离而已。

那是一段物理上的距离,因为它们通常都比较偏远,不是在高山上,就是在岛上——其实岛也是山,是海上的山。同时,那也是一段精神上的距离,仙界里的居民是不死的,他们已经跨过了死亡的关口,可以永远活下去,所谓"老而不死曰仙",他们也不需要像神那样去履行各自的职责,因此,他们的生活,真正称得上快乐无极限。也因此,无论秦皇,还是汉武,都在绞尽脑汁地打探仙境的地址。

在那个朝代,中国人把世界想象成这样一幅景象:昆仑的方位,是太阳落山的方向,那是世界的西方;而在太阳升起的东方,则是蓬莱、方丈与瀛洲三座仙岛,岛上也有神山,上面长有仙草,可使人长生不老。正是那上面的仙草,吸引秦始皇和汉武帝一次次自黄土高原出发，千里迢迢地奔向东方海岸线。

在汉武帝面前，李少君不仅透露了仙境的地址，而且描绘了他"亲眼看见"的真实景象：在那三座神山上，禽兽栖息，颜色皆白，宫阙此起彼伏，一律用黄金和白银打造，远远看去，那仙山宛若彩云，走到近前，才发现它们原来竟在水下。

有人坚信，语言创造世界，至少在汉代，美轮美奂的神仙世界，就来自那些李少君这伙人的三寸不烂之舌。因为那个世界，只有在语言中才能呈现，在现实中却难于兑现——汉武帝跟着那些方士们跑，踏破铁鞋也没有见到仙境的模样。

既然仙山鞭长莫及，那么生产一些人造仙山，用来安抚他们内心的焦虑，也就未尝不可。巫鸿说："如果终于对此无能为力的话，至少也要在人间造出模拟的仙境。"[5]汉朝人于是行动起来，通过日常生活器物，构建出自己想象的仙山形象。

那器物的名字，叫"博山炉"。

三

首先，博山炉是香炉——一种用来焚香的器皿，一般为青铜铸造。中国人焚香的习俗早就有了。香炉内焚用的香料，最早是茅香（时称薰草或蕙草），虽然香气馥郁，但有点烟熏火燎，不似焚香，倒有点像烧烤。

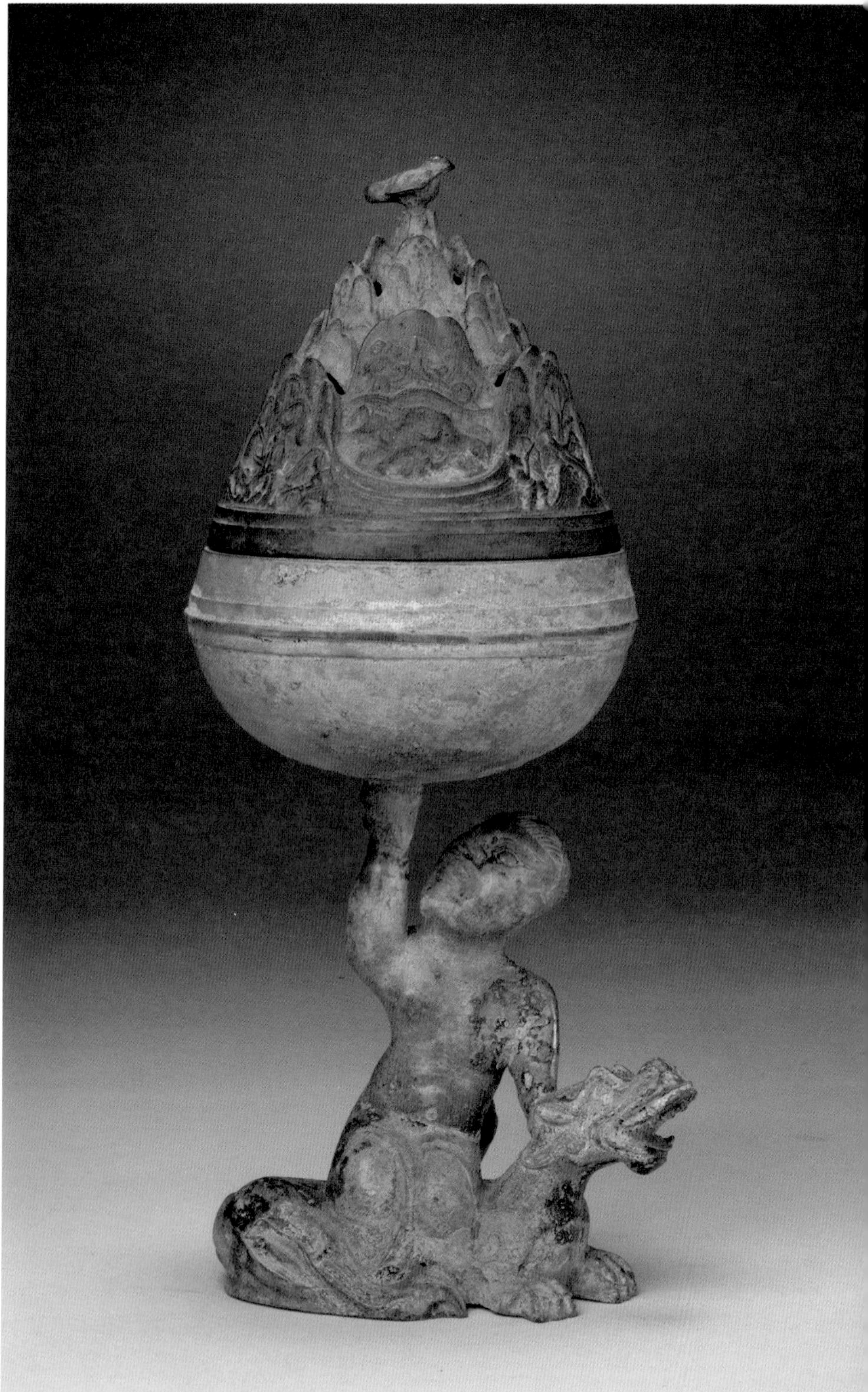

[图 6-2]
力士博山炉，东汉前期
北京故宫博物院 藏

西汉中叶，龙脑、苏合等树脂类香料（比如沉香）自远方传来，人们将这些香料制成香球或香饼，放在香炉里，下置炭火，慢慢地炙烤这些树脂类的香料，便有浓厚的香味自香炉里漫溢出来，丝丝缕缕，带着某种迷人的意境，幽香沁脾。这些树脂类香料，就这样取代了茅香，成了那个时代的主流。

香炉的器型，于是因之而变，"为了下容炭火，博山炉与豆式熏炉相比炉腹要深"[6]，"同时将炉盖增高，在盖上面镂出稀疏的小孔，透过小孔的气流挟带熏炉上层的香烟飘散，而炉腹下部的炭火由于通风不畅，所以只保持着缓慢的阴燃状态，正适合树脂类香料发烟的需要"[7]。

其次，像古代许多实物器具一样，博山炉本身就是一件艺术品。前面说过，战国时代，青铜制品就已不只是祭祀仪式上的庄重道具，而是逐渐与日常生活相适应，变得婀娜和灵动，出现了包括铜镜[8]、铜灯、带钩在内的一系列生活用品，使人们在天的秩序之外，寻找到了属于人间的生活秩序。到了两汉，青铜器继续向日常生活器皿发展，博山炉，就是汉代最有代表性的"文化符号"之一。

具体地说，博山炉就是一尊关于山的雕塑——所谓"博山"，就是一座仙气缭绕、群兽妖娆的海上仙山。它的山峰，像花瓣一样层层包裹，紧紧簇拥，在山的皱褶里，有飞禽狂舞、动物凶猛，与方士们描述的别无二致。

　　故宫博物院里，有一件西汉时期的鎏金博山炉［图6-1］，炉盖上山峦重叠，山中有樵夫负薪而行，也有野兽在奔走。另一件东汉时期的力士博山炉［图6-2］，造型更有想象力，因为在群山之巅，站立着一只小鸟，可能是天鸡或者凤凰，不知道是刚刚降落，还是准备起飞。这一神来之笔，在山的高度上，又加上了一个新的高度（飞翔）。而它的炉柱，则是一个跪坐在神兽背上的力士，力拔山兮气盖世，单手就把山峰托举起来。

　　但博山炉最关键的装置，却不是那些吸引眼球的部分，而恰恰是不易被看见的部分——用来透烟的微小孔隙［图6-3］。当炉腹里的香料被点燃，就会有烟岚从那些小孔里穿出，游荡在山峦之间，那烟岚的造型，都可以被小孔所控制，条条缕缕，与仙山的梦幻效果刚好相配。

　　总之，这是一种精密到极致、同时美到极致的日常生活器具，体现了那个时代的工艺成就，也体现出那时的贵族对物质生活的苛求。几百年后，一位被称为"诗仙"的大唐诗人还在一首乐府诗里，表达了他对这一神奇的视觉效果的痴迷：

　　　　博山炉中沉香火，
　　　　双烟一气凌紫霞。[9]

第六章 案头仙境 95

[图6-3]
云龙纹博山炉，清
北京故宫博物院 藏

四

　　博山炉的发明，让香料与香炉成为彼此的绝配。一方面，博山炉为香料提供了最妥帖的容身之所。幽深的炉腹，让香料隐藏了自己固体的形态，在火焰中、在人们视线的背后，悄无声息地熔化，再次出现时，已经转化为袅袅轻烟。这样的转换，只有借助精美的博山炉才是最完美的，博山炉就像一个智慧的大脑，孕育着变幻莫测的思想。

　　反过来，那股神秘而持久的幽香，也强化了博山炉的仙境形象，使仙境不仅有形象（像李少君描述的那样），而且有气味。那奇幻迷离的香气，正是对仙境的最佳注解。我想起有一次去温州，与盲人歌手周云蓬说到西藏，他说，他具有根据气味来分辨地点的功力，因为不同的空间，完全可以用不同的气味来描述。比如有人把他空降在拉萨，空气中弥漫的藏香的味道，就会告诉他这是在哪里，因为那股特殊的香气，是这座城市辨识度最高的标志之一。对此，我深有同感——我相信，拉萨城的藏香味道，是从城市的体内散发出来的，而不是外加于它的，它是城市灵魂的一部分，只有那样的芳香，能够体现拉萨卓尔不凡的气质。

　　博山炉的造型后来有了变化，比如到南北朝时代，就已经摒弃了仙山的形象,开始和佛教中的莲花造型结合在一起——在故宫博物院,藏着一件绿釉莲瓣蟠龙博山炉[图6-4],时代断为隋代,炉盖上传统的山峰已经演变为联珠纹沿边的钿式花瓣——但那缕香气,依旧是有出处的——它来自佛的世界(莲花象征佛界),就像它来自仙境一样具体。

那时的中国人,不像今天那样敷衍,造出的日用品都那么丑陋、孤立、冷漠,赤裸裸地服从于实用,所有对世界的想象、激情都被过滤掉了。那时的人对世界所知甚少,这从反向上激发了他们对世界的想象。我甚至觉得,科学与艺术有时是呈反比的,对世界越明白,想象力就越少,艺术创造力就越是低下,比如登月时代来临之后,那枚曾经照亮中国传统文化的月亮就成了一个伸手不见五指的荒芜星体,"春江花月夜"的美妙意境被阿姆斯特朗那一大步踏得粉碎。但在汉代,人们对世界的想象,还带有许多魔幻的成分,他们所塑造与描述的那个世界,也因此具有了深刻的文学意蕴。

五

把皇帝作为自己忽悠的对象,在中国忽悠史上,汉朝方士的地位应当是首屈一指。他们胆子大,风险也大,因为皇帝,不会总像他们想象的那样弱智。

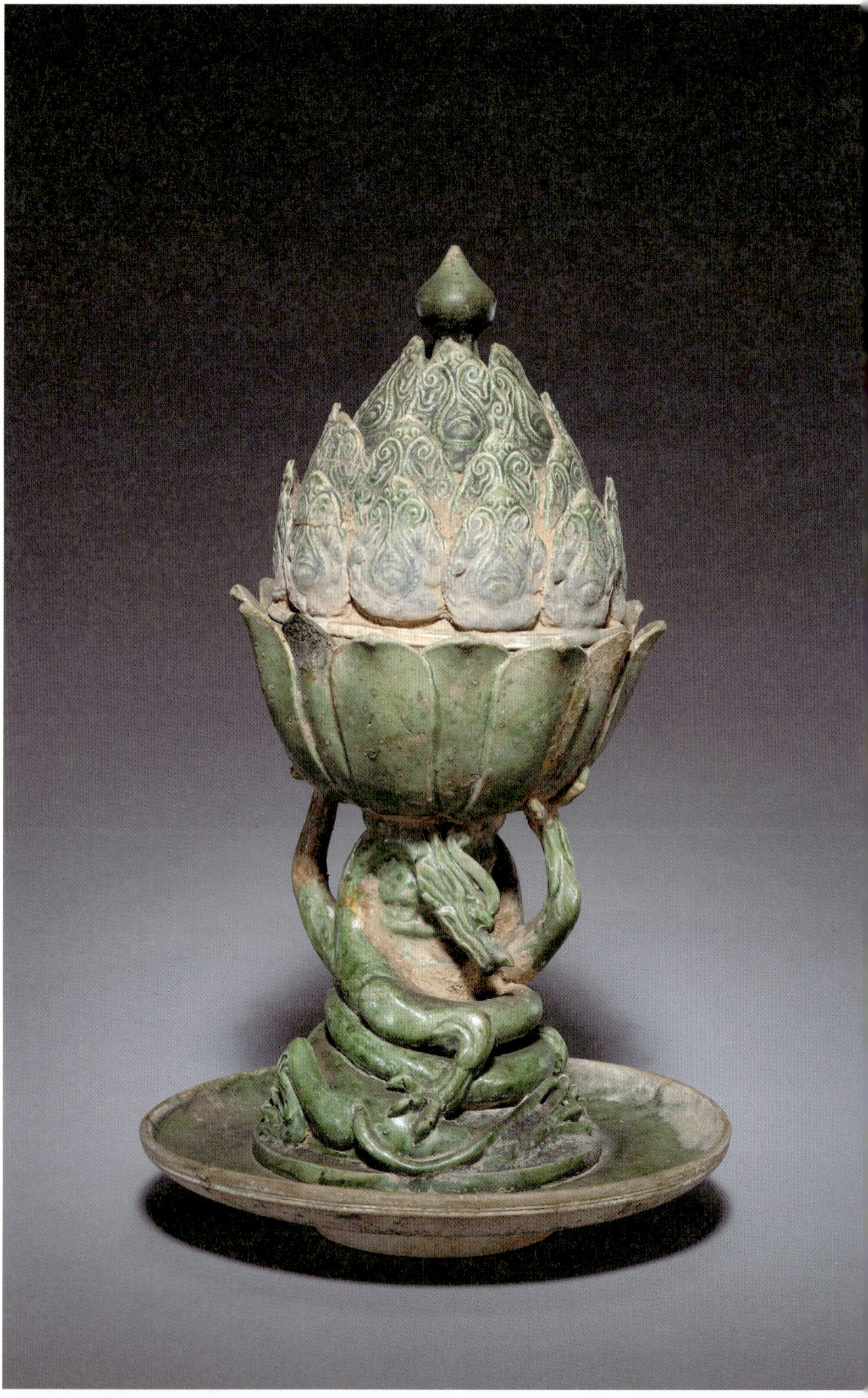

[图6-4]
绿釉莲瓣蟠龙博山炉，隋
北京故宫博物院 藏

比如汉武帝，有时也会纳闷：既然他们都登上过仙山，遇见过仙人，为什么自己跟着他们东奔西走，结果连仙人的影子都没见到过？

李少君只好解释说，这要看缘分，脾气不对的仙人肯定隐而不见啊；后来的方士栾大也说，是秘方用尽了，所以没有应验啊。所幸李少君死得早，还没有来得及露出破绽。后面那几位就不那么幸运了，他们不仅露出了破绽，而且露出了破"腔"，被汉武帝打得皮开肉绽，甚至命人取下了他们（比如少翁、栾大）的脑壳，借此掩盖自己的愚蠢。

一生从胜利走向胜利的汉武帝，在寻找仙山的道路上，碰了一脑袋包，究其原因，是他把艺术的世界等同于真实的世界，混淆了虚构和非虚构的界限。最终，他还是醒悟过来，语重心长地对大臣们说："向时愚惑，为方士所欺。天下岂有仙人，尽妖妄耳！"说完这话的第三年，汉武帝就去世了。在临死前敢于否定自己，或许正是汉武帝的非凡之处。

汉武帝被整得很惨，中国艺术却得了大便宜。此前的中国艺术史中，只有战国时的屈原在《离骚》中对仙山进行过描述，但那也只是文学形象，而非视觉形象，只有到了汉代，仙山才开始以视觉形象出现。博山炉固然汲取了前代文化中的装饰艺术成就，包括在东周时期发展到极致的富有动感的盘旋曲线纹饰，但它更"为仙山的表现奠定了基本的图像志基础"。博山炉的传统自此从未断流，一直延续到晋唐五代、宋元明清，材质也由青铜，拓展到瓷器上，发展成一个庞大的艺术家族，蔚为大观，甚至于影响到其他艺术门类，比如中国山水绘画，就是从仙山的形象中脱胎而出的，抽丝剥茧，一点点地弥漫成一代代画家笔下的云卷云舒、山高水长，山水画也几乎成了中国艺术中最为经典的艺术形式，这一点，我在后面还会写到。对这些，汉武帝一定是没有想到的。这充分证明了历史有时不那么听话，有时种瓜，得到的偏偏是豆。

从这个意义上说，忽悠有时也能成为历史发展的动力。为此，整个中国艺术界，都不妨对李少君这个大忽悠鞠躬致敬。

名称：《仪礼》简

时代：汉代

尺寸：长51—56厘米，宽0.5—0.8厘米

第七章 绝处逢生

文字落在竹简上,就像雪落在地上,被大地迅速融化和接收。

一

公元前213年,秦始皇决计要把除秦国历史以外的各种历史一网打尽,下令焚烧《秦记》以外的列国史记,对不属于博士馆的私藏《诗》(即《诗经》)、《书》(即《尚书》)等也限期交出烧毁;有敢谈论《诗》《书》的处死,敢以古非今的灭族。只有医、卜之类的"实用科学",不在焚烧之列。

那些附着在文字上的历史,都化作了一股灰烟,风吹即散。

秦始皇没有意识到,即使在他的政治铁幕下,依然有一条漏网之鱼,能够侥幸逃脱。

这条鱼的名字,叫伏生。

伏生是秦朝的一名博士,危难之际,他冒着死亡和灭族的危险,把一部《尚书》偷偷藏在自家的墙壁的夹层之内。

这是人间幸存的唯一一部《尚书》。这是中国现存最早的皇家历史文献集,一部华美璀璨又佶屈聱牙的古代史书。据说过过孔子的手（司马迁和班固都坚称这部书是孔子编纂的），所以后来被儒家奉为五经（《诗》《书》《礼》《易》《春秋》）之一。[1]汉语中最早的"中国"一词，就埋藏在这部书中。[2]

后来，大秦王朝的琼楼玉宇也消失在一场大火中。放火者：项羽。

又过了很多年，王朝剧变的尘埃终于落定，年老的伏生颤巍巍地砸开自家的墙壁，好消息和坏消息同时降临。

好消息是，他多年前冒死收留的那部《尚书》仍在原处；坏消息是，能够辨认的，只剩下二十九篇。

那一刹那，寒风吹彻头顶，许多人的后脑勺一定会变得拔凉拔凉的，历史——至少是纸页上记录的那些历史，突然间变得很遥不可及。

但历史还是在这里预埋了一条线索，那就是伏生不仅是《尚书》的收藏者，还是硕果仅存的一位曾经参与编修《尚书》的人，只要他还活着，《尚书》就在，不在墙壁里，而是在他的心里。

二

河清海晏的西汉初年，摆在汉文帝刘恒面前的一项最紧迫工作，就是抢救伏生脑子里的那部《尚书》。他传下旨意，要把伏生召至长安，请他口述《尚书》的内容，然而从伏生居住的章丘到达长安，中间要翻山越岭，路途迢迢，而伏生这位历经周、秦、汉三代的文化"活化石"，此时已年逾九旬，这样折腾他等于要了他的命。于是汉文帝命令晁错前往章丘，抢救这笔"文化遗产"。

晁错一路不敢怠慢，和时间赛跑，千里迢迢抵达章丘时，一个意想不到的情况又出现了：此时的伏生，已经口齿不清，言语混沌。

但天无绝人之路，老天爷还是为他预备了一位"翻译"，此人不是别人，就是伏生的女儿羲娥。在这世上，只有羲娥能听懂老人家的话，于是，伏生、羲娥、晁错，开始了一次漫长的，也至关重要的合作。

白发苍苍的伏生，穿越了秦朝的黑夜来到汉朝，在生命的终点，他看见晁错，还有晨光中一张摆满空白竹简的书案。

我们可以从唐代诗人、画家王维的《伏生授经图》[图7-1]中重温当年的场面。几年前，上海博物馆举办的"千年丹青——日本、中国唐宋元绘画珍品展"，就展出了这卷《伏生授经图》。这件传为唐代王维所绘的作品，宋代宫廷秘藏的《宣和画谱》中记录过它，现收藏于日本大阪市立美术馆[3]。这幅画纵25.4厘米，横44.7厘米，绢本设色。画上的伏生，须发苍白，瘦骨嶙峋，头着方巾，肩披薄纱，盘坐在案几后的蒲团上，右手执卷，

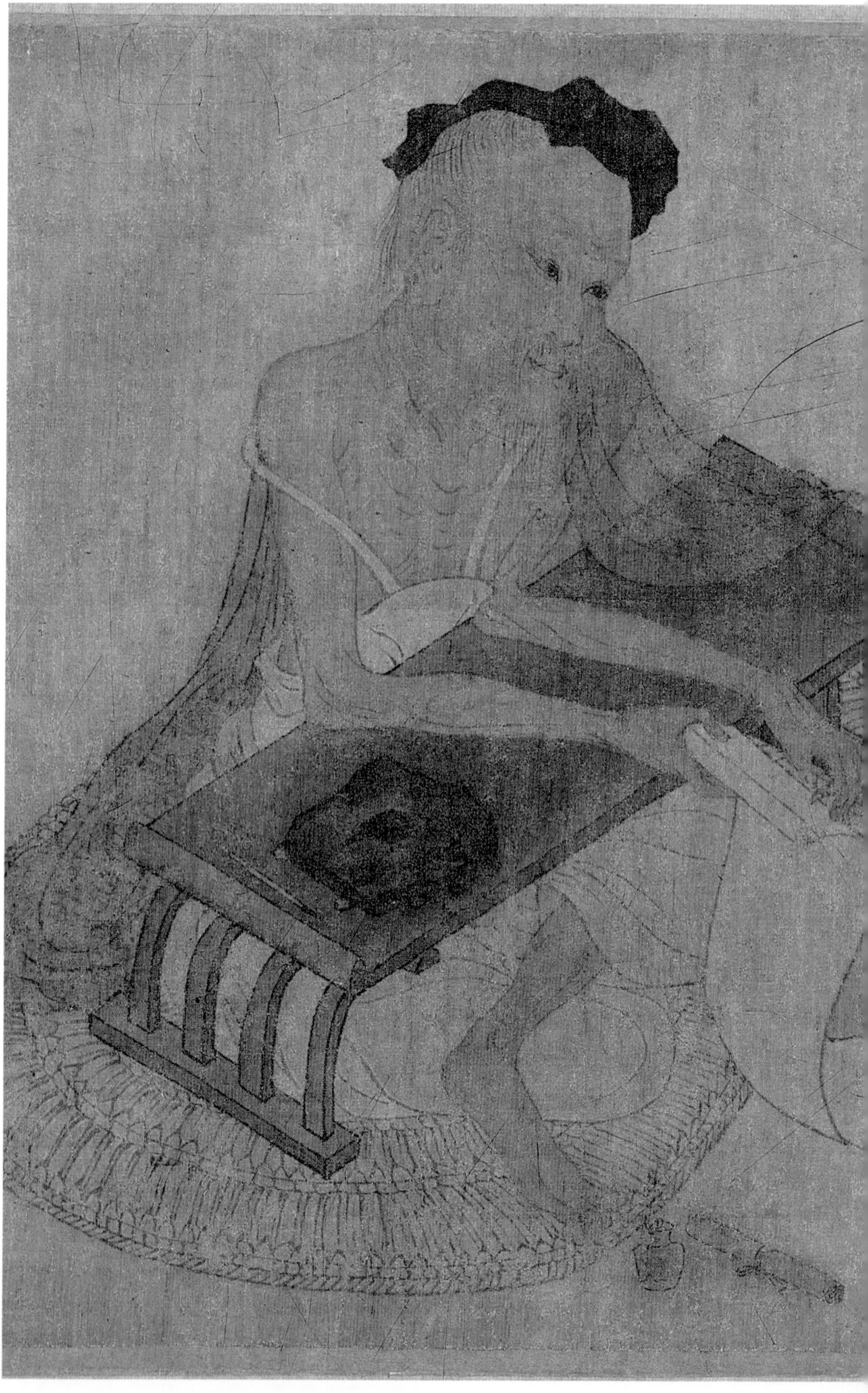

[图 7-1]
《伏生授经图》卷（局部），唐，王维（传）
日本大阪市立美术馆 藏

左手指点其上，嘴唇微启，似乎在说着什么。他的山东口音里，埋伏着自尧舜到夏商周跨越两千余年历史文献，他的倾听者，不只晁错一人，后世的所有读书人都竖起耳朵在听。所以，《伏生授经图》，不仅是一幅人物画，更是一幅关于声音的绘画，那听者，生了又死，层层叠叠，布满了两千多年的时空，人数庞大，无法统计。

到了明代，画家杜堇又重绘了这一题材 [图 7-2]。他不再用刚硬的瘦骨表现伏生内心的坚毅，而是更加宽厚、敦实，让人踏实。他隆起的额头、飘然的长须，凸显了他的智者形象，让人很容易想到儒家的创始人孔子。他坐在席上，衣袍敞开，一副散漫形象，而衣褶的方折的线条，还有庭院里嶙峋的太湖石，则暗示出他精神的强韧。

这幅《伏生授经图》，现存美国纽约大都会艺术博物馆。

不论怎样，伏生的口述，进入了晁错的书写之后，重新变成了文字，变成了简册，由语言重新凝聚成物质。那些在风中消失的文字，又在风中回来了，汇聚在晁错的笔下，就像一些一群飞散的蝴蝶，转了一圈儿，又栖落在原处。在那幅画之外，我看到漫天飞絮，万叶飘零，脚步参差，身影晃动，历史重新环绕在他的周围，让他感到温热、宽大和踏实。

后人说："汉灭秦，汉无伏生，则《尚书》不传；传而无伏生，

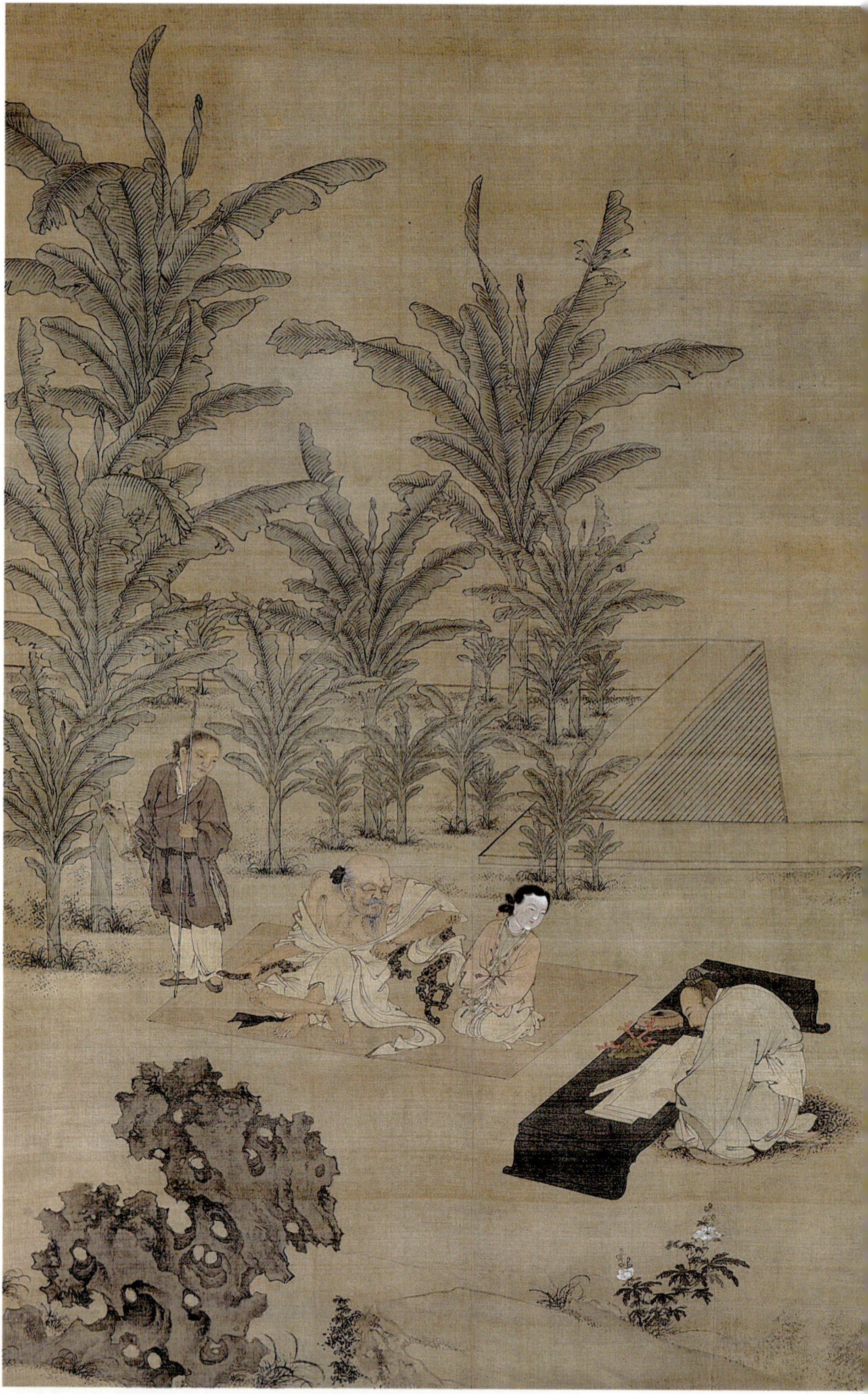

[图 7-2]
《伏生授经图》轴,明,杜堇
美国纽约大都会艺术博物馆 藏

亦不明其义。"

三

在中国文化的漂泊转折中,伏生是一个重要的衔接点,他为即将断裂的历史线索结结实实地打了个结。

自此,在历史的翻云覆雨中艰难生存的中国文化,总是能逢凶化吉、遇难呈祥,原因是这个国家始终不缺像伏生这样认死理、死认理的人,刀枪不入,百毒不侵。司马迁也是这样的人,所谓"悲莫痛于伤心,行莫丑于辱先,诟莫大于宫刑"[4],身为"刑余之人",司马迁居然踏遍青山,将那些即将消失的史料凝聚成一部《史记》。正因有了他,后世史家才找到了一种记录历史的可靠方式,最终汇聚成《二十四史》的浩瀚长河。

此时,从他们笔下流出的文字,已经不是李斯擅长的小篆,而是过渡为隶书。

隶书,已经成了汉代的流行字体。

行将消亡的古代经典,通过他们的手,以隶书的方式,流传下来。

文字改变了历史,顺便,也改变了自己。

我们今天能够看到的秦汉简牍虽不是写自晁错的笔端,却约略产生于那个时代。一条一条长约 50 厘米的竹条木条,古朴

[图 7-3]

《仪礼》简,汉

甘肃省博物馆 藏

而挺拔[图 7-3]。从书法史的意义上说,那些字暗含着汉字书写由篆入隶的巨大变化,那些笔画粗肥的隶书,字形优美而舒展,把篆书蜷曲的身体摊平、拉长。但是,站在书法史之外,我更愿意把它们当作两千多年前的人们留下的手稿。在它们的朝代里,它们不是作为书法存在的,可能是文件,是军马账册日志报表,或者嘘寒问暖的家书。对于当事人来说,它们的意义,仅限于内容上的意义,至于在历史中的意义,都是在时间中派生出来的,与当事人无关。

其实在竹简之前,中国人早已开始用毛笔写字了,甲骨上的文字[5],还有青铜礼器上的铭文(见前文),许多都是先用毛笔写了墨稿,然后再刻、铸上去的,但是那些原始的墨稿都没有留下来。只有竹简木牍,是写字者最原始的墨迹,中间没有经过翻刻与转译,让我们最直接地体会写字者的情绪与个性。

隶书诞生于秦代,发育、成长于汉代,或许,只有在汉代宽阔的疆域里,它才能真正地驰骋和壮大。它保持着一种即将腾跃的动作,就像一位健将,蹲伏在起跑线上,身体虽呈静态的,却暗含着一股势能。那是中华文明准备加速时的姿态,一切都在准备中,一切还没有绚烂起来,就像晨曦中的景物,虽暧昧不清,却已轮廓分明。

賓,起曰某不以
　　　　　　贄不敢見至
　　　　　　人對

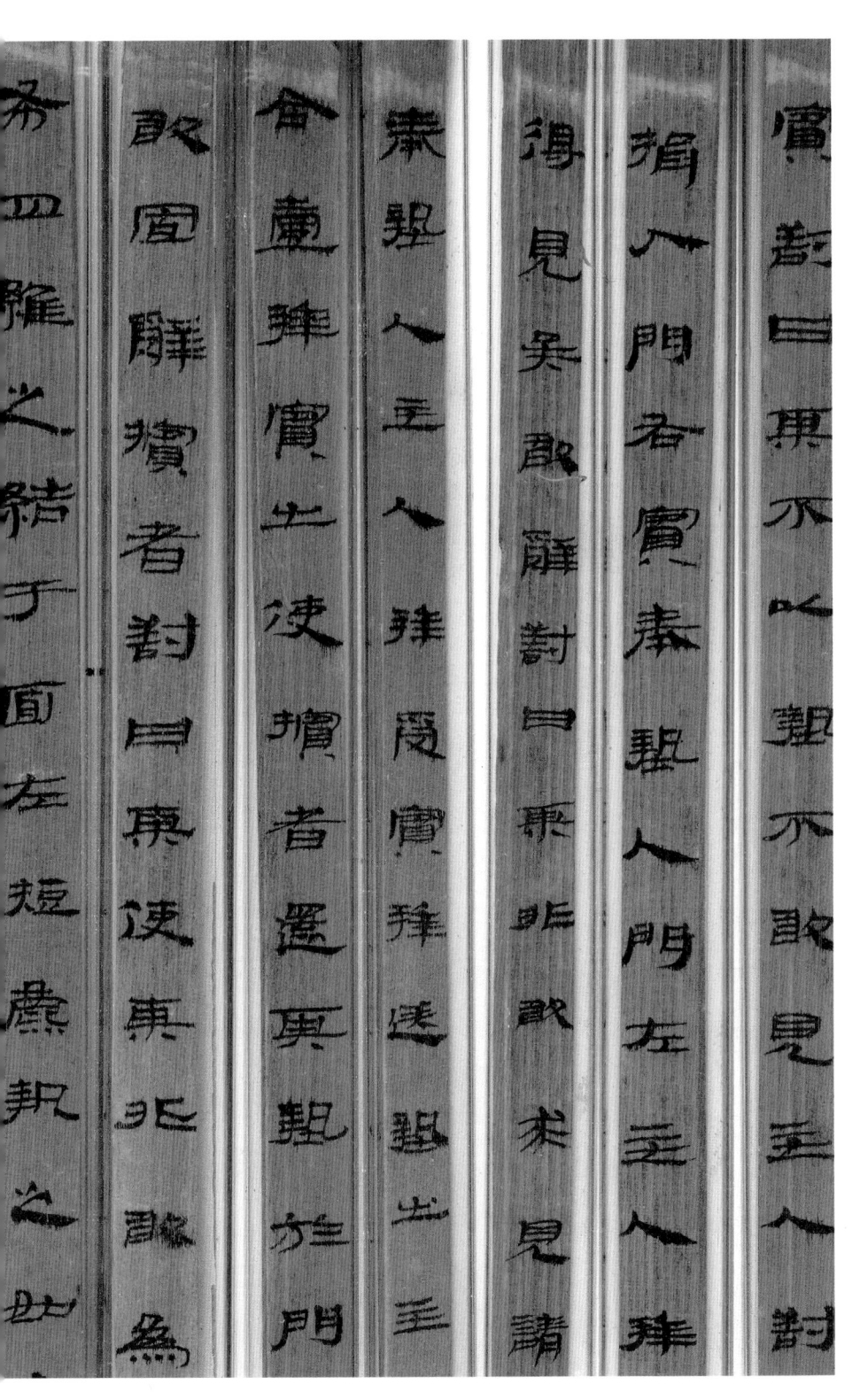

擯入門右賓奉贄入門左主人再拜

得見矣敢辭對曰某非敢求見請

某與人主人拜辱賓反見退賓送出主

食壹拜實出使擯者還賓於門

敢固辭擯者對曰某再使某非敢

某願之結于面左短虡執之此

四

波磔，是书法术语，用来形容隶书水平线条的飞扬律动，以及尾端笔势扬起出锋的美学。[6] 通俗的说法，叫"蚕头雁尾"。波磔的出现，使书法线条由纵向的垂落转为横向的飞扬，就像江河的波涛，或者飞鸟的翼翅，一轮一轮地荡远。

平稳的篆书和昂扬的隶书，刚好暗合了秦汉两个朝代的气质——前者是沉降式的朝代，"文士鼓舌，游侠仗剑，苍蝇无头，瞎猫乱撞"[7]，都被这个朝代干净利索地纳于一统了，尘埃落定，最后化作地平面之下的兵马方阵；汉代则是一个飞起来的朝代，这在汉高祖刘邦"大风起兮云飞扬"的慷慨歌吟中就看出了端倪，汉代建筑上挑的飞檐、马踏匈奴的巨型石雕、肢体飞扬的说唱俑、飞扬律动的丝绸之路，至今还保留着飞升的动势。

那些横向的水平线在克服木质纤维的阻力之后获得的自由感，像那个时代的宽袍大袖，让站在地上的人，有飞升起来的感觉。我想，在那时人们的目光里，竹简上的文字，与空中滑翔的鸟，还有建筑上飞起的檐角保持着某种一致性——它们都有天生的翅膀，随时要挣脱大地的束缚。但它们飞行的轨迹不是纵向的，而是横向的，与地平线始终平行，这表明了它们依然有着与大地相依的性格，不像西方的建筑（比如教堂和摩天大楼），总是试图用高度来抗拒大地的引力。所以，那些隶书所表达的自由，是平和的、流畅的，而不是尖利的、决绝的。它们像风或者夜色，将万物收拢其中。

尽管伏生口述、晁错记录的原稿早已经在历史中遁形，但我们完全可以借助故宫博物院收藏的竹简木牍（目前尚未完成整理和出版），想象它们原初的样子——

两千多年前，文字落在竹简上，就像雪落在地上，被大地迅速融化和接收。那些疾速写下的文字，后来不断被抄写、被翻印，与后世里的雕版相衔接，与一代代人的目光相衔接。在那些目光里，文字真正变成了鸟，因为它保持着适当的高度，所以它很容易就飞越了朝代之间的栅栏，一直飞到今天。

五

秦始皇是一个蕴藏着无穷能量的强者，但他的心里，又充满了暗角。他信仰刀的哲学，这一哲学把他的力量引向了邪恶。他可以用活埋的方式，让儒生们的乌鸦嘴彻底消失，但他打不倒一支笔。这不仅因为笔是可以再生的，子子孙孙无穷尽焉，而秦始皇，纵然儿女成群，也经不起秦二世胡亥的滥杀。作为秦始皇最小的儿子，胡亥不仅在咸阳处死了自己的兄长，又在杜邮[8]将六个兄长和十个姐妹活活碾死，刑场惨不忍睹。胡亥在把他们一个个杀死之后，又被赵高的心腹逼死于望夷宫。秦始皇不会想到，他所崇信的哲学竟以自家的灭门作为大结局。

与刀的哲学相比，笔的哲学是中正平和，以柔克刚。在这个世界上，越是锋芒毕露、杀机毕现，就越会伤及自身。这就是强悍如秦始皇者始终敌不过一支毛笔的原因。

汉代的帝王们看到了暴力的限度，于是，意识形态悄悄地发生着变化，曾经亡命天涯的儒者，又回到了世界的中心。汉武帝在长安设置了太学，为研习儒家经典的博士配备弟子五十名，让他们"传帮带"。春风拂动，桃花片片，他们不紧不慢地谈论着被搁置已久的理想，而无须再去顾念刀刃的寒光。

迈克尔·苏立文说："汉代采用了更温和的政策以巩固其统治，今天的中国人仍然非常骄傲地回忆这段历史，并自称为'汉人'。"[9]

四百年汉代文学，中间虽数经变化，但是，儒家思想始终占据了左右汉代文坛思潮的主导地位。[10]

思想复活了，毛笔奔走如飞。

毛笔取代了刀，成了这个朝代最主要的道具。

毛笔是软的，但它并不软弱。直到今天，阅读介质已发生根本的变化，由青铜石鼓、木牍竹简的时代过渡到了电子时代，毛笔书写的黄金时代已然过去，但毛笔依旧是不能被键盘取代的。技术专制并没有让它折服，它依旧挺立在书生们的桌案上，恪守着它原初的意志，从未变节。

名称：竹雕竹林七贤图香筒

时代：清代中期

尺寸：高 20.9 厘米，直径 4.6 厘米

第八章
命若琴弦

在魏晋,男神已经取代楚辞汉赋里的女神,成为身体与灵魂双重完美的代言人。

一

将"美貌"一词用于男人,怎么看怎么别扭。但无疑,男人也是有美貌的。魏晋时期就出了许多美男,有刘义庆《世说新语》为证。此书为容貌专设一章,名曰"容止",记录的就是那些美男的容貌与举止。

书里这样写潘岳:"竞争有姿容好神情。少时挟弹出洛阳道,妇人遇者,莫不连手共萦之。"[1]

他的"姿容神情",居然会引起女人围观,甚至拉起手来把他团团围住,怕他跑了。

还有王衍:"容貌整丽,妙于谈玄,恒捉白玉柄麈尾,与手都无分别。"[2]

他手里握的白玉柄拂尘,洁白的颜色同他手的颜色居然没有一点区别。大将军王敦看到王衍,不禁赞叹:"处众人中,似珠玉在瓦石间。"[3]意思是他处在人群中间,就好似把珠玉放在

[图8-1]
《竹林七贤与荣启期》砖画,南朝
南京博物院 藏

瓦石中间一样。

还有杜乂（杜弘治），王右军（王羲之）见到他，叹曰："面如凝脂，眼如点漆，此神仙中人。"[4]

凝脂、点漆，居然都被用来形容男人。而这样的溢美之辞，同样没有放过王羲之。当时的人们形容他的外表时，说了八个字："飘如游云，矫若惊龙。"[5]

这几乎就是曹植在《洛神赋》中对他心中女神的形容："翩若惊鸿，婉若游龙。"[6]

关于嵇康的美，《晋书》和《世说新语》都有记载。

前者描述他："身长七尺八寸，美词气，有风仪，而土木形骸，不自藻饰，人以为龙章凤姿，天质自然。"[7]

后者则写："嵇康身长七尺八寸，风姿特秀。见者叹曰：'萧萧肃肃，爽朗清举。'或云：'肃肃如松下风，高而徐引。'山公曰：'嵇叔夜之为人也，岩岩若孤松之独立；其醉也，傀俄若玉山之将崩。'"[8]

我把当今一线男明星一一想过，发现没有符合上述特征者。啥叫"龙章凤姿"，啥叫"风姿特秀"，有点考验我们的想象力。那几乎是一种绝对的美，像真理一样无可辩驳，经得起实践检验。

嵇康之美，美得被人误认为神仙。那时的嵇康，正在山川草泽间采药，恍惚间忘记回家。后来嵇康汲郡山中见到隐士孙登，嵇康便跟着他东奔西走。孙登不爱说话。嵇康临离开时，他却

[图8-2]

《竹林五君图》轴（局部），唐，阎立本（传）

台北故宫博物院 藏

说了一句："你性情刚烈又才气俊杰，怎么能免除灾祸啊？"

南京博物院所藏《竹林七贤与荣启期》砖画[图8-1]上的嵇康像，是我们今天所能见到的嵇康最早的图像，出现在南朝时一座贵族墓中，现藏南京博物院。据说魏晋时期的著名画家，像卫协、顾恺之、陆探微等，都曾经画过《七贤图》，其中也都有嵇康，可惜今已不存，但这套《七贤图》画像砖，如苏立文所说，"可能都保留了顾恺之等早期南方大师的风格"[9]。柯律格说："雕刻没有强调空间感，而是在有限的空间里通过姿态、衣着、面部表情刻画人物的个性。"[10] 八位人物中（加了一位春秋时期的隐士荣启期），最居左的是嵇康，轮廓圆润，体态微胖，合乎中国人物绘画的古风，却有点像平易近人的老干部。在我的想象中，他卓然独立的风神，实在是不该胖的。

台北故宫博物院藏有传为唐阎立本的《竹林五君图》[图8-2]，当是后人假托之作，乾隆认为是"晋竹林七贤"，录入《石渠宝笈续编》。唐代孙位也画过《竹林七贤图》，可惜已是残画，不足七人，这幅画于是被称为：《高逸图》[图8-3]。残存的四个人为：山涛、王戎、刘伶、阮籍，不见嵇康踪影。

北京故宫博物院藏有北宋李公麟（传）《竹林七贤图》，分段描绘了袒背侧坐的王戎、抚琴远望的嵇康[图8-4]，与酒为伴的刘伶、低头沉思的向秀、善弹琵琶的阮咸、卧读长卷的阮籍，

至大二年歲次辨溟洲
國僑居鄞城豹千青島逢
岐山佳張藥師許敦素
王氏城年利都李山公仍
雄賢豪秦青同寓七月
神閒同集風月滿庭七
因年代風月凊日燕同集見
南辰巳男辰冠奉桑天
蒙戚堂遂
甲午仲夏德題

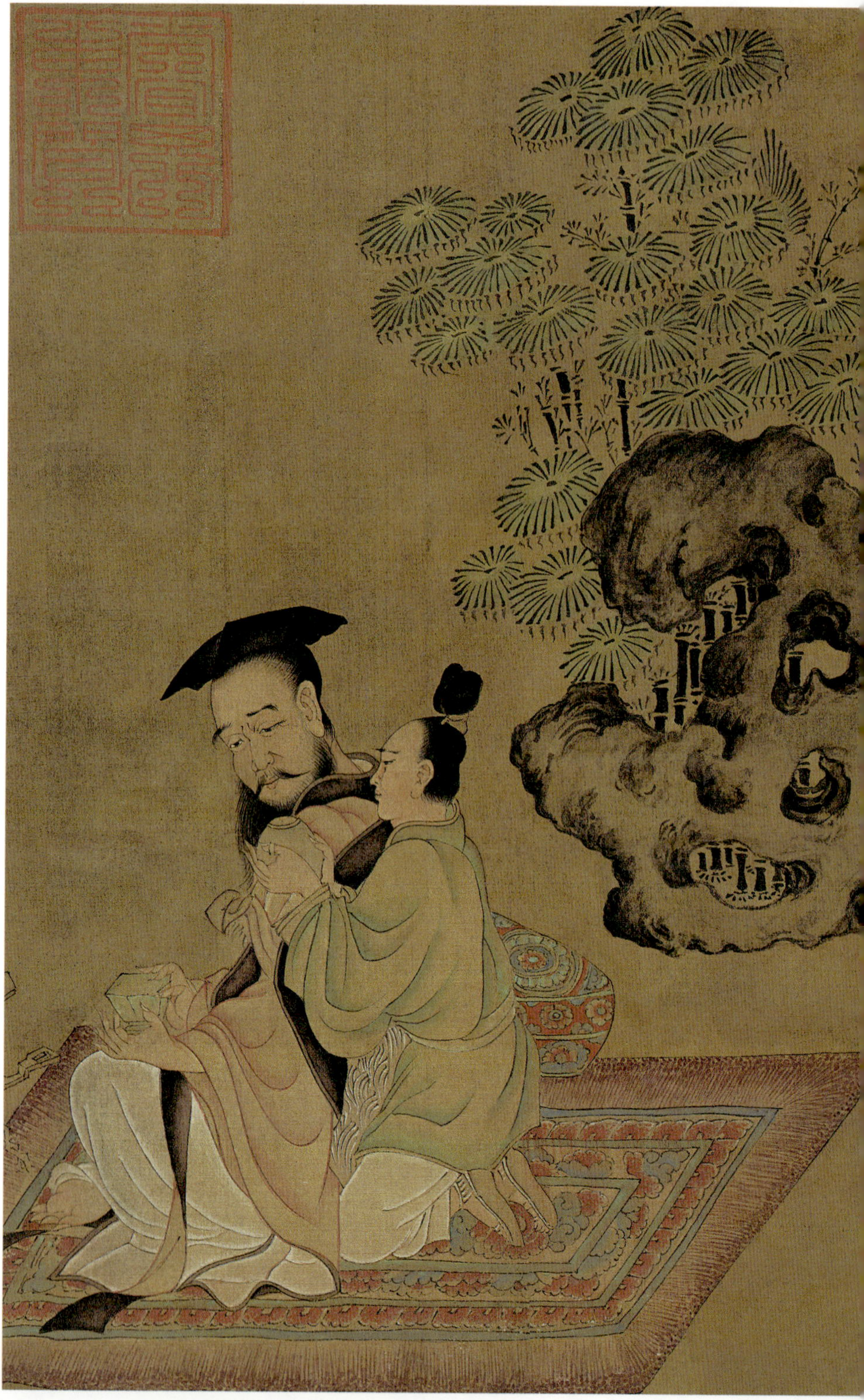

[图8-3]
《高逸图》卷（局部），唐，孙位
上海博物馆 藏

竹林七贤任性自然的风姿跃然纸上。明代陈洪绶、仇英等，皆有《竹林七贤图》，只是时间相隔太远，我们已难从他们的画里，辨识出魏晋的气息。

二

魏晋时代，是一个"铁腕人物操纵、杀戮、废黜傀儡皇帝的禅代的时代"[11]。先是曹操"挟天子以令诸侯"，他的儿子曹丕篡夺汉室江山，建立魏朝；继而魏的大权逐步旁落到司马氏手中，司马懿的儿子司马师和司马昭相继担任大将军，把持朝廷大权。曹髦见曹氏的权威日渐失去，司马昭又越来越专横，内心非常气愤，于是写了一首题为《潜龙》的诗。司马昭见到这首诗，勃然大怒，在殿上大声斥责曹髦，吓得曹髦浑身发抖，后来司马昭不耐烦了，干脆杀死了曹髦，立曹奂为帝，即魏元帝（后被废为陈留王）。曹奂完全听命于司马昭，不过是个傀儡皇帝。司马昭去世后，长子司马炎继位任晋王，逼曹奂退位，由他称帝，建立晋朝，引出"八王之乱"和"五胡乱华"。

那是一个血肉横飞、胜者为王的时代，人们崇尚的，应当是关羽、张飞、马超这样的力量英雄，像嵇康这样的名士书生，手无缚鸡之力，在那个年代，实在是命薄如纸、命若琴弦，被崇拜的"价值"不高，犹如李敬泽所说："书生一度是珍稀濒

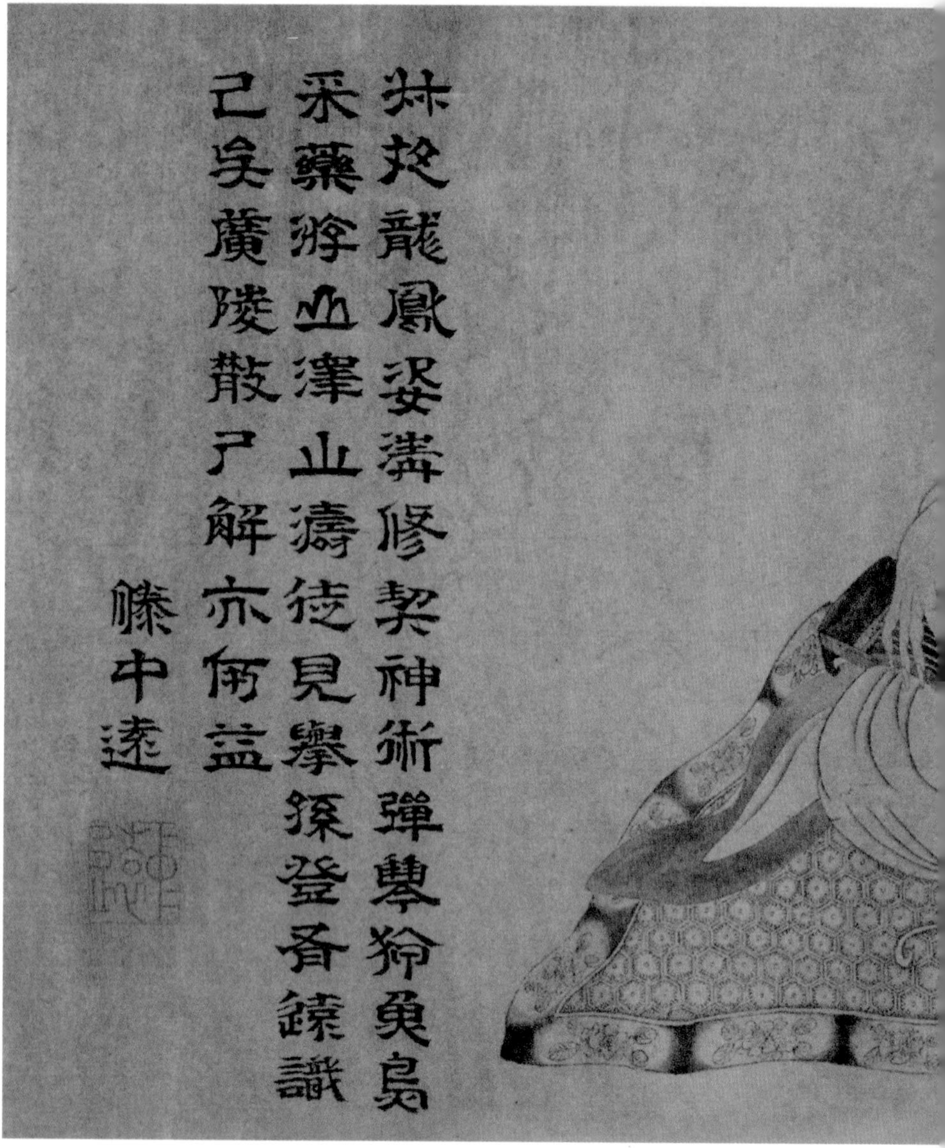

林好龍鳳姿，修契神術彈琴猞與鳥
采藥於山澤，山濤徒見攀探登吾躁識
己矣廣陵散尸解亦有益
嵇中逸

[图8-4]
《竹林七贤图》卷（局部），北宋，李公麟（传）
北京故宫博物院 藏

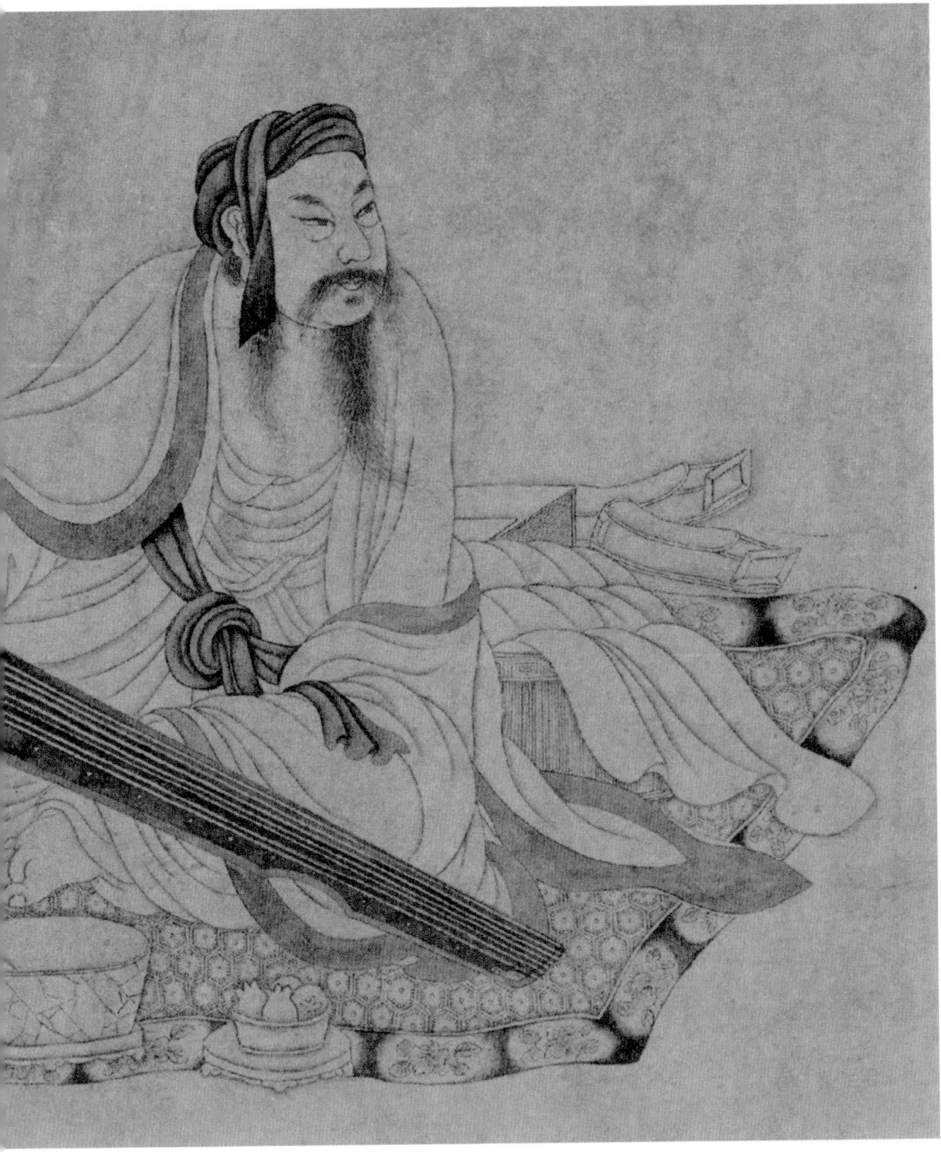

危物种——本来就不多,又被秦始皇活埋了不少,剩下的各自躲在阴暗的角落,喘息着,守一盏如豆孤灯,听天地间大风横行……"[12]

但曹丕说了,"盖文章,经国之大业,不朽之盛事"[13]。一下子就把文人出卖了——其实他们才是最有权的人,他们掌握的是言说的权力,它比刀刃上的权力更强大,也更持久。

不知晋朝大将军司马昭是否学习过曹丕的《典论·论文》,但嵇康的价值,司马昭懂。司马昭要请嵇康做幕府属官,让钟会去游说,嵇康不买账。竹林七贤之一的山涛,在由选曹郎调任大将军从事中郎时,举荐嵇康接替自己,嵇康一不高兴,就写了千古名篇《与山巨源绝交书》。

有人把它称为"对儒教礼节假面下统治者疯狂争夺权力的那个虚伪时代的一个讽刺,是忠实于内心真实感情的一种思想表白,同时也是在乱世中隐身求生的一种智慧"[14]。

他们希望遁形,不被看见,这一点与今天的"小鲜肉"们不同。竹林于是成为他们的最佳隐身之所,在那里,他们可以抚琴叩曲,花间烹茶,诗意地栖居。山阳县[15]的竹林,幽深,绵密,刚好可以遮蔽他们的面孔,包裹他们的快乐与忧伤。

想起在苏州拙政园看到的一副对联:

爽借清风明借月

动观流水静观山

　　故宫博物院有一件竹雕香筒上，刻着《竹林七贤图》，所以叫"竹雕竹林七贤图香筒"［图8-5］。修长的筒身上，雕镂着竹林七贤纹饰。筒壁上怪石层叠，竹林深远，竹林的深浅，有三四重，纵深感极强，可见雕刻者的功力。人物分为两组，错落有致：第一组为二人对弈，一人观棋；第二组为一人执笔伏案，三人或立或坐，围绕着他。石后松下，有小童鼓扇烹茶。从各个侧面上看，好似一幅幅画轴，组成一组联动的画面，假如拓下来，拓片则成了横幅的长卷，这正是此种香筒雕刻的神奇之处。图中石壁空白处，还阴刻印章两方，分别是隶书的"天章"和篆书的"施"字，我们于是知道，这工匠，叫施天章。

　　这施天章——雍正年间进入造办处的大国工匠，仿佛历史剧的导演，无论环境营造，还是人物调度，都见不俗功力。虽只是一件普通的文玩，但魏晋时代的飘逸浪漫，却随着他的刻刀，深入到材质中，入"木"三分——当然那不是木，而是竹，一种中国雕刻家偏爱的材质。从七贤栖居的竹林到施天章的竹刻，中间隔了一千五百年，但竹子的肌理与芳香，还是让时间的两端产生了意想不到的连接，让那个时代的气息、声音、影像，

[图 8-5]

竹雕竹林七贤图香筒,清中期

北京故宫博物院 藏

都可以触摸和感受。

今天我们讲述艺术史,常会聚焦于有名的画家、书法家,而对工匠不屑一顾。中国古代没有专业设计师,工匠实际上兼任着建筑、雕塑、家具、器皿这些领域的设计师,他们的"技艺",是技术,也是艺术,是"器",也是"道",在那些精美绝伦的物质内部,包含着有关剑侠、气节、道德的复杂伦理,物质文明史,同时也是一部精神文明史——一部真正意义上的艺术史。"两个文明",其实自古以来就彼此纠缠、融合,难解难分。

至于竹刻一行,历史上曾有朱鹤、朱缨、朱稚征(皆为明代)这些大师级人物,也是著名的嘉定竹刻的奠基人。而"竹雕竹林七贤图香筒"的作者施天章,就是嘉定竹刻的清代传人。

从这件小小的竹雕竹林七贤图香筒上,可以搜寻到华夏文明贯穿了十五个世纪的精气神。那就是不追求"外在的轩冕荣华、功名学问,而是内在的人格和不委屈以累己的生活",在晨昏昼夜、风花雪月中,找到"真实、平凡而不可企及的美"。[16]

历史中的一个人,或许弱不禁风;但这些风汇在一起,却绵延长久。只是,在这诗意之上,埋伏着一个血腥的结尾——

司马昭最终还是没有放过嵇康。

处死嵇康那天,嵇康神色不变地走入东市刑场,看了看太阳下的影子,揣测着离行刑尚有一段时间,就向兄长嵇喜要来

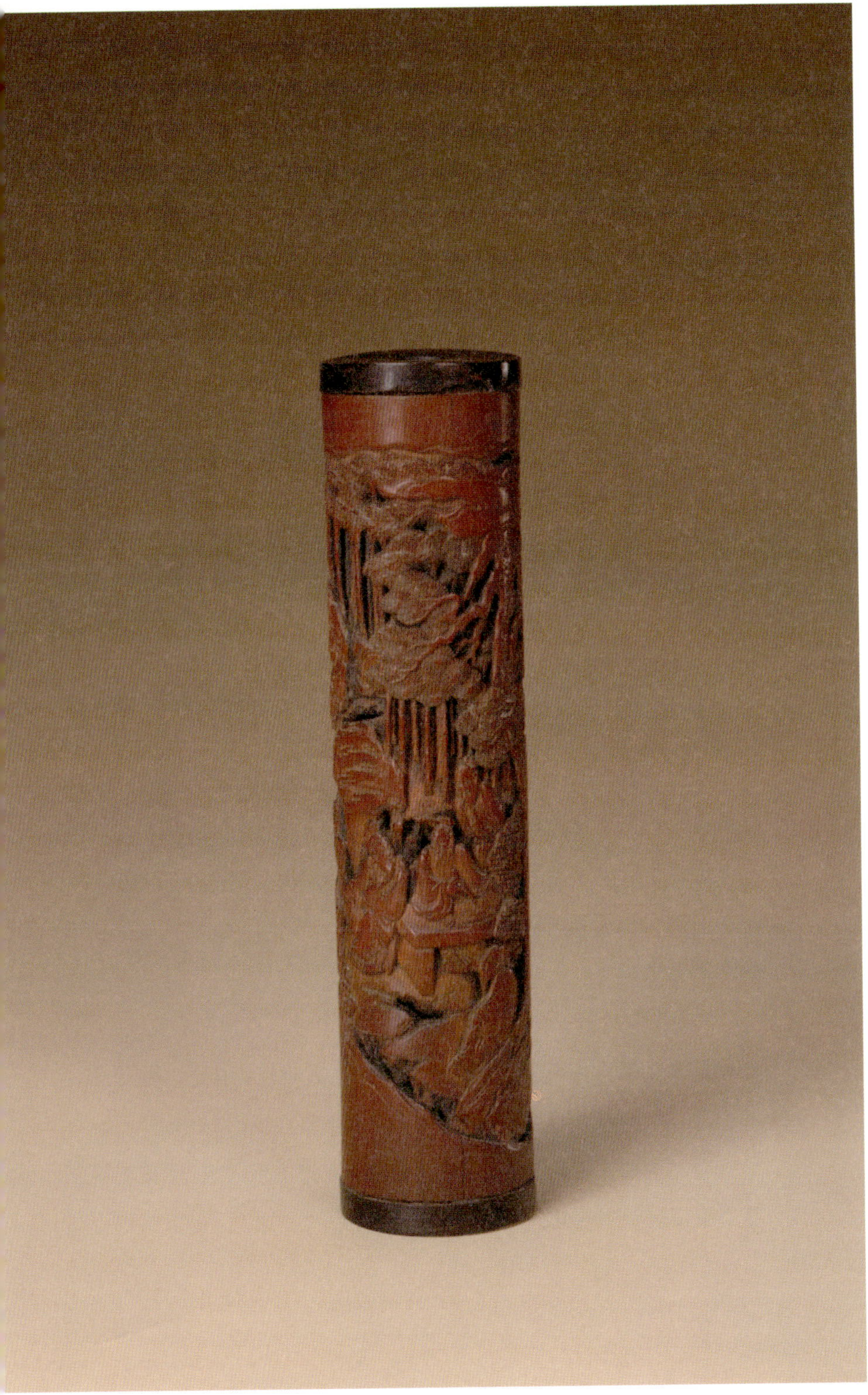

一张琴，奏出一曲《广陵散》。

曲毕，嵇康把琴放下，说了一句：

"《广陵散》，于今绝矣！"[17]

三

嵇康行刑的那天，有三千名太学生集体请愿，求朝廷赦免。

对他，这人间有太多的不舍。

不舍他的琴声、诗赋，当然，还有容貌。

他的美貌，因他的死而消失了。

我想起米兰·昆德拉在《不朽》里写下的一句话：死亡是一个没有脸的世界。

在魏晋，男神已经取代楚辞汉赋里的女神，成为身体与灵魂双重完美的代言人。相比之下，那些占据了时代制高点的"肌肉男"则相形见绌，有点像"五四"时代的军阀，在熠熠生辉的文化巨星面前，一身火药味，形容尴尬。

一世枭雄曹操，深知自己的长相拿不出手，有损国家形象，于是在接见外宾（匈奴使者）的时候，让崔琰代替自己，他却持刀站立在崔琰的坐榻边上。会见在亲切友好的气氛中进行，结束后，他派人询问外宾："魏王何如？"对方回答说："床头捉刀人，此乃英雄也。"[18]这回答让曹操心头一惊，立即派人把他杀掉。

魏明帝的小舅子毛亨也丑，他和夏侯玄坐一起，人们评论说，好似"蒹葭倚玉树"。[19]

那时，人们对容貌的审视已经超出了单纯审美的范畴，而让容貌承担了道义、人格的义务。也就是说，一个人长得丑，不仅有碍观瞻，而且还是不道德的。在他们心里，美代表着真与善，丑则背负着假和恶。

于是，魏晋时代形成一套独特的"面容意识形态"，为原本只属于个人的容貌被纳入社会编码系统，被赋予一种普遍的文化意义，甚至推向一种绝对的尺度，并且一直影响到后世——从传统戏曲（《世说新语》已经证明了曹操长得不咋地，但在戏曲舞台上，又被丑化成"水白脸"、剑形眉窝、细长三角眼窝的奸诈之徒）、"文革"中的"样板戏"，到今天偶像剧，都没有从这个模式里逃脱。陈佩斯在小品《主角与配角》里向朱时茂说："没想到像你这样浓眉大眼的家伙居然也会叛变"，便是对这种面容意识形态的绝佳反讽。

但无论怎样，在赤裸裸的厮杀中，那些华丽、坚脆、薄弱的生命，终于突显出它们的高贵与不朽。因为在那鸡飞狗跳的世纪里，以嵇康为代表的文艺青年，以他们近乎孩童的贞静美好，解构了那个年代的野蛮与跋扈，重构了后世对那个时代的记忆，使它趋于美好和丰满。在那个世界里，嵇康和他的伙伴，才是真正的英雄。

我想起当下的一个流行词：美丰仪。学者邵燕君在谈网络剧时如此概括这种"耽美"情结："男人若是没有貌，无论怎么有财（才）都是不行的。"但真正的美丰仪，不是《琅琊榜》里的梅长苏、萧景琰，而是竹林七贤、苏黄米蔡。他们不是全然依靠面容所供养，也不是史泰龙式的肌肉男，而是以他们的力量与担当，去面对各自的时代，完成各自的传奇，让器官臣服于精神，也让"美貌"名至实归。

这种超越物理力量的精神之美成为人们热衷的对象，这种现象，只有在文明之国，才可能存在。

名称：永平元年四神纹镜

时代：西晋

尺寸：直径5.2厘米

第九章 犹在镜中

镜子里的美貌，后人永远无法知晓。

一

曾经，她还年轻。

她的生活里，还没有宫殿与帷幄、阴谋与爱情，只有池馆画廊、花树香径。

阁楼上，一面擦得锃亮的铜镜，映出她的青春。

只是，如花美眷、似水流年，年华、岁月，都像那逝水，流走了，再回不来。

镜子里的美貌，后人永远无法知晓。

故宫博物院里，存着春秋战国以来的四千多面铜镜，光影陆离，照亮两千多年的岁月。只不过，在今天的镜子里，已经什么都看不到了。那圆形的或者棱花形的，无柄的或者有柄的镜子，只是一些空的、已然失忆的镜子。所有在镜中出现过的人与物都消失了，除了一个铜绿斑斓的粗糙表面，什么也没有留下，仿佛枯萎的花朵，见证着时间的荒凉。

因此，在博物馆里展出的，通常都是铜镜的背面，它们很少以正面形象出场。那些古镜的背面，是远古的龙飞凤舞，是朝代的繁华盛开。

但在我看来，无论纹线多么繁缛细致、浮雕多么丰韵有致，也只能充当历史的布景，而历史的主角，贮存在镜面里，就像她，虽已香消玉殒，却曾经容光焕发。

她的名字，藏在《晋书》里，被我无意中翻到。

她叫杨芷。

二

在她的时代，曾出产过一枚镜子，被命名为"永平元年四神纹镜"［图9-1］［图9-2］。

纹饰精美，钮座外饰着四神纹，即：青龙、白虎、朱雀、玄武。查历史年表，知道了永平元年，是公元291年。

那一年，是中国历史上的大事之年。

一场酝酿已久的宫廷政变就在那一年发生，进而引发了著名的"八王之乱"，从此，中华帝国陷入了将近三百年的大混乱，直到公元589年隋朝建立，天下才重新河清海晏，归于一统。

在这样的历史大背景下，一面镜子的诞生，显然是微不足道。

第九章 | 犹在镜中

[图 9-1]
永平元年四神纹镜，
西晋中期
北京故宫博物院 藏

[图 9-2]
永平元年四神纹镜
（拓片），西晋中期
北京故宫博物院 藏

本来，西晋的开国皇帝司马炎终结了长达六十年的三国乱世，自立为帝，使中国重归统一。

司马炎是司马懿的孙子，同时也是路人皆知的司马昭的儿子（嫡长子），是他继承了祖父和父亲的遗志，逼曹操的后代、魏元帝曹奂退了位，自己当上了皇帝。

但他的无限江山，只经历了两代人，就分崩离析了。

其原因，一千年众说不一。

司马炎娶了两任皇后，是一对美女姊妹花，一位叫杨艳，另一位就是杨芷。

杨艳病危，担心胡贵嫔得宠，入主后位，对太子不利，就把堂妹杨芷介绍给皇帝，直到司马炎答应立杨芷为后，才闭上眼。

杨芷的美，《晋书》里有记载："婉嫕有妇德，美映椒房，甚有宠。"[1]

她的面孔，投射在那个时代的镜子里。

清人纳兰性德《减字木兰花》写："晚妆欲罢，更把纤眉临镜画……"[2]

晚妆就要梳罢了，还是对着镜子，把自己的纤眉勾勒了一遍又一遍。这份流连里，或许有一点自恋，但韶华易逝，这样的自恋，也算不上多愁善感。

这是一种眷恋，是对年华和岁月的不舍。

三

与老爸司马炎相比,儿子司马衷要悲催得多。他老婆贾南风,《晋书》里形容为"丑而短黑"[3],还说她"短形青黑色,眉后有疵"[4]。

或许在司马衷看来,自己的老婆并不算丑,只是美得不那么明显。

贾南风凭这样一副嘴脸能够上位,并被司马衷专宠,除了司马衷缺心眼儿以外(面对百姓饿死,司马衷一句"何不食肉糜"的名言,已使他闻名于中国史),没有一身"宫斗"绝活是不行的。

对于老公(太子司马衷)的生活作风问题,贾南风严防死守,即使有宫女上了她老公的床,怀了她老公的种,她也要狠狠打击她日渐发达的肚子,直到她胎死腹中。

对此,司马衷无动于衷。

但司马炎看不下去了,因为贾南风杀死的,不只是她情敌的孩子,更是帝国的龙种。这样下去,龙种就要绝种。

终于,来自司马炎的一道圣旨,把贾南风打入洛阳城外的金墉城。

假如没有皇后杨芷出面求情,贾南风早就死了一百回了。

当贾南风带着最后一口气回到人间,杨芷万万不会想到,自己的善良,换来的竟然是贾南风歇斯底里的报复。

在贾南风看来，司马炎要废她，全是因为杨芷的挑拨。

公元290年，晋武帝司马炎驾崩，已过而立之年的司马衷终于即位，杨芷被尊为皇太后，贾南风终于等来了机会。

永平元年（公元291年），就是"永平元年四神纹镜"被造出的那一年，贾南风联络汝南王司马亮、楚王司马玮发动政变，杀死了皇太后杨芷的父亲、顾命大臣杨骏，灭三族。

杨芷孤寂地坐在后宫里，第一次感到来自朝廷的巨大压力，而那压力的源头，就是已成皇后的贾南风。此时的贾南风，已经暗地里唆使大臣有司向司马衷上奏："皇太后阴渐奸谋，图危社稷，飞箭系书，要募将士，同恶相济，自绝于天。"[5]

那时的杨芷，假如还能揽镜自照，镜子里的面孔，定然是憔悴而孤寂。

女为悦己者容，悦己者不在了，她的美貌，又为谁而存在呢？

终于，她的美貌，永远消失在镜子深处。

第二年，贾南风下令，把杨芷囚禁在金墉城。断食八日之后，杨芷被活活饿死。

那一年，杨芷只有三十四岁。

故宫那面"永平元年四神纹镜"，或许杨芷根本不知道它的存在，但它毕竟是杨芷那个时代的镜子。在所有的古镜中，它是最接近杨芷的那一枚。而杨芷真正用过的镜子，就像她的杳眼蛾眉、朱唇贝齿一样，在时间中，遗失了。"永平元年四神纹镜"背面的美好企愿，在今日读来，却又让人心恸。在凤鸟展翅的图案边缘，铸着这样三十六个字：

> 永平元年造，吾作明镜，研金三商，万世不败，朱鸟玄武，白虎青龙，长乐未央，君宜侯王。

四

时代的暗夜里，只有张华在秉笔疾书。

那时候的张华，官至右光禄大夫，还没有被斩首灭门，用《晋书》里的话说，"名重一世"[6]。杨芷死后，他立即写下一篇文章，用来批评和规劝贾南风。

一千七百多年后，我坐在书房里，翻开书页，找到了那篇《女史箴》。张华说：

> 人咸知修其容，而莫知饰其性；性之不饰，或愆礼正；斧之藻之，克念作圣。……

意思是说，每个人都知道打扮外貌仪表，却不知道也要修饰内存的本性；如果不作内心的修炼，就会失态失礼；只有时时照镜子、洗洗澡、出出汗，人品性格才能日趋完美。

镜子，这日常生活的用具，在中国文学与绘画中，被转换成对历史与正义的隐喻。

到了东晋，有一个名叫顾恺之的大画家，将《女史箴》画成《女史箴图》[图9-3][图9-4]。

在中国人的观念中，历史是一面更大的镜子，所有的善、恶、美、丑，在它面前都无所遁形。假如说实物的镜子为我们观察自己增加了空间的视角，那么历史这个虚拟的镜子就为我们认识自己拉开了时间的纵深，在亘古无垠的时间里，在"前不见古人，后不见来者"的苍茫中看见历史、确认自我的存在，而不至于永远囚禁在个人经验的狭窄牢房内。透过历史这面镜子，中国人不仅可以看清自己的当下，还可以看到自己的过去和未来。

所以司马迁在《史记》中，就曾赋予镜子以一种隐喻意义，把反观历史比喻为照镜子。

所以欧阳修说："以铜为鉴，可正衣冠；以古为鉴，可知兴替；以人为鉴，可明得失。"[7]

五

张华为贾皇后量身打造的镜子没能挽救王朝。杨芷死后，贾南风"淫虐日甚"[8]，所以杨芷死去的"永平元年"，也成为王朝坠落的拐点。终于，公元300年，赵王司马伦发动的一场宫廷政变，将贾南风直接拿下，关进了金墉城，不久，被以金屑酒毒杀。她老公司马衷，也乖乖地做了阶下囚。

这场宫变引发了权力的连锁反应，"八王之乱""五胡乱华"把整个帝国搅成了一锅粥，刚刚建立起的统一局面轰然倒塌，有人把这场乱戏称为：一个女人和八个男人的故事。

而王朝的命运，反过来影响了镜子制造业。三百年的腥风血雨，使镜子无论从体量上还是质量上都大幅缩水，汉代铜镜不乏20厘米以上直径的，到了西晋，尤其在南方，却已少见——这面"永平元年四神纹镜"，直径也只有5.2厘米。

到南北朝，北方政权流行画像镜，镜面才被放大，变成大屏幕，铸出的人物形象清风秀骨，与北魏佛教造像如出一辙。随着隋唐盛世到来，南北朝以来铜镜粗简、薄小的风格被根本扭转，镜面的尺度像帝国的版图一样迅速膨胀起来，镜钮也犹如唐代的仕女，变得丰润饱满，装饰图案也容括了四神五帝、星象八卦［图9-5］、水波流云、仙人高士［图9-6］、海兽雀鸟、花枝卷草［图9-7］，乃至人间喜乐［图9-8］［图9-9］，玄幻迷离，丰饶多姿。翻过来，平静的镜面，映射出新时代的光芒，以及簪花仕女们快意明媚的笑容。

出其言善千里應之苟違斯義
同衾以疑

[图 9-3]
《女史箴图》卷（局部），东晋，顾恺之（传）
英国伦敦大英博物馆 藏

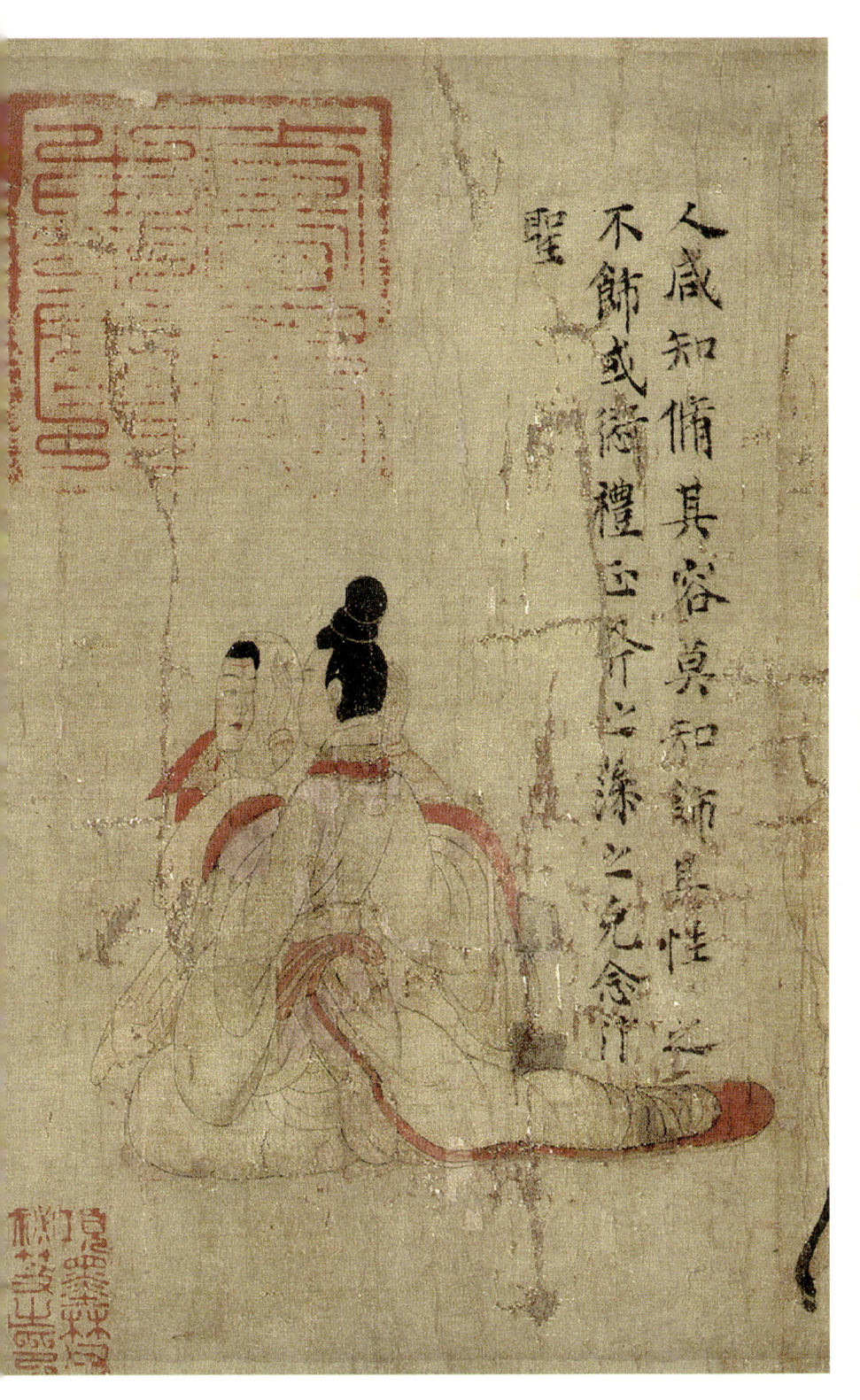

人咸知修其容莫知飾其性性之
不飾或愆禮正斧之藻之克念作
聖

[图9-4]
《女史箴图》卷(局部),东晋,顾恺之(传)
北京故宫博物院 藏

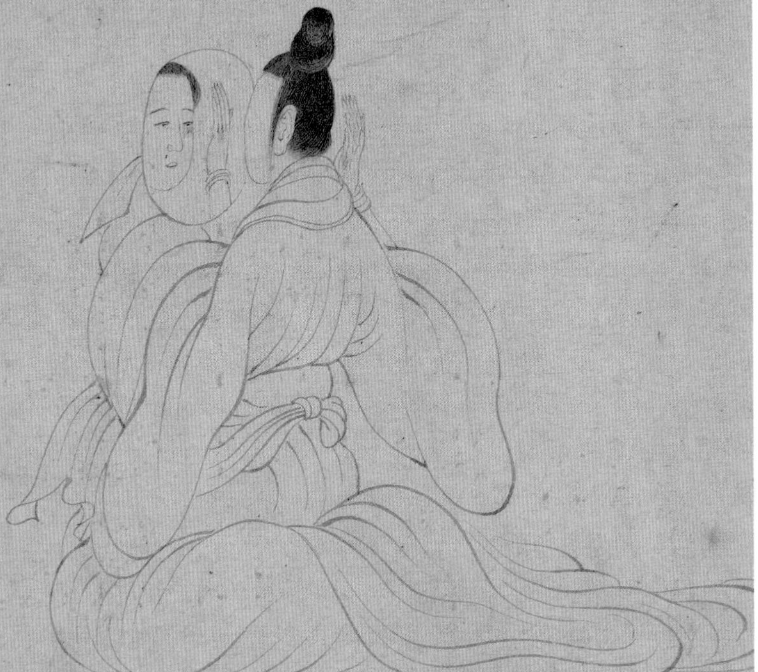

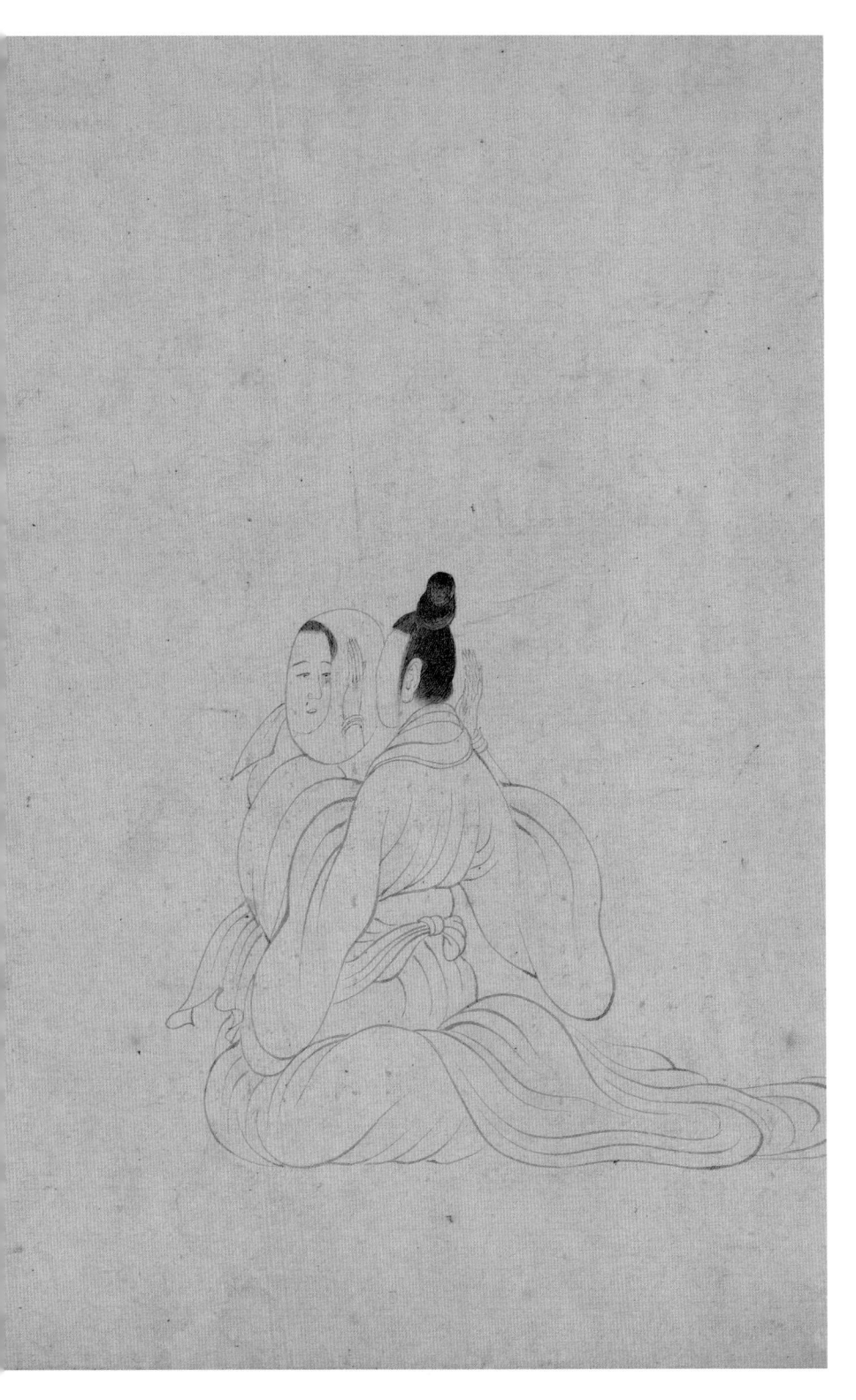

[图9-5]

八卦十二生肖纹镜，晚唐

北京故宫博物院 藏

[图9-6]
荣启奇铭三乐纹镜,盛唐
北京故宫博物院 藏

[图 9-7]

花卉纹镜,盛唐

北京故宫博物院 藏

[图9-8]
打马球纹镜,盛唐
北京故宫博物院 藏

[图9-9]
凤凰铭弹琴舞凤纹镜,盛唐
北京故宫博物院 藏

第十章
铁骑铜鐎

名称：龙首三足鐎斗

时代：六朝

一件鐎斗，让那个时代的军中岁月，一下子眉目清晰起来。

一

东北有一位作家,叫刁铁军,笔名刁斗,写过很多有名的小说。我与他相识很多年,却一直不知道刁斗是啥玩意,一下就露出了我的孤陋寡闻。直到我在故宫博物院里见到那件龙首三足鐎斗,才明白了这世界真有一种物件,名叫鐎斗(刁斗)。

在我终于知道什么是鐎斗以前,鐎斗已经存在了二十多个世纪,比我们的生命久远得多。它几乎像历史一样古老,因为它在《史记》里就现过身,司马迁在《李将军列传》里说:"广行无部伍行陈,就善水草屯,舍止,人人自便,不击刁斗以自卫"[1],说的是大将军李广,行军扎营都很任性,晚上都不用鐎斗(刁斗)来巡夜报警。

曾任故宫博物院院长的马衡先生在《中国金石学概要》中说:"鐎斗,温器也。三足有柄,所以煮物……枪又鐎斗之别名,枪即铛也。用之於军中者,则谓之刁斗。"

不同的历史学家,讲述了鐎斗不同的功能——一个是用来巡夜的报警器,一个是用来做饭的炊具,但它们都是鐎斗。在古时的军中,军人们除了弓戈在手,鐎斗也是从来不能丢的。因为这种三足青铜器,负责着他们的温饱和安全。对于挣扎在死亡线上的士兵来说,鐎斗代表着某种安全感。只是那个年代太久远了,以至于曾经寻常的鐎斗,在今天已显得无比陌生。

二

在故宫博物院,有一件龙首三足鐎斗［图10-1］。这件鐎斗来自六朝,底部有三足,铸成兽足形状。器身为圆口深腹,形如小盆,四周有缘口,是典型的汉魏六朝的器型特征,到了唐代,鐎斗就没有缘口了,如颜师古所记:"鐎谓鐎斗,温器也,似铫而无缘。"腹下放置柴薪,便可烧火加热。它一侧设有长柄,柄首扬起,成一只龙首,让整个鐎斗,宛若一条奔走的游龙,充满了动感与活力。

尽管这只是一件普通的鐎斗,它是为形而下服务的,而不是高大上的祭祀礼器,但当它从时光中穿越到今天,仍然没为那个时代丢脸。历史隐匿了设计者的名字,但他足以笑傲今天所有的设计师,因为他在一件实用器物中体现出的美,在今天仍难以匹敌。

[图 10-1]
龙首三足鐎斗,六朝
北京故宫博物院 藏

  他一定不会知道,他设计的产品会成为故宫博物院的收藏品,但他知道为自己的设计负责,哪怕过了一两千年,有人把它从土里挖出来,放在博物馆里,与那些奢华的青铜器联袂出场,它也一点不显寒酸。

  它不是殉葬品,经过千般打造之后,整齐有序地埋入地下,而是来自生活的第一现场。它就是给人用的,因此带着真实生活的气息。它有人味儿,而不是死人味儿。它是活的,带着烧火做饭的烟火气,当然也有行军打仗的紧张感,透过它,我几乎看到了它周围那些烟熏火燎的粗朴面庞。

  一件鐎斗,让那个时代的军中岁月,一下子眉目清晰起来。

三

遥想那个时代,华夏大地上战事频繁,混乱不堪。从公元220年三国争锋到公元589年隋朝灭陈一统天下,这三百六十九年中,只有司马炎建立的西晋,天下曾归于一统,西晋之前的东汉三国时期,之后的东晋、十六国、南北朝,天下都处在分崩离析的状态,东亚大陆,变成一个巨大的战场。

但西晋只活了五十年,从灭掉东吴算起,江山一统的时间只有区区三十七年。东晋有一百零三年,但天下是分裂的,东晋偏安江南,它的北方,是五胡十六国。往下是南北朝,天下更加不可收拾,以长江为界,南北方政权轮流更替,这一百多年中,北方出现了北魏、东魏、西魏、北齐和北周五个朝代,南方则有宋、齐、梁、陈四个朝代轮番登场,人们把这四个朝代,与之前的三国东吴、东晋一起并称六朝,因为这六个朝代的共同点是都建都于南京,南京也因此成为名副其实的"六朝古都"。

只不过这六朝,都是小朝廷,平均寿命约为五十五年,一个人的生命还没走到尽头,朝代就换了。所以,伤逝似乎成了这座城市的永久主题。"三百年间同晓梦,钟山何处有龙盘?"[2]李商隐一语戳到伤心处:从孙吴到陈亡的三百年时间不算太短,但六朝诸代,纷纷更迭,恰好似凌晨残梦,说什么钟山虎踞龙盘、形势险要,说什么天命所归、国祚长久,其实都只是痴人说梦、自我安慰罢了。

那是中国历史中一个变幻无常、空前混乱的时期,血在荒原上乱飞,人在暗夜里奔走,三百多年中,马没停止过嘶鸣,人没停止过流血,大地已然变成了一个生产尸体的工厂,没有人知道,三百年的尸体积起来有多厚。不知那时中国有多少人口,经得起三百年的屠杀。战事浩大沉重,落在诗人曹操的笔下,变成这样一行诗:

  白骨露於野,
  千里无鸡鸣。[3]

写战争的残酷,曹操最到位,最犀利,最露骨,以至于他的词语里,直接露出了白骨。到唐代,杜甫写《三吏》《三别》,依然可见曹操《蒿里行》《苦寒行》《步出夏门行》的浓郁投影。

黄仁宇先生在《中国大历史》里,把这段岁月称为"失落的三个多世纪"[4]。中国人讲历史,言必称周秦汉唐、宋元明清,那"失落的三个多世纪",仿佛真的跌进了时间的黑洞,很少有人愿意提起,尽管那三个多世纪的时间,比周代之外的任何一个朝代时间都长。其实西方人也一样"势利眼",黑暗的中世纪没有历史,尽管有不少学者致力于这方面的研究[5],但西方人谈历史,除了古希腊罗马,就是文艺复兴。但黑暗也应该有它自己的历史,黑暗的历史中也有光亮,就像在黑暗里,依然有温柔之光。

建安七子、竹林七贤、王羲之、陶渊明、顾恺之,就是那黑暗时代里的光环,他们的光芒不逊于任何一个强盛朝代。还有华美绚烂的佛教艺术,在时代的苦雨中,沿丝绸之路传入黄河流域,像花朵的授粉,风力越是强劲,传布范围就越大。关于佛教造像艺术的动人力量,后面的《白衣观音》里还会讲到。所有这些,都让那"失落的三个多世纪"在文化上赚得盆满钵满。至于工艺制造业,虽然受战争影响呈现出某种凋敝,却又在不同文化的碰撞中变得无拘无束、活力无限,好像我们华夏文明的能量,都在这场长达三百多年的苦难中,完成了一次聚变,它所迸射出的空前光亮,到今天还让人叹为观止。

四

我从话本小说里看见了那个年代的战争,看见各路英雄的大节大义和冷酷无情,但我们看不见一只镟斗,因为它们的场面太大,照顾不到一只镟斗。那些关于英雄的传奇,讲述的是金戈铁马、大雪弓刀，鐎斗则代表着底层代表着日常生活，与火热的战斗生活格格不入。

只有真正的文学，能够触摸到它，因为真正的文学不是写场面的，而是写人性的。所谓人性，就是吃喝拉撒、欲望情感。《礼记》说："饮食男女，人之大欲存焉"[6]，《孟子》里写："食色，性也"[7]，对吃饭的合法性追求，是得到了圣人的肯定，入了儒家正式法典的，而且，在孔老夫子那里，饮食之事是放在男女之事前面的，同理，在孟老夫子那里，食也是在色前面的，可见吃饭比上床还要重要，因为人要是饿死，就无法完成传宗接代这个光荣而伟大的任务。对于吃的正常欲望，即使战争这严肃浩大的主题，也遮蔽不了。

曹操洞察了这一点，他的《苦寒行》，讲述的是他为了平定袁绍叛乱而率兵翻越太行山的壮举，但他没有吹牛，没有回避行军的痛苦不堪，没有忽略士兵在饥寒中对食物的渴求，以至于他们要在严寒中凿冰煮粥，据此我们可以说，曹操是那个年代里真正的诗人，尽管身居庙堂，并在后世的戏曲中被勾勒出一张奸雄的脸，但他的文艺却经常能够为工农兵服务，他的诗，也因此有了生命的呼吸感和底层的血汗味儿。他的两个儿子，曹丕和曹植，都是文学史上的名人，但文字的沉雄厚重，都敌不过他们的爹。曹操的诗，像重重的脚印，踏在文学史里，有人形容它"是礁石上的铜铸铁浇",比魏晋名士的玄谈,更有力度。

《苦寒行》里写:

> 水深桥梁绝,
> 中路正徘徊。
> 迷惑失故路,
> 薄暮无宿栖。
> 行行日已远,
> 人马同时饥。
> 担囊行取薪,
> 斧冰持作糜。
> 悲彼东山诗,
> 悠悠使我哀。[8]

这首《苦寒行》,虽没有出现鐎斗,但是我想,在这苦难行军的现场,鐎斗定然是存在的,它隐在词语的背后,青铜的轮廓却若隐若现——诗里写了"取薪"(收集柴木)和"作糜"(煮粥)的场面,但没有了鐎斗,"取薪""作糜",就不成立了。

《三国演义》第五十回,写三江水战、赤壁鏖兵后,曹操狼狈出逃,天色微明时,暴雨忽然倾盆而至,曹操与军士冒雨而行,饥寒交迫，又是一次"苦寒行"。曹操看到士兵纷纷倒在路上，于是下令："马上有带得锣锅的，也有村中掠得粮米的，便就山边拣干处埋锅造饭，割马肉烧吃。"[9] 在这样的处境下，马上背的"锣锅"，就成了众人生存的指望。

这"锣锅"，就是鐎斗。

五

曹操死了两百年，到了南北朝，仗还是没有停下来，天下反而更乱，像鐎斗里熬的那一锅粥。就连机杼前的织布女，都被卷入了战场，像男人一样去厮杀，这情况，恐怕在中外战争史上都是罕见的，所以，很多年后，那女子成了一首著名的北朝民歌的主角，后来又成了戏曲舞台和美国迪士尼动画片的主角。我们都知道她的名字：木兰。

一首《木兰诗》，让一个洒脱明亮的木兰脱颖而出，但这首民歌里，也裹藏着鐎斗的讯息，只不过在诗里不叫鐎斗，而是用了另一个名字——金柝：

　　朔气传金柝，
　　寒光照铁衣。[10]

铁衣是铠甲，却很少有人知道，"金柝"就是镰斗。

银盔银甲的木兰，蹲伏在公元5世纪的夜色中。黑夜隐去了她的脸，我们却能透过这首诗，看到她被深夜里的微光照亮的铠甲，还有那只被回旋的雾气纠缠着的镰斗。

那是北魏鲜卑人向柔然发起的一场战争。而木兰，其实就是鲜卑人——一个在匈奴西迁之后占据了蒙古高原的强悍民族。《木兰诗》中写到"可汗大点兵"，那可汗，很可能就是北魏太武帝拓跋焘，因为在他的任期内，发动了对柔然的战争。

在拓跋焘的带领下，这支有木兰参加的鲜卑军队，开始了一次次壮丽的行军，先后灭掉了北方的胡夏、北燕、北凉这些小政权，又统一了黄河流域，入主了中原，把都城从平城迁到洛阳，与南朝的宋、齐、梁政权南北对峙，成为代表北方政权的"北朝"。

一首诗，把博物馆里一件孤立的古物，安置到原本属于它的环境里，让我们透过这件古老而普通的军中器物，看见它与历史相互依存的关系。

有了木兰，镰斗就不会寂寞。

六

三百年的战事，三百年的行军，三百年的痛苦痉挛，对每个人来说，都是生命中不可承受之重，但对于文明，却未必如此。华夏文明在创立之初，就处在游牧文明的包围圈里，一连串令人心颤的名字，在不同的朝代里轮番出现，它们是：匈奴、乌桓、鲜卑、柔然、突厥、回鹘、契丹、吐蕃、月氏、乌孙……中国人于是把世界分成"文明"和"野蛮"两个部分，中心是"文明"的（"华"），而周边是"野蛮"的（"夷"）。

但是这种简单的"二元论"，在这三百年的动荡中，模糊了。

许倬云先生说："从东汉末年开始到隋唐统一的四百年间，中国这块土地上的人民，吸收了数百万外来的基因。在北方草原西部的匈奴和草原东部的鲜卑，加上西北的氐、羌和来自西域的羯人，将亚洲北支的人口融入中国的庞大基因库中。"[11]

隋炀帝杨广、唐高祖李渊的母亲，都是鲜卑人。她们都是独孤信的女儿，而独孤信，正是北魏分裂后的西魏大将军。

唐太宗李世民的母亲与皇后也都是鲜卑人。

陈寅恪先生在《唐代政治史略稿》中称唐皇室"皆是胡种"。

中国人走到隋唐，血统已发生变化。血乳交融的"唐人"，已经不同于"汉人"。王桐龄先生把隋唐时期的汉族称作以汉族为父系、鲜卑为母系的"新汉族"。

远血缘通婚，优育了人种，也优化了文明。这片东亚大陆，从未吹起如此强劲的对流风，让北方民族放下自己在军事上的优越感，谦卑地学习中原的"先进文化"，同时也在中原文明的精耕细作、细润绵密中，吹进了"天苍苍，野茫茫，风吹草低见牛羊"的旷野之风、雄悍之力。"北方的辽阔粗犷、狂放的生命激情，与南方发展得纤细精致、缛丽委婉的情思，忽然得以合流"[12]。

这种大融合，或许是某些号称"万世一系"、血统纯正的单一民族国家所不能理解的，但它正是历史赋予中国的一次大机遇，它让我们的文明，在一种动态的竞争与融合，而非静态的守成中，变得更加强韧。

在风尘仆仆的镬斗背后，一个跨民族的文化体正在秘密地熔铸成型。

可以说，没有长达三百年的动荡与煎熬，就没有隋唐两大帝国的开阔与浩荡。

当战争的尘埃落定，我们在唐朝的大街上，看到了打马球的男人，荡秋千的妇女，醉酒当歌的诗人，袒胸露背的女装，宽广笔直的大道，金碧辉煌的庙宇，高耸入云的佛塔，纷至沓来的使者，最终造就了隋唐帝国面向世界兼收并蓄的博大胸襟。[13]

明亮四射的大唐，不是镬斗里熬出的一锅糊饭，而是三百年的熔炉里淬炼出的金丹。

名称：三彩马

时代：唐代

时代：高72厘米，长79厘米

第十一章 裘马轻肥

大唐帝国的裘马轻肥,在酒意微醺中,滑过李白的诗句。

一

那一日，在陈志峰的马场上，看见了汗血宝马。它们头细颈高，胸窄背长，肌肉浑实，四肢修长，毛发就像我在喀什目睹过的艾德莱斯绸缎一样细腻光滑，薄薄的皮肤下，血管凸起，清晰毕现。它们驰骋后从肩膀附近位置流出的汗水，附着在起伏的血管上，阳光滑过时，那丝滑柔顺的感觉，有如微风吹过时光。那一瞬间是如此的永恒，就像随之而生的孤寂与眷恋。

汗血宝马，是那种只看一眼就会爱上的马。它们仿佛大自然塑造的艺术品，同时具备了力量、速度和美。丝绸之路因丝绸而生，因为这种神秘织物的轻薄与光艳都让古罗马帝国的皇帝与贵族眩惑和沉迷，但在我看来，丝绸之路上的灵魂，却是马。因为在那个年代，那条由黄河下游延伸到地中海的路，是一条望不到尽头的路，那条路上，除了流沙、风雪，就只有望不到尽头的时光。没有马,尤其像汗血宝马这样的超级骏马(经测算,汗血宝马在平地上跑一千米仅需要 1 分 07 秒),生活在欧亚大陆两端的人们就很难建立起共同的空间感,彼此间犬牙交错的历史也才有了一个共同的背景。

凤凰卫视副总裁王纪言早就对我说,陈志峰是一位奇人。这一次我为国务院新闻办、中央电视台导演纪录片《天山脚下》,终于在乌鲁木齐与他见面。对于这种产于土库曼斯坦科佩特山脉和卡拉库姆沙漠间的阿哈尔绿洲、经过三千多年培育而成的世界上最古老的马种,陈志峰深爱不已,而且占有欲极强。他是一位不可救药的"恋马癖",全世界的汗血宝马总数不超过三千,他收藏的数量已超过三百。他说,他的理想是超过一千。

他不仅养马,在乌鲁木齐近郊盖起了五星级的马厩(让我想起汉武帝在长安城里专为汗血宝马盖起来的华贵御厩),而且近乎疯狂地拍马——不是拍马屁,而是用最先进的照相设备,从空中、从大地上拍摄马的各种姿态。他要让汗血宝马长达三千多年的血脉,在天山脚下、在自己的手里变成一条坚实的链条。

看见汗血宝马的那一刻,我突然明白,史书中有关它们的一切记载都不是传说,而故宫博物院里收藏的那些唐代三彩马的绝美造型,也都有着真实的来源。

二

尽管中原文明是农耕文明，但中原逐鹿，或者与草原游牧民族抗衡，都使马成为重要的战略物资，以至于汉武帝当年出于对汗血宝马的倾慕，专门派出使者前往大宛，用金马换汗血宝马。但他万万没想到，大宛国王根本不理汉武帝，这让汉武帝很受伤，因此导致了一场争夺汗血宝马的战争。

汉武帝心想，连大宛这样的小国都不把大汉放在眼里，我以后在西域这地界还怎么混呢？于是他任命李广利为贰师将军，攻打大宛国，一方面是要马，但更重要的是教训一下大宛国王，别拿窝头不当干粮。这是一场由汗血宝马引发的血案，有点像特洛伊战争，起因仅仅是为了一个名叫海伦的美女。没想到大宛国的都城贰师城还真是一座易守难攻的特洛伊。李广利第一次征讨大宛，带领骑兵六千，活着回来的，只有十分之一二；第二次征讨大宛，兵力增加到六万，虽然这一次打赢了，但战死者比例却丝毫没有下降，活着回来的，也只有一万人。

《汉书》上说，那时的大宛国，全国人口只有三十万[1]，在冷兵器年代，打仗就是死亡比赛，看谁死得起。结果大汉死得起，大宛死不起。在血的教训面前，大宛终于服了，连国王毋寡的头都被割了下来，送到了汉营，说哥们儿不玩儿了，你们要多少马都行,只要别再攻城,啥条件都答应。大汉以死亡五万余人的代价,获得良马三十匹、中马以下的牡牝三千余匹,每匹马的价值,可想而知,还没有算上武器费粮草费物流费加班费这些消耗,可谓投入巨大。但在汉武帝看来,这所有的费都不是浪费,因为他达到了自己的战略目的——得到了他梦寐以求的汗血宝马,而且让西域各国领教了大汉帝国的国威,纷纷认大汉做老大。为了庆祝自己的胜利,汉武帝写了一首《西极天马之歌》,司马迁一字不漏地把它抄录在《史记》里:

天马来兮从西极,
经万里兮归有德。
承灵威兮降外国,
涉流沙兮四夷服。[2]

将近八个世纪之后,这首《西极天马之歌》,还在大唐诗人李白的词语里回响:

天马呼,飞龙趋,
目明长庚臆双凫。
尾如流星首渴乌,

口喷红光汗沟朱。[3]

汗血宝马固然可贵,但以五万余人的性命换取三十匹宝马,这仗打得是否值得,从汉武帝的时代,一直争论到今天,也没争论明白。但是大汉骑兵,纵马出长安城,挺进流沙的那副气概,却一直是后代诗人表达的主题。那个时代,是中国历史中的英雄时代,连空气中都洋溢着雄性激素。正是那个时代,让马成为主角,也在艺术史中确立了它们不朽的形象。

秦代兵马俑、汉代画像砖,都保留着大量的车马图像。与青铜器上绵丽繁华的神奇兽纹不同,那些马的形象,也是写实的,却庄重质朴,带着秦岭岩石的坚硬质感与黄土高原的土腥味儿。霍去病墓至今残留的巨大的石马雕像,依然抖擞着那个时代战马的威风。其中最有名的一件,当然是"马踏匈奴"。

三

秦兵马俑里的马,大多是立姿,像它们身边的士兵一样,服从命令听指挥。但这些规规矩矩的马,在汉代活跃起来,有一份天马行空的傲然。

故宫博物院所藏的汉代画像砖中,已经有了许多奔马的造型,比如西汉时期的猎虎纹画像砖,一匹骏马载着武士飞奔,精神抖擞，四蹄飞腾。一款来自东汉的"拥彗门吏画像石"，出土于陕西绥德县，那里处在中原王朝与匈奴王朝的过渡带上，汉武帝以后，一直是汉朝养马的重要场所，所以在这个画像石的下部，有一奔马的造型，肆意昂扬，与甘肃武威出土的铜奔马，几乎如出一辙。

连套了车的马，也不那么安分，而是像打了兴奋剂一样，比如故宫博物院收藏的东汉"西王母车骑画像石"，那几匹拉车的小马，个个步履轻快、神色愉悦。这些造型，这与丝绸之路这条欧亚大通道打通所带来的兴奋感、与大汉帝国的辽阔感是相配的。那些飞扬的马蹄，每一步都准确地踏在了时代的步点上。

大唐是继汉代之后又一个版图跨入西域的帝国，尤其在唐太宗的时代，东征新罗（朝鲜），西有北庭、安西两个都护府，坐拥西域（今天的新疆全部和中亚广大地域），西南与吐蕃（西藏）结亲家，与日本、安南及占婆等东南亚王国之间的联系也很密切，《哈佛中国史》称："隋唐时期是中国古代最为开放和国际化的时代。"[4] 苏立文说："早在隋代就已奠基的长安城，无论在城市规模还是繁荣程度上都堪比拜占庭。"[5]

灭掉东突厥（公元630年）后，大唐治下的各少数民族首领就已将唐太宗李世民共称为"天可汗"，标志着他已成为各族人民衷心爱戴的伟大领袖，李世民也成为中国历史上第一位集中国皇帝（天子）与游牧世界的天可汗这两个光荣称号于一身的君主。

　　大唐是一个开放度极高的国度，唐贞观四年（公元630年）在长安居住的突厥人多达万户，而且其中多是刚刚在战争中投降的突厥人，李世民很自信，丝毫没有防范他们的打算。李白从中亚的碎叶进入四川，再进长安，如此超距离的远行，在唐代也是正常的事，也不再像当年张骞出西域那样显得不可思议。空间与视野突然打开的那份兴奋感已慢慢退潮，代之以华夷杂处、五色迷离的日常生活。马的姿态，也渐渐从飞扬的尘埃中沉落下来，像长空中缓缓降落的鸟，恢复了兵马俑那样的立姿[6]，变得端庄稳重，把大唐帝国的那份沉稳与自信，收敛在三彩马的肌肉骨骼里，又透过它们迷离的色彩抖擞出来，"仿佛不能被规矩与限制束缚，放射着空前未有的自由浪漫的气息"[7]。

　　这样的变化，也体现在马的外形上。唐三彩中的马［图11-1］［图11-2］［图11-3］［图11-4］［图11-5］［图11-6］［图11-7］，头小颈长，骨肉匀称，膘肥体壮，虽然不一定是汗血宝马，但已肯定不再是秦兵马俑中出现的、身长腿短的蒙古马。这与汉武帝以来西域马血统的不断渗入、杂交、改良有关。李广利不会想到，他在战场上的一笔，顺带改变了中国艺术史。大宛马、乌孙马及其后裔的形象，开始大量出现在汉代美术的造型中，其中也包

[图 11-1]
白陶三彩马（局部），唐
北京故宫博物院 藏

[图 11-2]
白陶三彩马,唐
北京故宫博物院 藏

[图11-3]
白陶三彩马，唐
北京故宫博物院 藏

[图 11-4]

白陶三彩马,唐

北京故宫博物院 藏

[图11-5]
白陶三彩马，唐
北京故宫博物院 藏

[图 11-6]
白陶三彩胡人骑马狩猎男俑，唐
北京故宫博物院 藏

[图 11-7]
白陶三彩骑马俑，唐
北京故宫博物院 藏

括唐三彩。国人在改变马的肉身的同时,也在重塑马的艺术形象。唐代延续了这样的传统,所以《新唐书》说:"既杂胡种,马乃益壮。"[8]

"五花马,千金裘,呼儿将出换美酒"[9],大唐帝国的裘马轻肥,在酒意微醺中,滑过李白的诗句。有人说,五花马是五花色纹的马。也有人说,五花马是根据马的发型命名的,当时的人们把马的鬃毛剪成花瓣形状,剪成三瓣的叫三花马[图12-8],剪成五瓣的就叫五花马。但北京大学林梅村先生说,五花马来自西域,是于阗马。2016年,新疆博物馆办"丝路于阗——文化与艺术的交融:新疆古代和田艺术精品文物展",也通过出土文物印证,李白《将进酒》里的"五花马"很可能就是当时西域于阗出生的一种花斑马。[10]

当年李世民死时,把自己心爱的那六匹神骏刻在自己的陵墓之侧,于是有了著名的"昭陵六骏",这"六骏"分别是:"拳毛䯄""什伐赤""白蹄乌""特勒骠""青骓""飒露紫"。当年关中一战,李世民就骑着"白蹄乌",一路追杀薛仁杲,一夜奔驰二百余里,逼得他走投无路,只能乖乖投降。后来唐太宗李世民为它写诗:"倚天长剑,追风骏足;耸辔平陇,回鞍定蜀。"五个多世纪后,金代画家赵霖,用一卷《昭陵六骏图》,向大唐致敬。

马种学的研究表明,"昭陵六骏"中,至少有四骏属于突厥

[图 11-8]
《虢国夫人游春图》卷（局部），唐，张萱
辽宁省博物馆 藏

马系中的优良品种。

四

燕瘦环肥，汉唐皇帝对马的趣味居然与对女人的趣味一模一样，难怪蒋勋说，"妇人与名马，构成了唐代贵族美学的中心"[11]。唐朝人喜欢胖丫头，也喜欢肥膘马，所以李白说的"五花马"，老让我想起五花肉。虽然早在隋代，敦煌壁画中的人和马都同步变得丰满起来，再也不像汉代画像砖那样俊逸轻瘦，但到了唐中期以后，马的造型愈发膘肥体厚[12]，马也渐渐从战场上脱离，变成了赏玩之物，成了土豪们斗富的筹码。

张萱《虢国夫人游春图》[图 11-8]，妇人与名马同时出现，可与辽宁省旅顺博物馆藏骑马女俑[图 11-9]相映照。虢国夫人，我们只知道她是杨贵妃的三姐，她的名字，没有在历史中留下来。杨贵妃共有三个姐姐，《旧唐书》说：

（杨贵妃——引者注）有姊三人，皆有才貌，玄宗并封国夫人之号。长曰大姨，封韩国，三姨封虢国，八姨封秦国，并承恩泽，出入宫掖，势倾天下。[13]

杜甫《丽人行》，就是写唐玄宗这三个姨的，也可以当作《虢

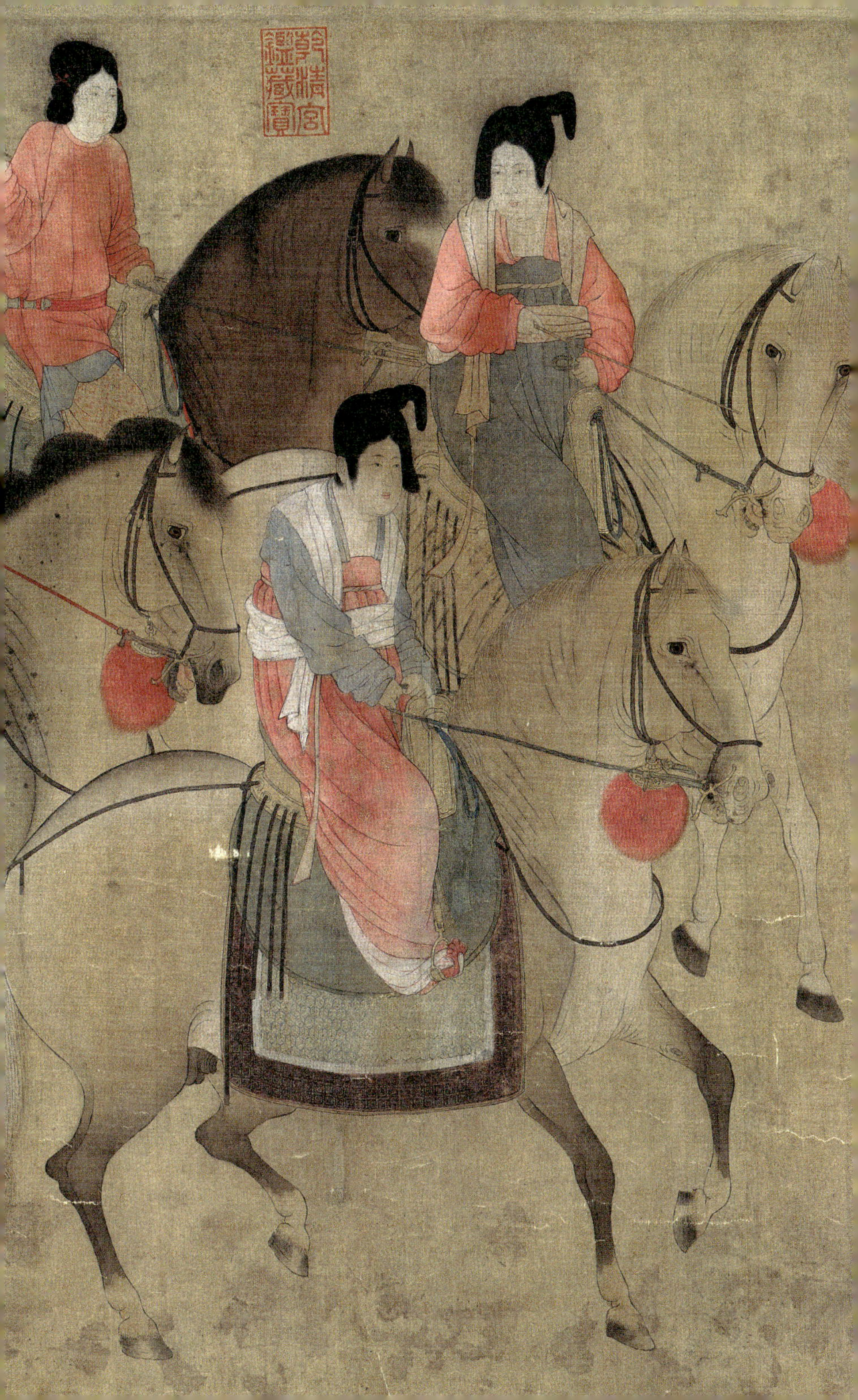
乾清宮鑑藏寶

[图 11-9]

骑马女俑，唐

辽宁省旅顺博物馆 藏

国夫人游春图》的文字注解。诗中写：

> 就中云幕椒房亲，
> 赐名大国虢与秦。[14]

位高权重，人马都长膘——妇人们体重增加，马也胖得快要走不动路。奢侈与骄纵，就这样拖垮了盛唐，在安史乱军的兵强马壮面前不堪一击。终于，唐玄宗他老婆杨贵妃在马嵬坡用三尺白绫吊死了自己，杨贵妃的三姐虢国夫人也望风而逃，跑到林子里杀死了自己的儿子，又挥剑自刎，可惜下手不狠，没死成，被薛景仙抓获，关起来，等待她的命运，已不是纵马驰骋，而是五马分尸。不久，"杨三姐"因为脖子上的伤口出血，长成血痂堵死了喉咙，像一枚无法拔出的瓶塞，把她活活地憋死了。

五

唐朝画家韩幹的名画《照夜白图》[图 11-10]里，画的是唐玄宗的名马"照夜白"——宁远国王专门给唐玄宗进献了两匹汗血宝马，一匹是"玉花骢"，另一匹就是"照夜白"。唐玄宗的光荣、唐玄宗的倒霉（尤其在安史之乱中的离乱与不堪），"照

曾霸老画肉也。瘦难
乾隆丙寅仲冬御题

[图 11-10]
《照夜白图》卷（局部），唐，韩幹
美国纽约大都会艺术博物馆 藏

韓幹畫照夜白

夜白"都看得清楚，韩幹画它，想必别有用心。纸页上的"照夜白"，不是威风八面的千里马，而是一匹被绳子拴起来的马，虽心有不甘，企图挣脱木桩的捆缚，肌肉里聚结的那份力度，颇近于故宫博物院收藏的一件唐代白陶彩绘马，但终于还是无力回天。

在残阳如血的晚唐，韩幹拿出了这样一幅画，想必是用来缅怀帝国从前的信马由缰，同时，也宣告了那任性自由的盛唐的终结。

名称：陶彩绘女俑

时代：唐代

尺寸：高44厘米，宽14厘米

第十二章 女性逆袭

这件唐代陶彩绘女俑,是我们文明里的维纳斯。

一

说过了名马,咱再聊女人。

想到大唐,除了经常喝大的李白,还有经常发愁的杜甫,我们最容易想到的,还是唐诗里的美女:

三月三日天气新,
长安水边多丽人;
态浓意远淑且真,
肌理细腻骨肉匀。[1]

在中国,杜甫这首《丽人行》,许多小学生都会背。只是那丽人,体重恐怕都在一百二三十斤以上,体态丰肥,肥而不腻,因为帝国的审美时尚,已从南朝以来的"秀骨清像",转向了"丰腴肥厚",尤其唐玄宗开元、天宝年间,杨贵妃受宠,更把这一

[图 12-1]

陶彩绘女俑，唐

北京故宫博物院 藏

流行趋势推向了极致，苏立文将此称为"类似于维多利亚风格的追求浑圆形体的时尚"[2]。唐三彩中也有纤瘦的仕女形象，但它们一定不是贵族，贵族的身份，可以从体形上一眼就看出来。故宫博物院有一件陶彩绘女俑[图12-1]，头梳抛家髻，也叫"髯鬓"或者"凤头"[图12-2]——这种流行于晚唐的发型，从张萱《虢国夫人游春图》、周昉《挥扇仕女图》[图12-3]中都可以看到，面施红粉，蚕眉细目，小口施朱，五官紧密地团结在面部的中央，身穿长裙，两手拢袖于胸前，大腹便便，一副悠闲的模样，那体态、那神态都在告诉你，什么才是贵族。

如果说汉代是以男人为主角，"马踏匈奴"这些超级石雕代表了这个朝代的刚性气质，那么唐代最突出的却是女性的形象。中华文明既有父性的阳刚，也不失母性的阴柔，既有张，也有弛。这样的节律变化，在汉唐两个朝代表现得最为明显。正是这样的刚柔相济、张弛有度，才使我们的文明像一个人的生命一样有呼吸感、有弹性、有韧度，才能涵纳世界，应对外部世界的变化，在悠长的历史中不被折断。

这件唐代陶彩绘女俑，是我们文明里的维纳斯，代表着大唐帝国的妖娆风格。那个时代的中国，宽阔而不嚣张，妖娆而不轻佻，这样的时代气质，落实在那彩绘女俑的脸上，让她的微笑，含而不露，充满自信。这份悠然与自信，也在张萱、周

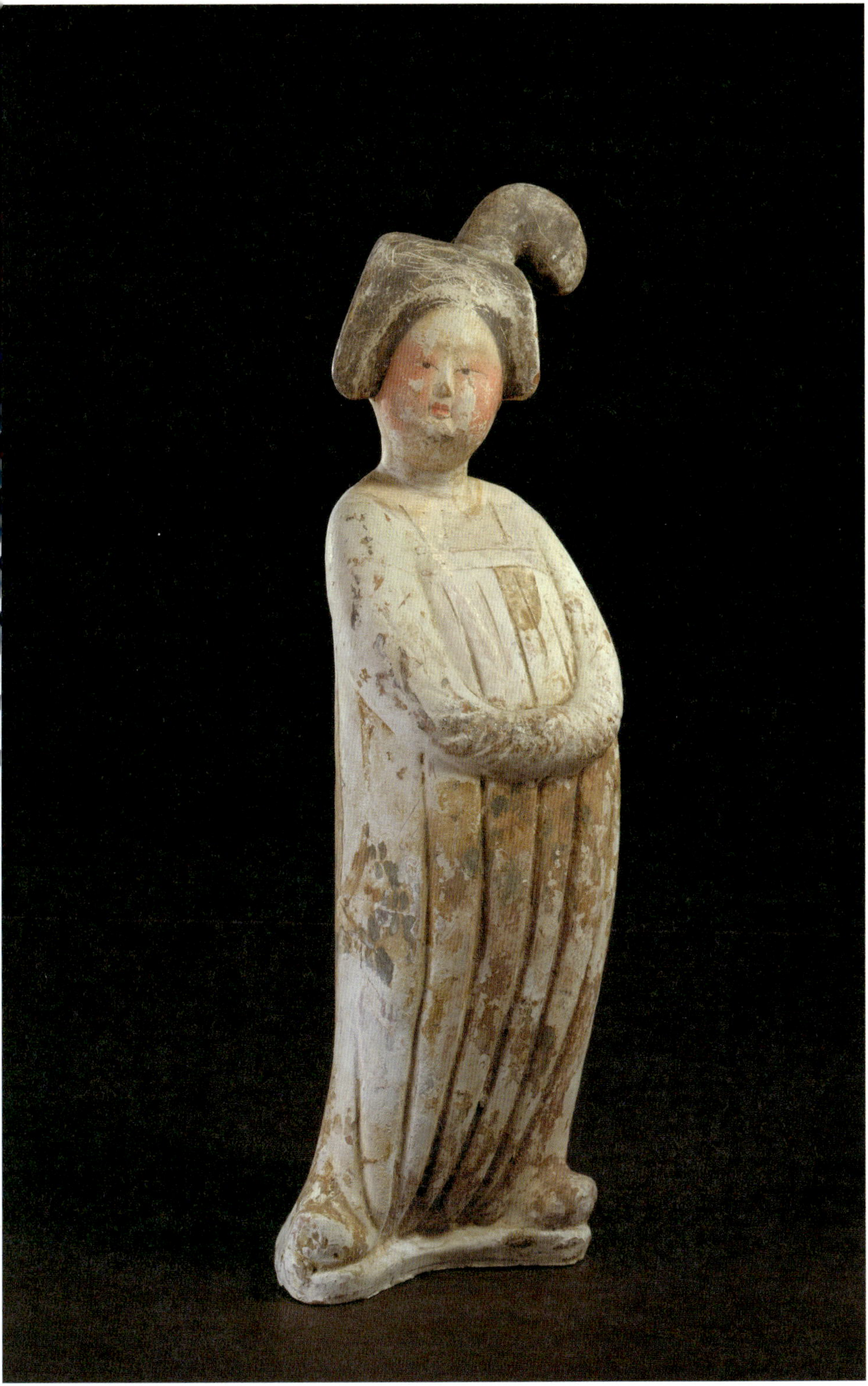

[图12-2]
女立俑，唐
西安市文物管理委员会 藏

[图 12-3]
《挥扇仕女图》卷(局部),唐,周昉
北京故宫博物院 藏

[图12-4]

卢舍那大佛（局部），唐

河南洛阳龙门石窟

昉这些著名画家的画卷上得到了充分的表达。连佛教造像，都被赋予了慈母般的宁静与柔美，由十六国时期深目高鼻、上唇留八字胡的男性形象，过渡为南北朝至隋唐时代宽厚圆融、慈悲温暖的女性形象（最有名的，当然是那据说按照武则天的形象塑造的卢舍那大佛［图12-4］）。或许，只有这样的母性，才能溶解历史中黏稠的黑暗，让西来的佛教，在中土落地生根。

唐代石窟造像的这份妖娆的气质［图12-5］，并不有损于唐朝的伟大，但它的伟大不通过纪念碑式的雕塑来建立，而是在物质的奢华与色彩的夸张中流露出来的，而城市里昂首阔步的女性，正是对王朝自信最真切的表达。

二

唐朝是一个女人逆袭的朝代。最经典的例子，莫过于武则天。这位生自利州[3]的小妮子，居然成了中国历史上绝无仅有的女皇。这位唐太宗李世民的五品才人，在唐高宗李治继位后二进宫，第二年被封为二品昭仪。为了干掉唐高宗的皇后——王皇后，她竟然亲手掐死了自己的女儿，然后嫁祸于王皇后，让王皇后有口难辩。对于这一个婴儿的意外死亡，《唐会要》《旧唐书》《新唐书》的说法都不一致，但有两点是确定无疑的：第一，是武则天的女儿死了（不知是否武则天所杀）；第二，是武则天利用

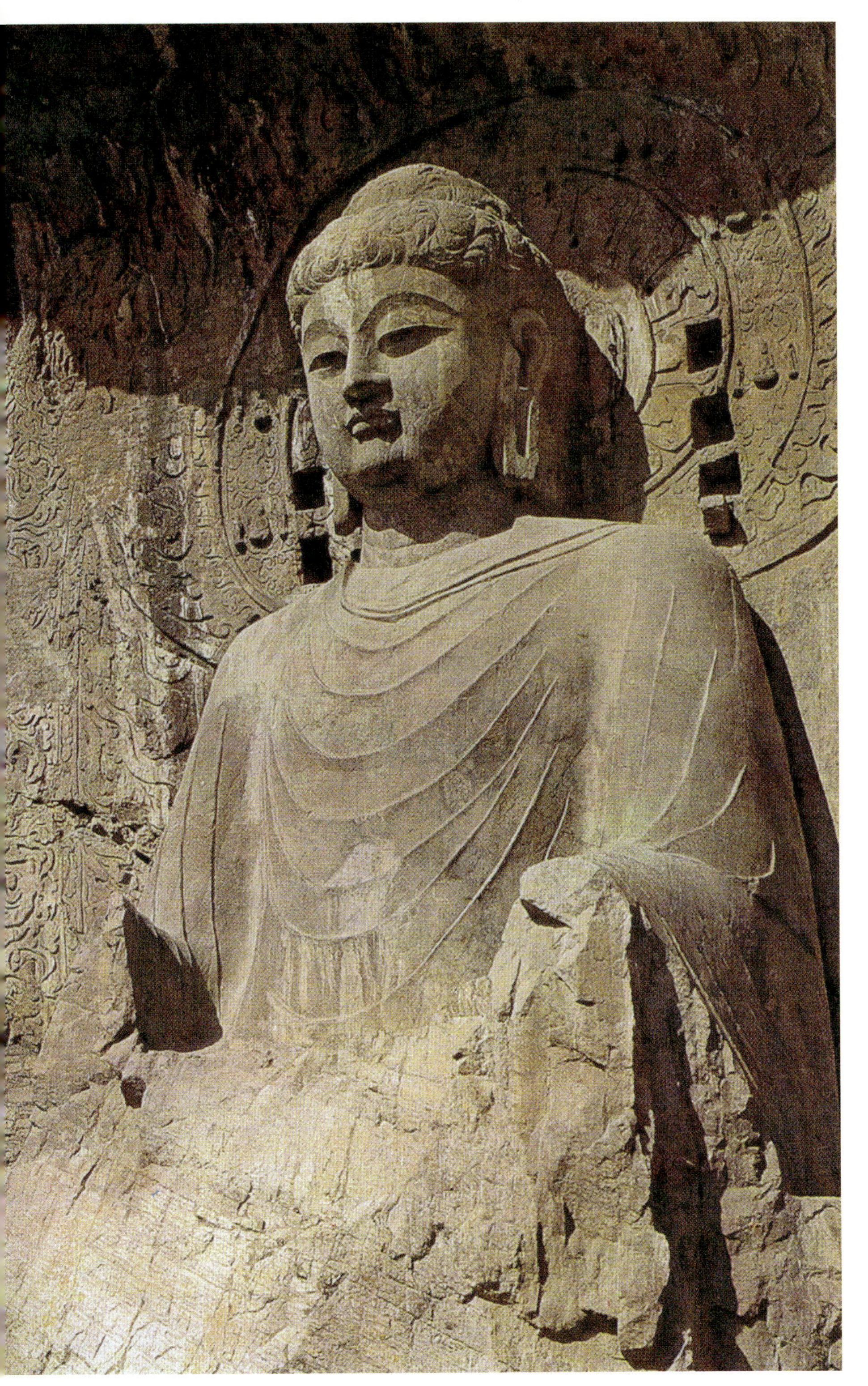

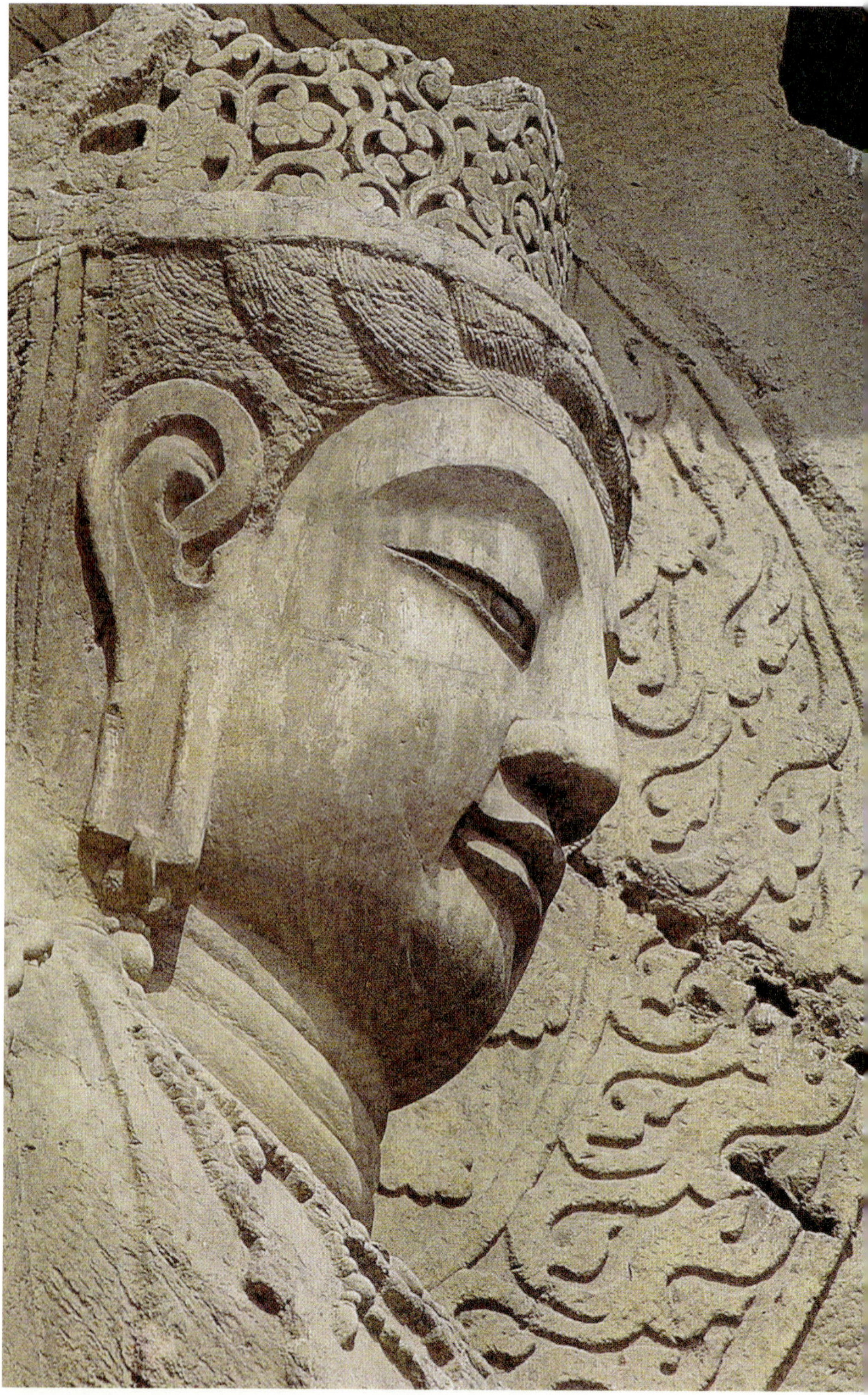

[图 12-5]
普贤菩萨像（局部），唐
河南洛阳龙门石窟

这一事件来打击王皇后。

经历了一系列的艰难曲折，这位武昭仪终于先后PK掉了萧淑妃和王皇后这两大劲敌，在永徽六年（公元655年）当上了皇后，成了我们熟悉的"则天武后"，也成为中国历史上"第一位侍奉二朝（二夫），并且登上皇后之位的女性"[4]。但她觉得还不过瘾，天授元年（公元690年），武则天在六十七岁上，干了一件惊天动地的大事，就是废中宗自立，建立了"周"国，自己亲力亲为，当上皇帝。天下从此由姓李改为姓武，也由此开启了中国历史上唯一的女皇时代。

十几个世纪以后，毛泽东坐在丰泽园的书房里闲览《资治通鉴》，对身边的工作人员说了一句话，一句顶一万句。

老人家说："女人当皇帝不简单。"

武则天的功过，历史学家从无定论，从北宋司马光《资治通鉴》批判武则天，到清代王夫之骂她"鬼神之所不容，臣民之所共怨"，恐怕更多是从"三纲五常"的儒家观念出发的，三纲五常之说，虽起于汉代董仲舒，却完成于宋代朱熹。在唐代，皇族的血管里流着鲜卑人的血，文化上也弥漫着北方游牧民族的气息，伦理观与中原并不完全相同，"三纲五常"并不像宋明以后那么根深蒂固。

日本讲坛社《中国的历史》中说："唐朝是这样的一个时代，

即具有最终容忍武后这种人物存在下去的客观环境。在形成这种环境的要素之中，就包括贯穿于唐朝始终的浓厚的北方游牧民族风气。在北方游牧民族中随处可见的女性的泼辣勇猛等都被带到了唐朝，最后并通过武后集中体现了出来……武后就是巧妙地利用了这些环境和条件，才成功地登上了权力的高峰。"[5]

好像为了挑战以男权为中心的儒家观念，女权的武则天还大养男宠，广泛收集美少年，像薛怀义、张易之、张昌宗、沈南，都成了她的"六宫粉黛"。"小鲜肉"云集的武氏后宫，在中国历史上，又堪称一景，武家王朝的"宫斗剧"，也从此由男同志主演。她还为自己的后宫起了一个挺性感的名字——控鹤监。

三

男女位置的翻转，从唐代陶器、绘画中都可以见到。我前面提到的《虢国夫人游春图》，马背上的骑手，已经不是卫青、霍去病这样的男性英雄，而是虢国夫人这样的柔媚女子。唐朝初建时，就有官员骑马而行，有人对此发出责难，认为官兵都可以骑马，不能像车乘那样区分品级，没想到这一责难，非但没有阻止官员骑马的风尚，连女人都开始流行骑马。

唐代是一个强调法度的朝代，那法度，被颜真卿、欧阳询一丝不苟地落实在横平竖直的唐楷里，但另一方面，似乎所有的规矩都可以冲破，所有的实验都会受到怂恿，张旭、怀素的狂草，就是在法度之上长啸而起，从规矩的牢笼中向自由狂奔。唐代的文化，就这样在来自两个方向的冲突中，阴阳互补。唐朝的女人就这样，盛装骑在马上（而不是坐在马车里），出现在人们的视野里，那副傲然，在其他朝代是绝难看到的。

这些马上女子，经常戴一顶带着下垂网的帽子，叫"帷帽"，以挡住自己的脸。这种"帷帽"，是从为了防止风沙遮脸的"幂䍦"演变来的。《旧唐书》说：

> 武德、贞观之时，宫人骑马者，依齐、隋旧制，多着幂䍦。王公之家，亦同此制。永徽之后，皆用帷帽，拖裙到颈，渐为浅露。……中宗即位，宫禁宽弛，公私妇人，无复幂䍦之制。
>
> 开元初，从驾宫人骑马者，皆着胡帽，靓妆露面，无复障蔽……俄又露髻驰骋，或有着丈夫衣服靴衫。[6]

可见，幂䍦遮脸遮得比较严实，帽檐边的垂网，一直盖到脖子，后面演变成帷帽，四周的垂网就越改越短，女人们慢慢可以"露脸"，虽然只是脸的一部分。这样的装束，略近于现代闽南的惠安女头上的笠帽。这样的装扮，从唐代彩绘帷帽仕

[图 12-6]

彩绘帷帽仕女骑马木俑，唐

新疆维吾尔自治区博物馆 藏

女骑马木俑［图 12-6］、彩绘釉陶戴笠帽骑马女俑上都清晰可见，只是后者帽檐下的垂纱，已经去向不明。

武则天和唐高宗李治生的儿子李显当皇帝（唐中宗）以后，女子们再也不用戴幂䍠了；到了开元初年，虽然还戴着帷帽，但帽子上那层薄纱被风吹起，她们就会露出真颜，无遮无碍。《虢国夫人游春图》中，脸上就不见任何遮挡。讲坛社《中国的历史》把这样的风尚称作"当时的女性们自强自立的成果"，认为"这些都并非中国的固有传统，而是来自外部世界的影响。在这里我们看到，决心改变自己命运和地位的女性们又遇上了外来的文化，二者交相辉映。通过这一现象我们在看到唐代的开放性的同时，还了解到了超越时代的不变的女性生态"[7]。

四

除了骑马游春，唐朝的贵族女子还酷爱一项马上运动，就是马球。这些女球员，打马球时一律着男装。这样的酷爱，被刻录在许多的古物上，比如，在故宫博物院，就藏有一面唐代打马球镜［图 9-8］。在台北故宫博物院，收藏有一组唐代彩绘仕女打马球俑［图 12-7］，塑造了一位仕女打马球的动人姿态。这些古物，让我想起李白在长安奉诏为唐玄宗所作的《宫中行乐词》中的最后一首：

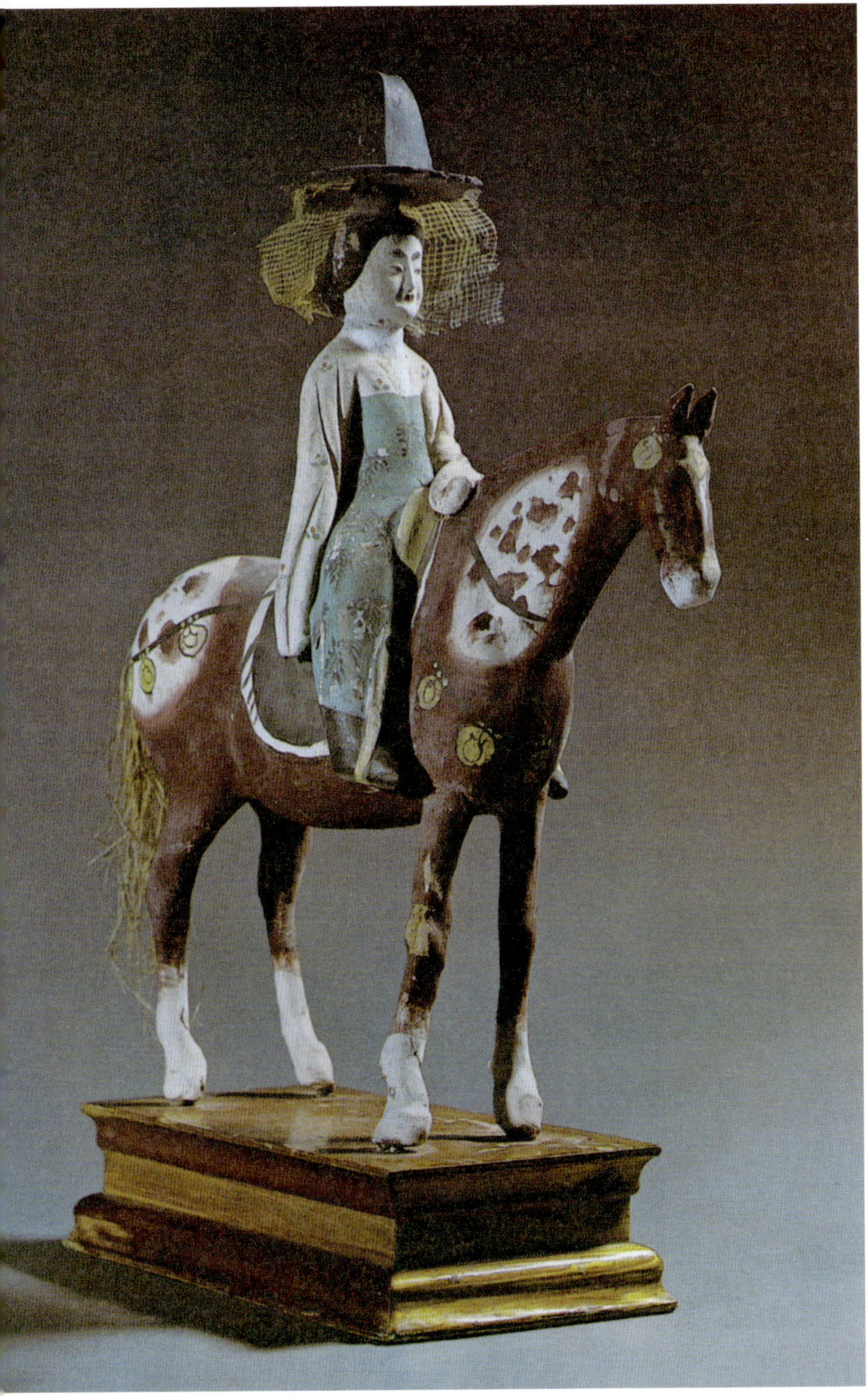

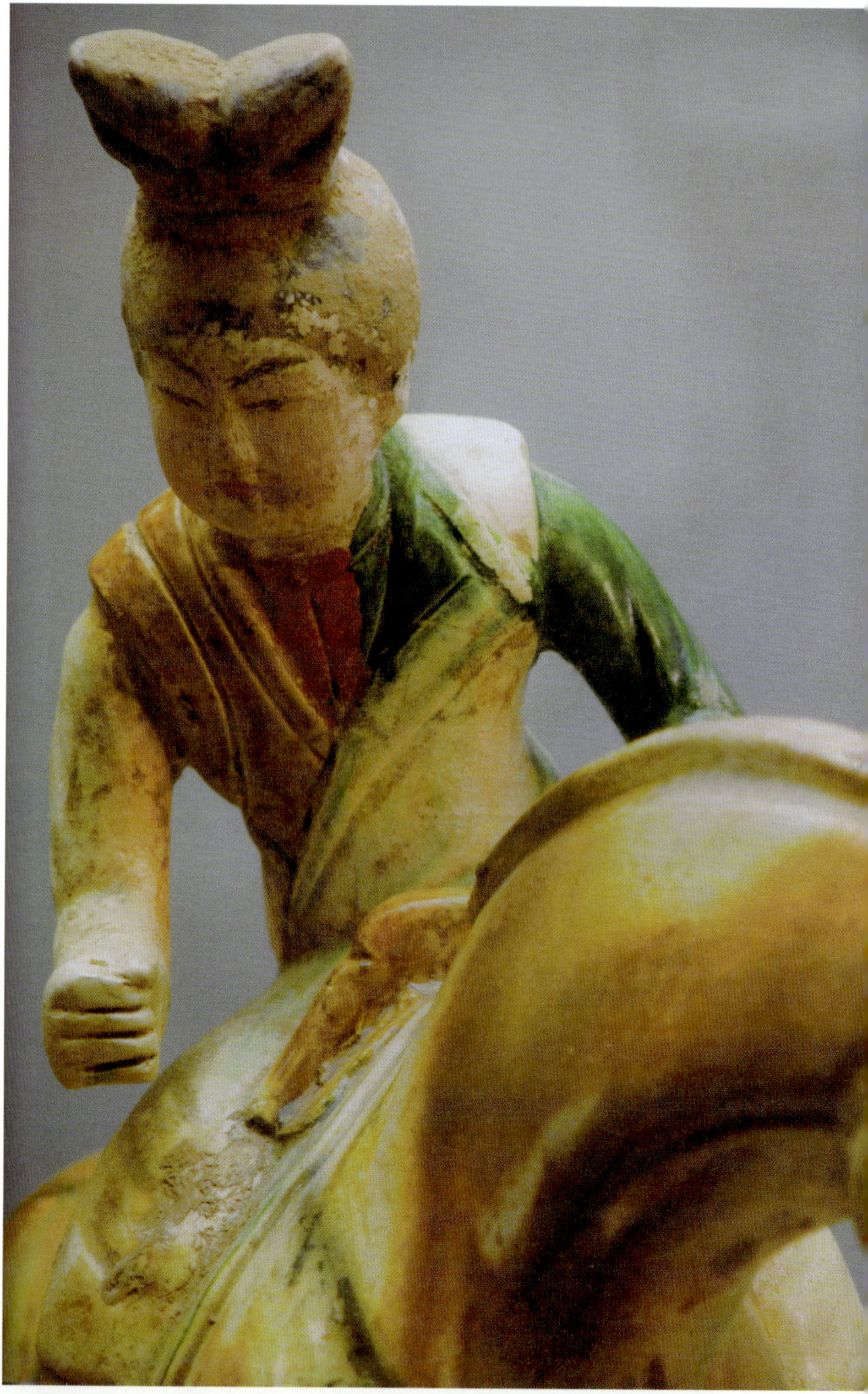

[图 12-7]
唐三彩打马球俑（局部），唐
台北故宫博物院 藏

> 水绿南薰殿，
> 花红北阙楼。
> 莺歌闻太液，
> 凤吹绕瀛洲。
> 素女鸣珠佩，
> 天人弄彩球。
> 今朝风日好，
> 宜入未央游。

我们不妨想象，在大唐的光景里，一群男装美女在球场上纵马飞驰，只有她们的声声娇喘夹杂激烈的叫喊声，掩饰不住她们女性的娇媚。

不打马球时，唐朝女子也爱男装，似乎英武的男装，标志着她们对女性地位的超越。《虢国夫人游春图》里，究竟哪位是虢国夫人，一直众说不一。有学者认为，最前面着男装者就是虢国夫人 [图 12-8]，因为她骑的"三花马"级别最高。[8] 尽管这一说法不占主流，但唐代女性的男装风尚却是毋庸置疑的。西安博物院里藏有一件男装仕女俑 [图 12-9]，印证着唐代女性的男装癖好。一直到清代小说《红楼梦》里，宝玉与芳官、葵官

[图 12-8]

《虢国夫人游春图》卷（局部），唐，张萱

辽宁省博物馆 藏

两个戏班女孩玩"变装游戏"，为她们改扮男装，还为她们各取了一个阳刚的名字："耶律雄奴"、"韦大英"（暗有"惟大英雄能本色"之语），连史湘云都"束銮带，穿折袖"[9]，把自己打扮成胡人武将，少女们超越性别樊篱的冲动，仍隐隐可见。只不过在那唐代男装仕女俑里，女子的面庞圆润、身形丰硕，虽穿着男装，但轻轻扭动的身体，还是藏不住女人天性里的活泼与婀娜。

五

武则天的女权主义也有它的极限——她的寿限，就是它的极限。也就是说，她无论获得了多少权力，在她死的那一天，她都得如数交回去。这个江山，还是男人的江山，政治的规则，还得由男人来确定。她可以把自己的大周王朝交给女儿太平公主，但太平公主姓李（唐高宗李治与武则天的小女儿），不姓武；当然她可以把天下交给她娘家人，比如她的侄子武承嗣或者武三思，天下虽然可以姓武，但仍然是男人的天下，那样，最多只算是武家的胜利，而不是女性的胜利。

那个时候，武则天站在自己的宫殿里，听风声横行，心里一定感到彻骨的冰凉。她需要安全感。这安全感，只能由无限的权力带来，她"后宫"里的"小鲜肉"们，恐怕没人给得了。

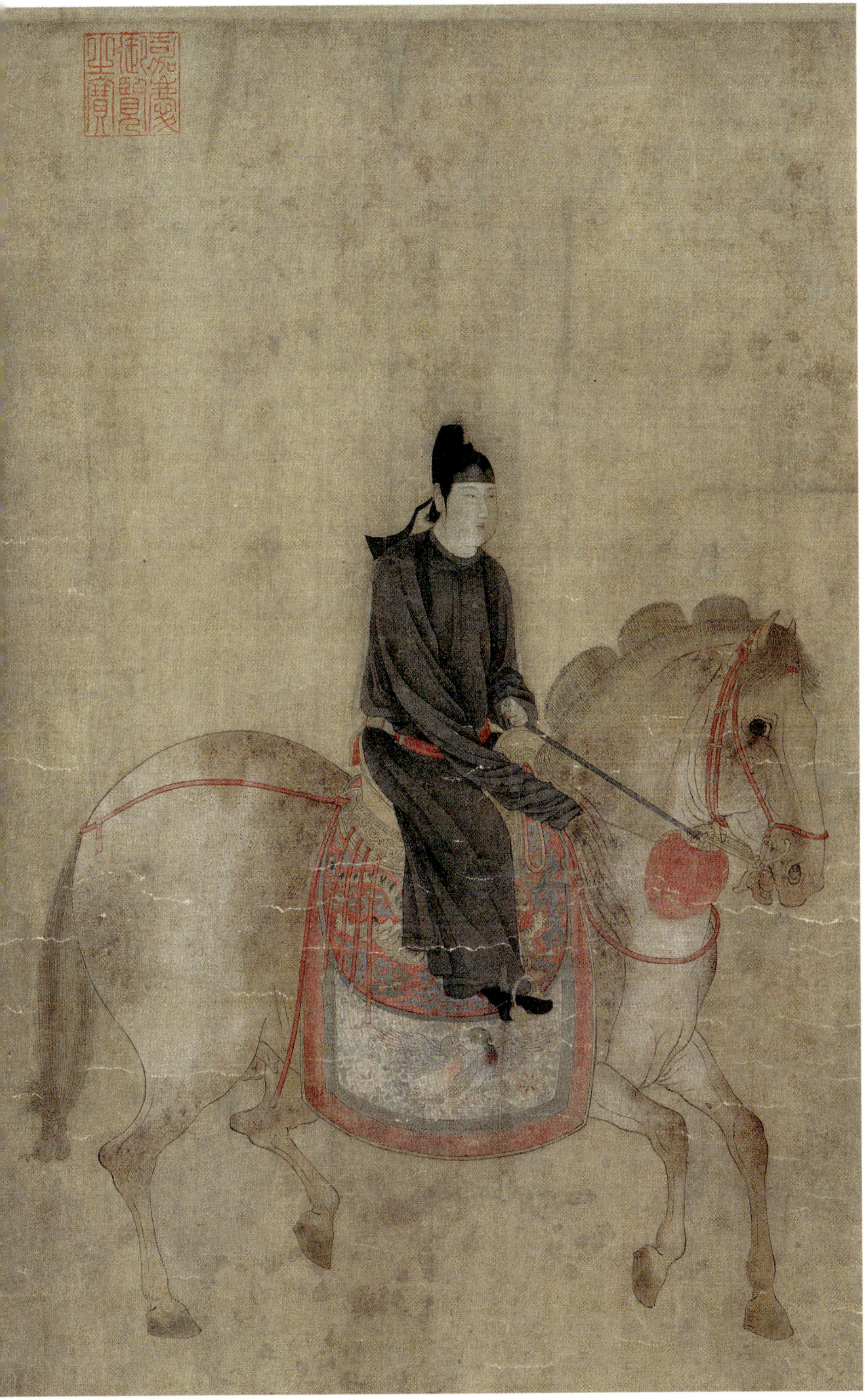

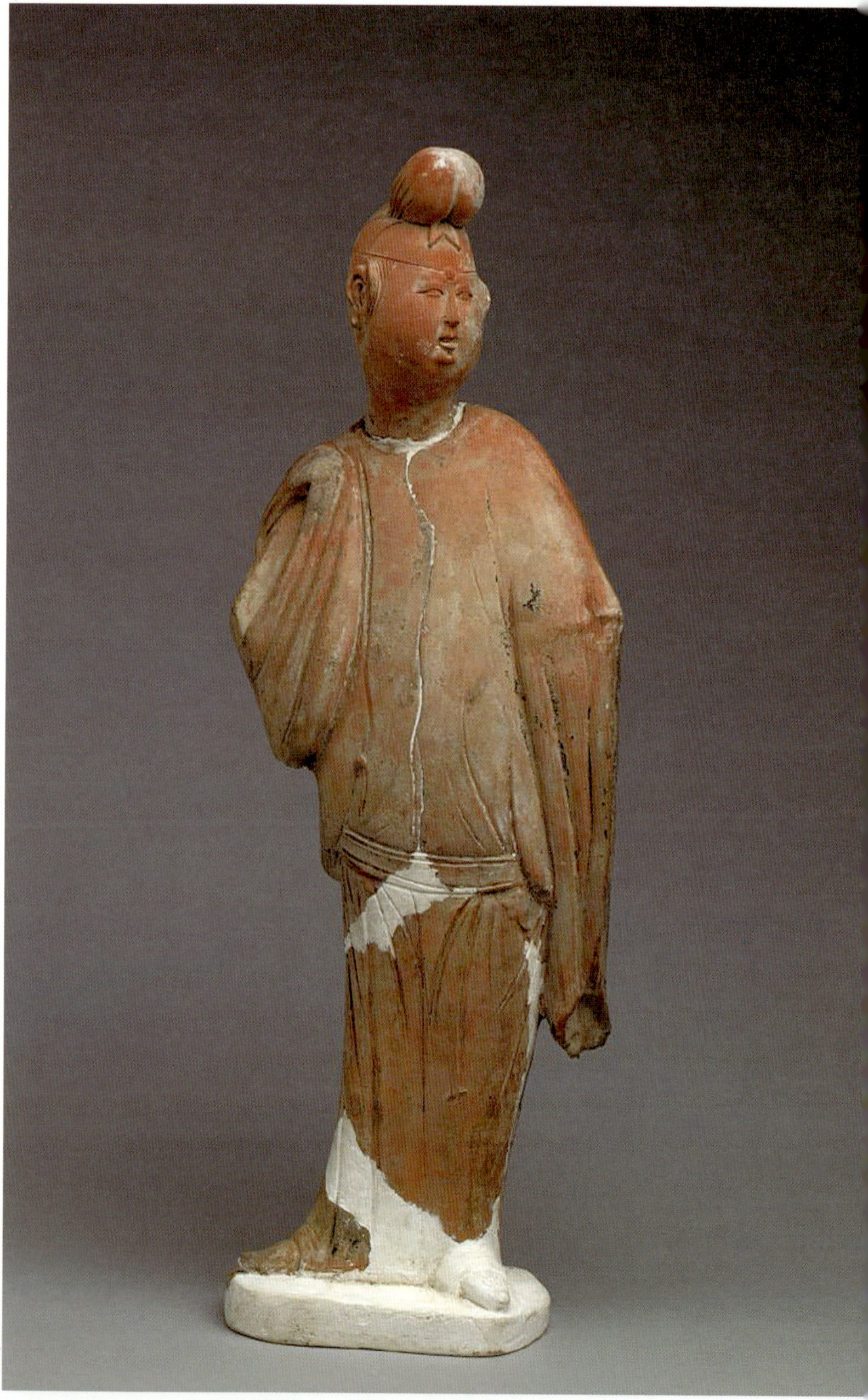

[图 12-9]
男装仕女俑，唐
西安博物院 藏

终于，所有的梦里徘徊，所有的焦灼不定，都被狄仁杰的一句话化解了。狄仁杰说："姑侄之与母子，哪个比较亲近呢？"又说："陛下立儿子，那么千秋万岁后，您会在太庙中作为祖先祭拜；假如立侄子呢，侄子当了天子，可没听说把姑姑供在太庙里的。"

狄仁杰的话，让痛苦纠结的武则天彻底醒悟：这天底下，还是儿子亲。

于是她立即召李显回洛阳，决定把李家的天下，重新交到他的手上。

武则天是无奈的，她缔造了大周，却不能国祚万年，当人死灯灭，她的王朝也将被归零。狄仁杰早就看破了这一点，所以，当徐敬业起兵、骆宾王奋笔疾书《为徐敬业讨武曌檄》，大骂武则天"虺蜴为心，豺狼成性，近狎邪僻，残害忠良，杀姊屠兄，弑君鸩母"[10]时，他不动声色，不怕被骂，一心辅佐武则天，让天下繁荣，百姓安稳，兵略妥善，文化复兴，也为她的孙子唐玄宗的开元之治奠定了坚实的基础，等火候到了，他只动了动嘴皮，就不费吹灰之力地，瓦解了这武周的天下。

终于，神龙元年（公元 705 年）的一场兵变，彻底废了武则天的王朝，大唐王朝卷土重来，帝国的旗帜、服色、文字等都回到了从前。就在这一年，武则天在上阳宫咽下最后一口气。

那一年，她已经八十二岁，遗诏省去帝号，称"则天大圣皇后"。

随着杨玉环、武则天的死，女性的黄金时代，也渐渐走到了尽头，用来约束女人行为的条例，诸如唐太宗时期的《女则》、安史之乱后编写的《女孝经》等，开始受到推崇。则天则天，模范遵守"妇德""妇容""妇言""妇工"这"四德"，成为女人之"则"，而男人才是女人之"天"。凝聚在唐三彩上的妖娆与奔放，变成晚唐时代《挥扇仕女图》的哀怨与寂寥。

一千多年以后，李汝珍坐在清嘉庆年的时光里，用小说《镜花缘》，完成他对武则天时代的想象。这部书原本是从这"四德"写起的，但写着写着，却写出了女性世界的富丽与精彩。对女儿国天花乱坠的想象里面，却容纳了汹涌澎湃、无穷无尽的繁华。那份精彩是掩不住的，就像大唐艺术品上的女性姿影，过多少年，依然娇声喧哗、姹紫嫣红。

名称：木雕彩绘观音像

时代：辽代

尺寸：高192厘米，宽80厘米

第十三章 白衣观音

它净如圆月、眼睑低垂的慈悲样貌，足以跨越千年光阴。

天空一无所有

为何给我安慰

————海子：《黑夜的献诗》

一

那一天，辽太宗耶律德光做了一个白日梦。在他的梦里，有一位神灵自天而降，给他带来一个消息：一个姓石的家伙将派人找他，建议他去接见一下。后来他又梦到了一次，一切都与前一次梦见的一模一样。不出十天，那个姓石的人果然出现，不过他没有亲自来，而是派了一个人来。耶律德光从来人的口中得知，他的主子是后唐的河东节度使石敬瑭，起兵造了后唐的反，一败涂地，企求辽国拔刀相助，石敬瑭愿意把幽云十六州割给辽国作谢礼。北宋秦再思把这事写在《洛中纪异录》里。

一听幽云十六州，耶律德光眼睛立刻就放了光，连说好好好，于是发兵太原，偷袭了后唐军队，杀死一万多人。石敬瑭终于翻了盘，率大兵攻入残阳如血的洛阳，存世仅十三年的后唐王朝，刚刚进入青春期就被葬送。它的余脉潜入江南，建立了新的王朝，仍然打着"唐"的旗号，就成了"春花秋月何时了"的南唐。此时，在中原洛阳，叛臣石敬瑭已把自己包装成新的皇帝，只不过是辽国的儿皇帝，史称：后晋。只是这后晋，只活了十一年，比起"春花秋月"，还要短促。

幽云十六州，包括今天的北京（幽州）、大同（云州）等十六座战略前沿城市，就这样被纳入了辽国版图。契丹人或许做梦也不曾想到，自己能够如此轻易地放马长城以南。长城的屏障作用消失了，此后二百年，中原腹地袒露在北方少数民族的视野之内，成为北宋皇帝的心头之患。北京后来也成了辽国的五个京城之一，称为：南京（因为是五京中最南的一个）。

朝代在不断地更换，就像大地上的庄稼，割了一茬，又长一茬，又像墙上的日历，撕去一页，再撕新的一页。但有些事物是永恒的，比如那曾经在梦里栖落的神，自从在北方冰寒的土地上驻足，就须臾不曾离开。

二

梦消失了，佛还在。

佛不是梦，它有踪影，有肉身——那是人世间能够想象出的最完美的身体，匀称、温暖、圣洁。

对于耶律德光在梦里见到的神，《洛中纪异录》分明记着："花冠，美姿容"，"衣白衣，佩金带"。寥寥几字，足已凸显出它的身形之美。不久之后，耶律德光就从古幽州的佛光塔影里，找到了对应的美。

在幽州——那座已经属于自己的城市里，耶律德光尽情地徜徉。幽州城里，有一座大悲阁，是一座建于唐代的寺庙。在大悲阁里，他见到一尊观音像。在唐代，观音的形象已广为传播，而契丹国主，却是平生第一次见到。其实那眉目广长、慈意温温的形象，耶律德光并不陌生，因为这样的身形样貌，与他梦中所见不差分毫，只是身上袈裟，不是他梦里的白色。耶律德光命人搬走了这尊像，供奉在他们契丹族的发祥地——蒙古高原上的木叶山里，观音菩萨从此成为辽国皇室的守护神。

大悲阁——观音菩萨前往辽国的出发地，早已片瓦无存，只有一座2006年刻写的"唐大悲阁故址碑"，竖在今天宣武门外的下斜街——北京城无数大街小巷中的一条，仍在坚守岗位。在它的附近，不是鲜花糖果烟酒店就是桂林米粉店，盛大繁复的历史，简化成一段辞条式的碑文：

[图 13-1]
《白衣观音像》页（局部），五代
北京故宫博物院 藏

大悲阁始建于唐，辽开泰年间重修，赐名圣恩寺。故址在今下斜街南口外偏东。其附近为辽金时期重要街市，几经兴废，至二十世纪初，已全部无存。

但观音的形象没有消失，只不过它的身躯不是血肉，而是借用了玉、石、铜、瓷、纸、绢等各种人间材质，把灵魂寄寓在里边。"螺发盘顶，肉髻密布，右旋的轨迹，暗合着宇宙运动脚步的怆然。衣衫薄透，贴体流畅，均匀的衣纹婉转唱和着法相的庄严。"[1]

耶律德光梦里那"衣白衣"的菩萨，其实就是白衣观音，又称"白处观音"或"白住处观音"，也是观世音菩萨三十三个不同形象的法身之一。这三十三个法身为：杨柳观音、持经观音、游戏观音、莲卧观音、施药观音、德王观音、一叶观音、威德观音、众宝观音、能静观音、阿麽提观音、琉璃观音、蛤蜊观音、普悲观音、合掌观音、不二观音、洒水观音、龙头观音、圆光观音、白衣观音、泷见观音、鱼篮观音、水月观音、青颈观音、延命观音、岩户观音、阿耨观音、叶衣观音、多罗尊观音、六时观音、马郎妇观音、一如观音和持莲观音。

白衣观音的白色，象征的正是观音纯净菩提之心。

《观世音现身种种愿除一切陀罗尼经》说，供养白衣观音时，

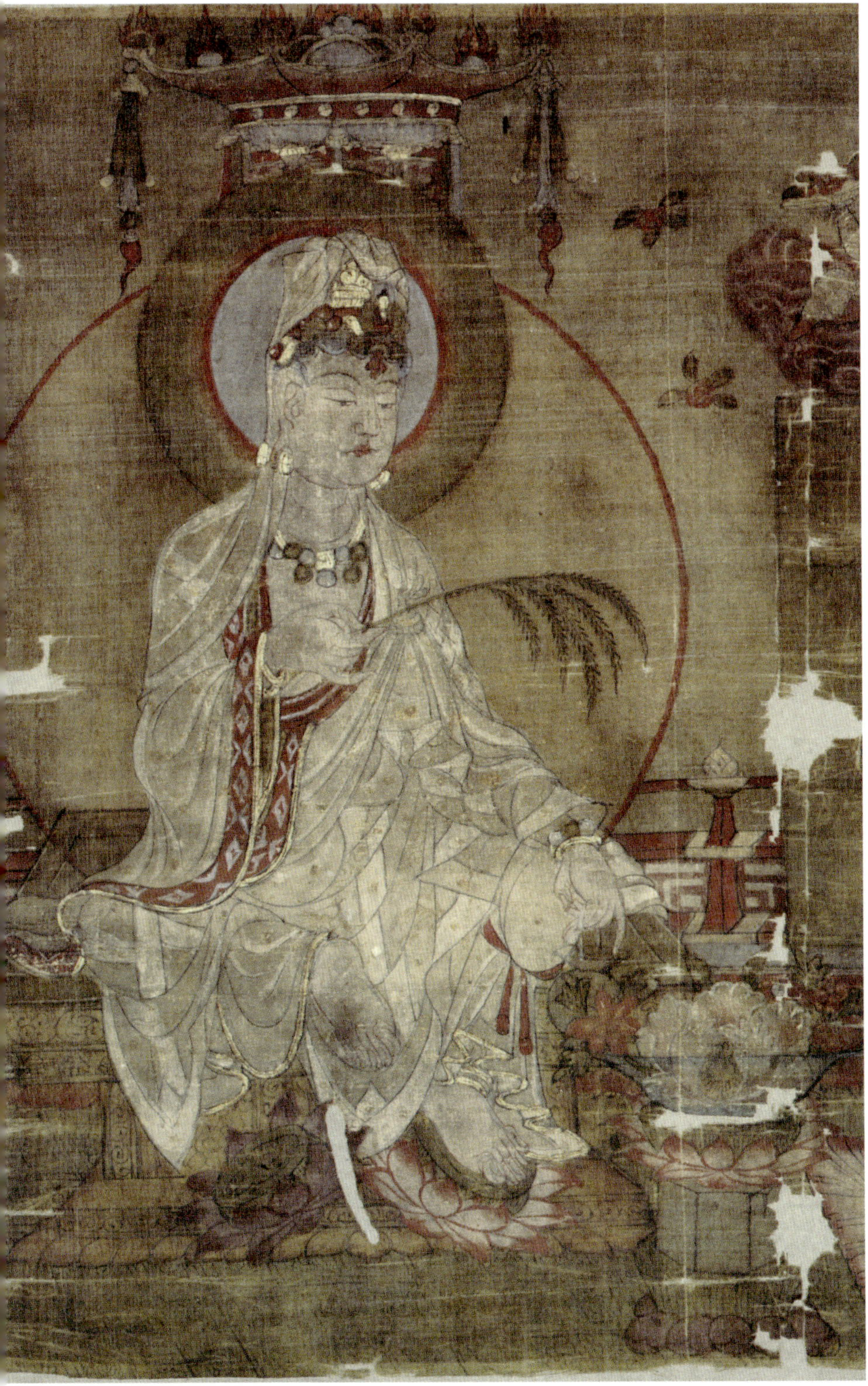

[图 13-2]
德化窑白釉荀江款观音像（局部），清
北京故宫博物院 藏

应用白净的细布画出观音的形象，这样诵念白衣观音经咒后观音即可出现，满足供养者的各种要求。

故宫博物院有一件五代时期的《白衣观音像》[图 13-1]，画上的观音屈腿坐在方形束腰台座上，头束高髻，戴化佛冠，顶披白纱，项饰璎珞，内着红色僧祇支，外穿白色田相袈裟，右手执杨枝，左手下垂提净瓶搭于左膝上，跣足踏莲花，透出的沉静与慈悲，足以让人在看到它的一瞬间，就以心相托。

故宫还藏着许多清代德化窑白釉观音像，实际上也是白衣观音，因为德化窑的乳白釉瓷器，"糯米胎"的表面，光泽晶莹，有如白玉，刚好可以塑造观音的衣料，可以说天衣无缝。其中有一件荀江款观音像[图 13-2]，因背后有"荀江"款而得名。它跣足立在水涡纹座上，身上的白衣，细腻贞静，一尘不染，菩萨身体左侧的衣褶简约舒朗，透出肌体的弹性感，右侧皱褶迭起，密集流畅，衣裳下摆翻卷，边角翘起，若迎风飘拂，长裙曳足，一只足自裙底露出，踏在水上，让人想到星空、夜晚、风停水静的彼岸，那皎然的形象，似乎真的可以化解这世间的苦难，让灵魂宁静和安妥。

三

佛教从溽热的德干高原出发，历经帕米尔高原（古称葱岭）、

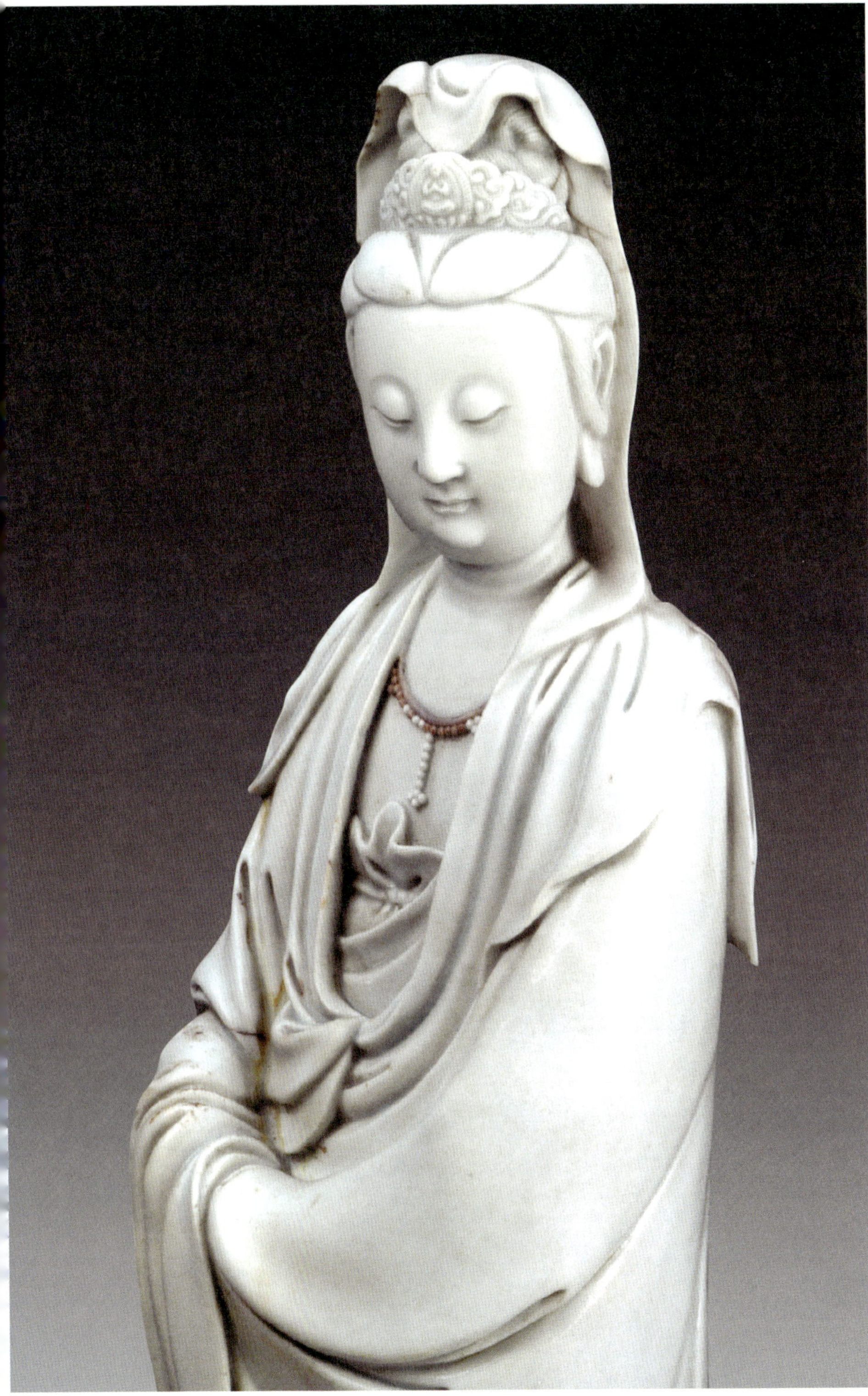

河西走廊，一路风尘地抵达黄河流域，正逢魏晋南北朝的战乱。因此，尽管我写过了唐，写到了辽，但黄仁宇先生说过的那"失落的三个多世纪"，在这里还需要重温，因为来自异域的宗教，正是在这三百多年里，在中国落地生根、茁壮成长，原因是它及时地填补了黑暗时代里人心的恐慌与价值的真空。一个容易被忽略的事实是，那流血漂橹、鸡飞狗跳的三百年，马背民族纷纷南下，饮马黄河，驻足中原，在无意间充当了一次文明的导体，因为这些马背民族接受异域文明时更没有障碍感。有他们在，佛教穿过中土，才如风行水上，顺利无阻。

此时的北方少数民族，已经不再像秦汉时期那样，被隔离在长城以外，作为中国史的配角存在，而是与中原文明有了深度的交融，甚至改变了人种和人口结构，在华夏文明中有了一定的"话语权"。这样的"话语权"已经随处可见，比如，中原人改变了从前（秦汉）席地而坐（卧）的习惯，椅子、床榻这些家具开始在日常生活中出现，"居室陈设的以凭几和坐席为中心而转变为以桌椅为中心"[2]，又助推了桌上陈设器物的丰富，在灯具、香炉这些实用具之上，又添加了砚山、砚屏、花瓶等诸多雅具，推动了宋代士人生活的风雅，同时纸张的幅面也开始变大，进而助推了书画规格、构图的变化。建筑也出现变化，房屋的高度增加了，窗户的位置也提高，服装也由宽袍大袖变为窄袖长衫，这些都来自北方民族的影响。而这些少数民族在制度上也采用了许倬云先生所谓的"胡汉双轨制"。"双轨制"一个典型的表现，是这些少数民族王朝的领袖都拥有两个头衔，一个是"大单于"，一个是"大皇帝"，尽管它们根本算不上什么帝国[3]。

在西来的佛教本土化的过程中，观音菩萨起到了开道先锋的作用[4]，因为它仁慈、温暖、平易近人，重要的是，它很"管用"——至少《光世音应验记》[5]这样的书籍都这么说。西晋时翻译的《正法华经》里说，人们只要一心称颂观音名号，就能解脱七难三毒[6]，还能化作三十三种形象，为众说法解难。这无疑降低了菩萨的身段，使之平易近人，同时也降低了佛教的门槛，让众生（尤其是没文化的普罗大众）能够越过那些繁缛深奥的经文，直接得到佛的慰藉。

四

著名的龙门石窟，十万尊石佛面向洛河的支流——伊水，组成无比浩荡的合唱阵容。山峦如舞台，它们的笑容上反射着大河的光芒。北魏孝文帝时代，第一尊佛像在山崖上迎风站立，此后历经东魏、西魏、北齐、北周，佛的形象在少数民族的朝

[图 13-3]

铜鎏金观音像,北齐

北京故宫博物院 藏

代里受到宠爱与浇灌,如莲花般次第盛开。观音的造像,也隐藏在这密密麻麻的佛像中,它的形象气质,透露着少数民族的开放与达观,"仿佛在暗示那精神内在的喜悦可以解脱石头的沉重与负担,化成一缕微笑而去"[7]。

故宫收藏着许多北魏时期的石质佛像,但那时的观音还没有从众佛中独立,也没有特殊的标识,如果不借助题记佐证,我们很难将它们与其他菩萨区分开来。

在北魏、东魏、西魏、北齐、北周这些少数民族朝代[8]里,菩萨像大多脸形瘦长,五官清秀,有如邻家女孩,明丽生动,亲切可人。我们看龙门石窟同时期的观音造型,也基本上与故宫收藏的造像风格一致,一副"秀骨清像"[图 13-3]。

到隋唐,盛世的光芒降临,均匀地涂抹在曾饱经战乱的版图上,遍护一切众生的千手千眼观音像和十一面观音像才盛装出场,身体也如前章所说,由清瘦(隋代)变得丰腴肥美(唐代),项饰、臂环、腕镯等饰物日趋繁丽,女性特点也开始显露,身体的曲线、渐渐突出的乳房,日益掩饰不住。[9]唐代画家周昉创制了水月观音体,以月亮、水和较为随意的坐姿构成水月观音的主要标志,后为各代画家所效仿。有人形容它"颇极丰姿",而它的衣冠服饰,依旧是贴近普通人的,"全法衣冠还近闾里",这份自由俏皮,与世俗百姓亲切相融。

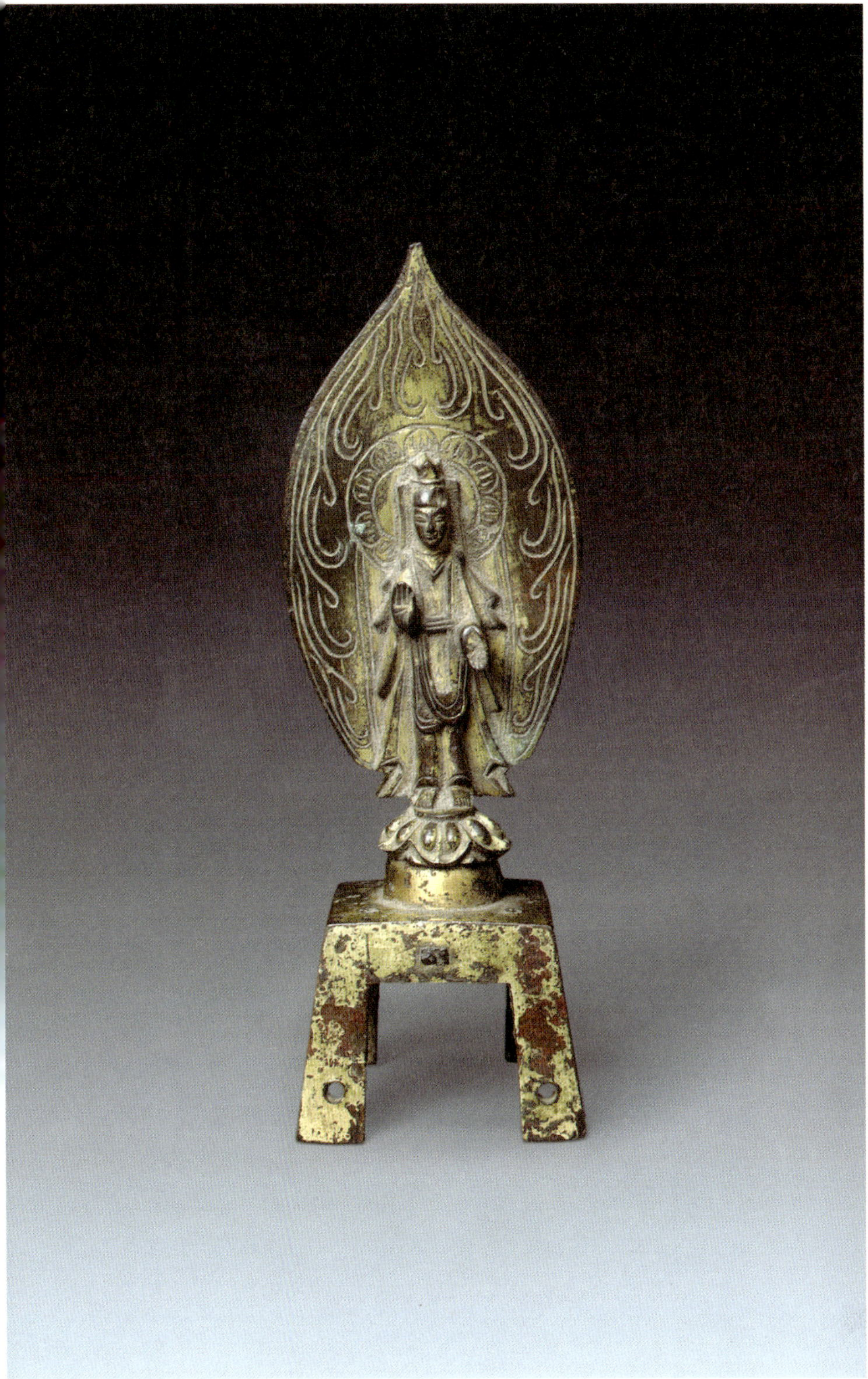

[图 13-4]

木雕彩绘观音像,辽

北京故宫博物院 藏

大唐之后,天下再度分崩离析,于是有了五代十国[10]。前面说的后唐、后晋,不过是五代中的小朝代而已,如云烟般,过眼无痕。公元10世纪,宋太祖赵匡胤一统江山,幽云十六州,还是失落在中原的版图之外,成为"历史遗留问题",到北宋末年,宋徽宗的时代,才得以部分解决[11]。而在更大的范围内,还有辽、西夏、回鹘、吐蕃、大理等国,呈半圆形,密密实实地包裹着中原王朝。即使在太平盛世,疾驰的马蹄声也未曾在大地上消失,生存还是毁灭,依旧是缠绕人们心头的庄严命题。从耶律德光的白日梦开始,菩萨一步步深入辽国的疆域,去安抚那一颗颗被强悍的外表所包裹的脆弱内心。

辽国全盛时期的版图无比辽阔,它东北至今俄罗斯库页岛,北至蒙古国中部的色楞格河、石勒喀河一带,西到阿尔泰山,南部边界则固定在今天津海河、河北省霸州市、山西省雁门关一线。

北国风光,千里冰封,万里雪飘。通体皆白的白衣观音,潜入林海雪原,分化成千个万个微小的身体,进入契丹人的帐篷,在青烛冉冉中被供奉。佛教也挣脱了战争、政治这些宏大叙事,进入了具体而微的"日常生活"。死亡是所有宗教的起点,如美国历史学家威尔·杜兰特在他的巨著《东方的遗产》里所说:"如果没有死亡的话,大概就不会有神灵。"[12]但它的终点却不

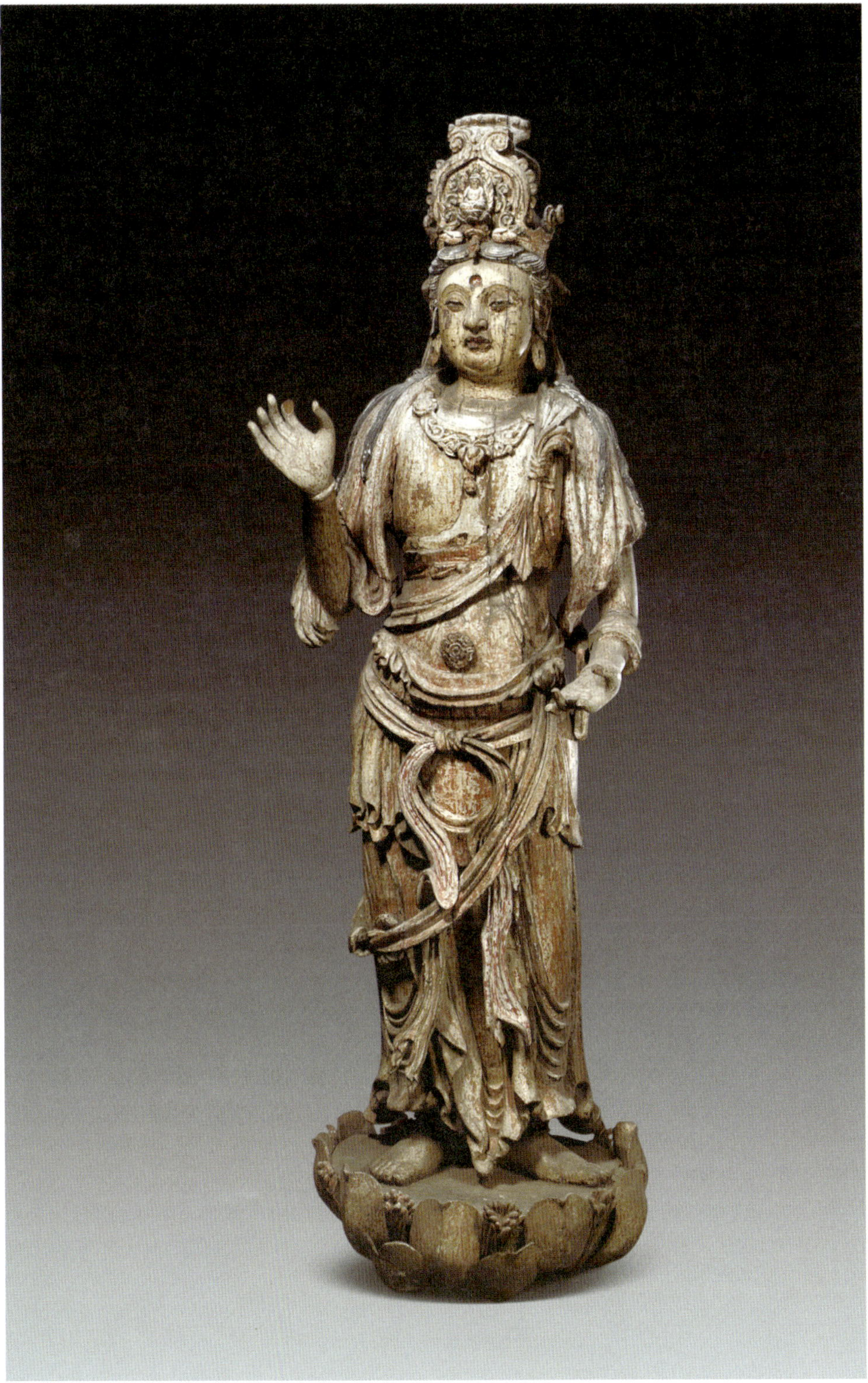

[图 13-5]

铜鎏金观音像,辽

北京故宫博物院 藏

应再带来死亡,而是指引心灵生活,让它超越肉身。毕竟,生存在这世上,人还是需要信仰的,佛教两千五百多年不曾泯灭,与其说是佛教自身的力量,不如说是人们对信仰的渴望。于是,在北国冰寒的夜晚,不知有多少温暖的愿望在契丹人的心头涌动,有多少诵经声在捻动佛珠的节奏里响起,然后融入夜晚,一点点发酵成历史,被我们铭记和缅怀。

五

因此说,少数民族纵马南下,建立跨文化的王朝,给了文明——尤其是佛教以新的机会,并助力于华夏多元文明的聚拢与聚变。而在我们经常抱以偏见的契丹王朝,无论佛教造像还是佛教本身,都有了令人叹服的发展。

自从观音进入"辽"国——一个以辽阔命名的国度——观音的形象,就在契丹工匠的手里被重新塑形,在承载了五代隋唐传统的同时,加入了契丹人的新时尚:辽代观音,已不再像唐朝那样强调身体比例的匀称,而是上身偏长,以显庄重;服饰方面,繁琐细致的衣褶与简洁明了的大线,则形成强烈的对比。

许多人从纪录片《我在故宫修文物》里看见过一尊辽代木雕彩绘观音像[图 13-4],立在故宫博物院科技部的木器修复室里,

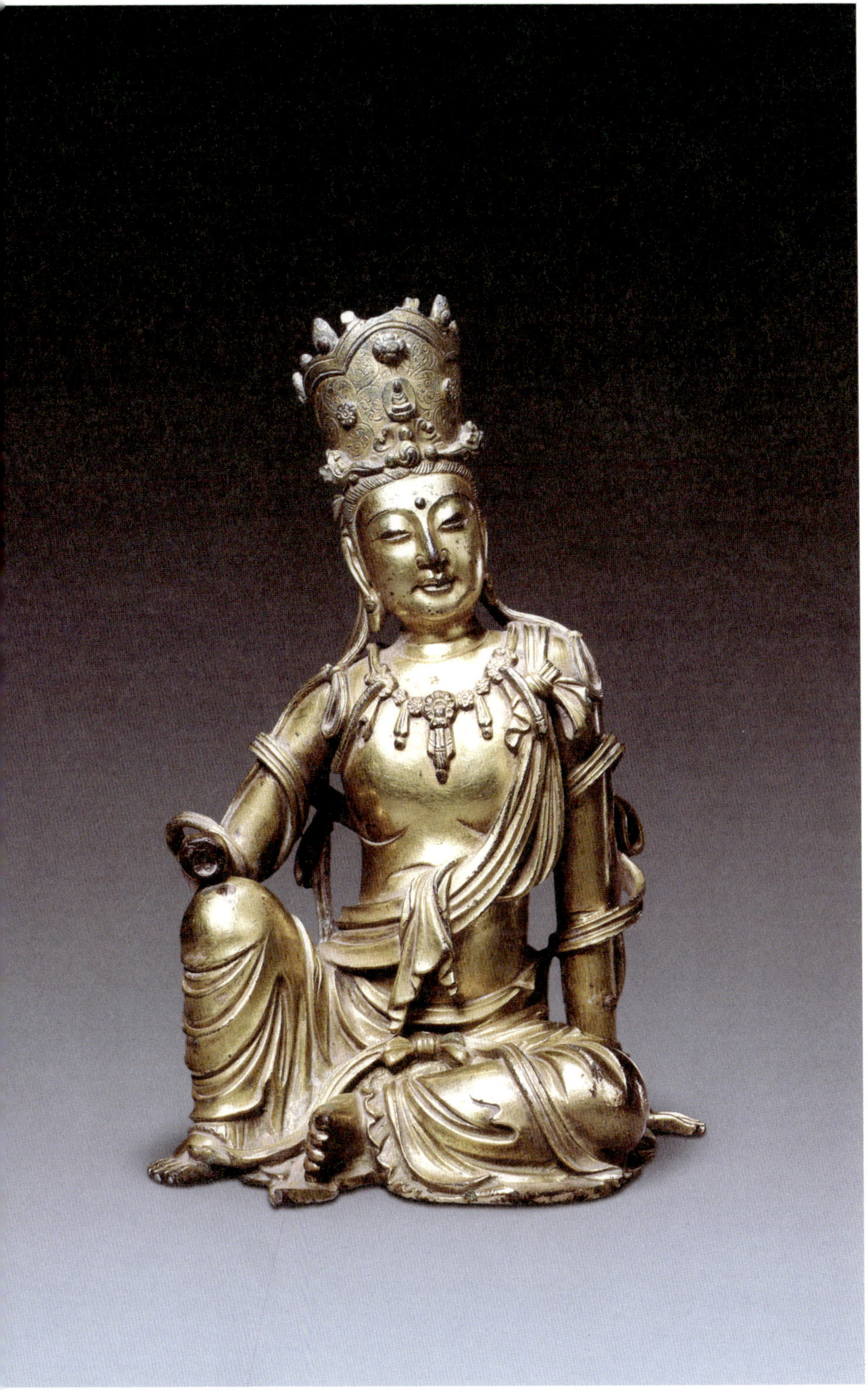

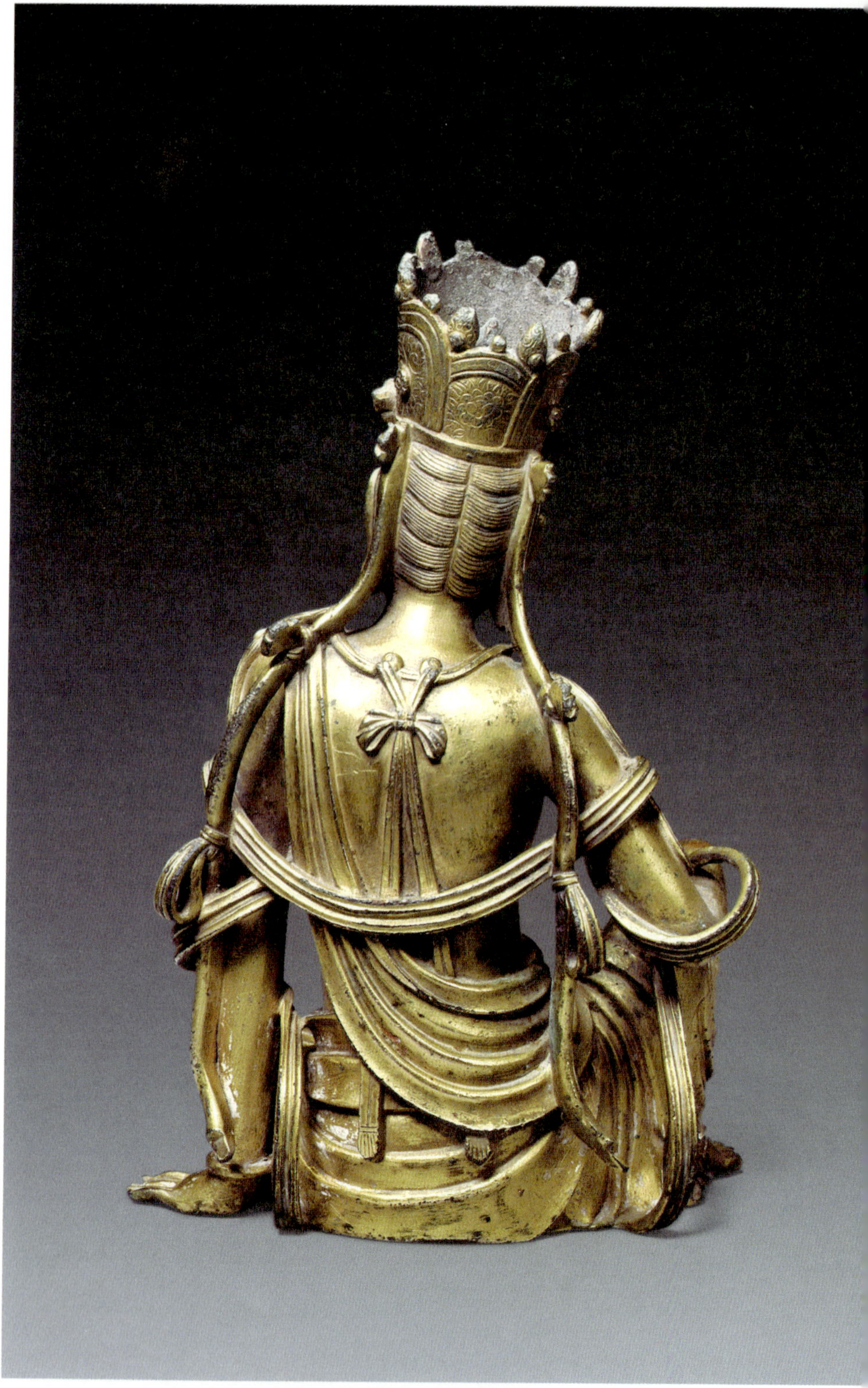

[图 13-6]
铜鎏金观音像（背视），辽
北京故宫博物院 藏

下唇、手指、飘带都有缺损，胳膊有劈裂，足下的圆形莲花座也松散了，但是，年复一年的风雨侵蚀，它依旧不动如山，沉静似水。

我不知道它被雕凿出来的准确纪年；不知道白衣飘飘的观音菩萨，从幽州城出发，一路向北，在北方幽蓝的天空下走了多久。我只知道，在大地的北方，到处是望不到头的巨树，在树的下方，蔓延着青绿的深草，"绿色的汁液在叶片上黏稠地流淌"[13]。辽国的森林资源天下无双，这为观音造像提供了源源不断的材料。而辽代工匠惊人的职业水准，透过那些气质高贵、细腻准确的观音像，表现得淋漓尽致。

这尊辽代观音像，观音的面孔肌肤圆润细腻，工匠成功地隐藏了刀刻的痕迹，故意追求一种类似泥塑的效果，而它的衣褶，却有刀刻斧凿的力度，尤其在莲花座的上方，观音下身的裙褶垂搭下来（当代画家徐累曾经痴迷的皱褶），带着织物的重量感。在小腿处，还有弯曲似小蛇般的衣纹线条，艺术史家称其为曲蛇状衣纹。这种曲蛇状衣纹被看作辽代造像独一无二的标识。

战事纷繁的动荡年代，终于被写成了历史，菩萨千年不易的微笑却保留了下来，放在今天的时空里，或许更加契合。2015 年，是故宫博物院成立九十周年，慈宁宫作为雕塑馆开放，这尊来自辽代的观音像（尽管不是白衣观音）在雕塑馆里展出，仿佛隐匿千年之后，一次庄严的复出。

在故宫博物院，还收藏着许多辽代观音像，比如这尊铜鎏金观音像［图13-5］［图13-6］。"观音头戴宝冠，冠上有化佛，前额有白毫，面庞圆润，眉眼清秀，含有笑意。宝缯自肩部下垂，胸饰璎珞，帔帛缠绕上身，下著长裙。左腿盘坐，右小腿直立，双手一扶地，一置于膝上，呈游戏坐，姿势优美自然，是辽代金铜佛教造像中的精品。"[14]

美国纽约大都会艺术博物馆藏有一尊辽代木雕水月观音菩萨像［图13—7］。水月观音是佛教中国化的产物，也是观音菩萨三十三个不同形象的法身之一。"水月"意为"水中之月"，在佛经中寓意佛法皆无实体。水月观音通常呈坐姿，右腿支起，左腿自然下垂，右臂置于右膝之上，观看着水中月影，以此来譬喻佛法色空的义理。大都会的这尊水月观音，体态婀娜，神态安详，双目微阖，垂视众生，面部轮廓与"黄金分割"比率完全相合，手部动作自然优美，在继承了唐代造像的大气与端庄之上，融入了契丹民族的风姿。

那尊被耶律德光移到木叶山里的观音像，我不曾见过（不知是否存留到今天）。我眼前的，是故宫这尊刻印着辽代风格的木雕像。它净如圆月、眼睑低垂的慈悲样貌，足以跨越千年光阴，

[图 13-7]

彩绘木雕水月观音菩萨像,辽
美国纽约大都会艺术博物馆 藏

在瞬间弥合十个世纪的时空距离，让我在想象中与大悲阁那消失的观音像相叠印。尽管造型几经变化，但它此时站立的地方（北京），正是白衣观音当年的出发之地。起点与终点重合，严丝合缝，像一个封闭的圆圈。我想，这本身就代表着一种圆满，正如它的手印、和圆月般的面孔所昭示的那样。

名称：汝窑天青釉弦纹樽

时代：北宋

尺寸：口径 18 厘米，底径 17.8 厘米，高 12.9 厘米

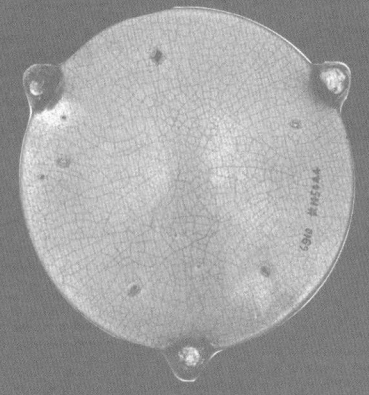

第十四章 雨过天晴

它们是日常生活的道具,是生活中最亲切的那一部分。

一

　　宋徽宗赵佶《瑞鹤图》[图14-1]里的天空，并不能称作天青色。那是一种幽蓝，深邃、迷离，具有梦幻特质的色彩。年轻画家韦羲说："我们有一种误解，以为中国绘画里的天空就是水墨画的留白，其实古人画天空，也曾满满地涂上明丽的蓝色，很写实的，就像西方的油画和水彩画。"[1]假如说范宽是"第一位以'点'来思考宇宙整体的画家"[2]，那宋徽宗就应当是以"块"来映现内心世界的画家，他的许多作品，都突出着大面积的色体，如《雪江归棹图》里的皑皑雪峰、《祥龙石图》里的扭曲石面，那种面积感与立体感，平衡有度，好像是在画油画。《瑞鹤图》里，他居然以一种特立独行的蓝，为天空做大面积的平涂。那种蓝，不似他的学生王希孟《千里江山图》那样明媚和跳跃，让古老的群山焕然一新，而是一种更稳定、含蓄的蓝，一如他喜爱的汝窑天青。

[图 14-1]
《瑞鹤图》卷（局部），北宋，赵佶
辽宁省博物馆 藏

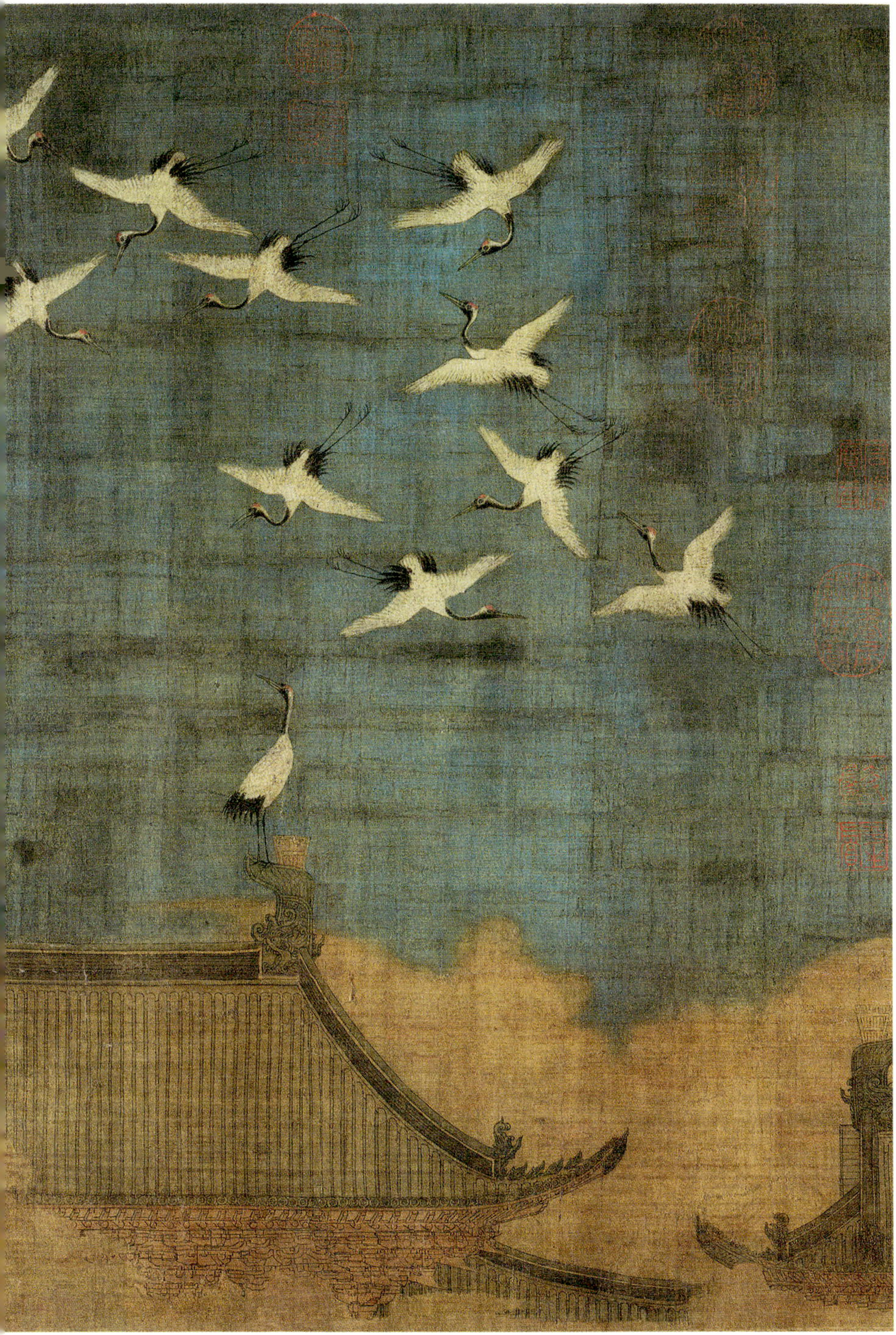

[图 14-2]

汝窑天青釉弦纹樽，北宋

北京故宫博物院 藏

画家宋徽宗，对色彩有非凡的感受力，使用起来也格外大胆。他是绘画里的帝王，敢肆意妄为，他的造诣也因这份狂妄而成就。他有一套属于他自己的色谱，远比他的官僚系统更加细致和缜密。那是独属于他的话语体系，别人并不容易轻易介入。在他心里的青色，就不知分了多少种，以至于当他把梦里所见"雨过天晴云破处"[3]选作制瓷的色标时，不知道有多少烧瓷工匠被这句圣旨雷倒，因为谁也说不出，这"雨过天晴云破处"到底是什么颜色。

二

所幸在今天的故宫，存着一件宋代汝窑天青釉弦纹樽 [图14-2]，让我们在千年之后，看得见宋徽宗最爱的颜色，而不至于像当年的瓷工，对着"雨过天晴云破处"的御批，不知所云。

没有什么器物比唐三彩更能代表大唐热烈、奔放的性格，也没有什么器物比汝窑瓷器更能代表北宋文人清丽、深邃的气质，一如这件天青釉弦纹樽，虽是仿汉代铜樽造型，但它不再像青铜器那样，以张牙舞爪的装饰纹样吸引眼球，而是以瓷釉作为美化器物的介质，色泽清淡含蓄，胎质细腻，造型简洁脱俗，釉面上分布着细密的裂纹，术语叫开片，俗称蟹爪纹或冰裂纹，那是由于胎、釉膨胀系数不同而在焙烧后冷却时形成的裂纹，

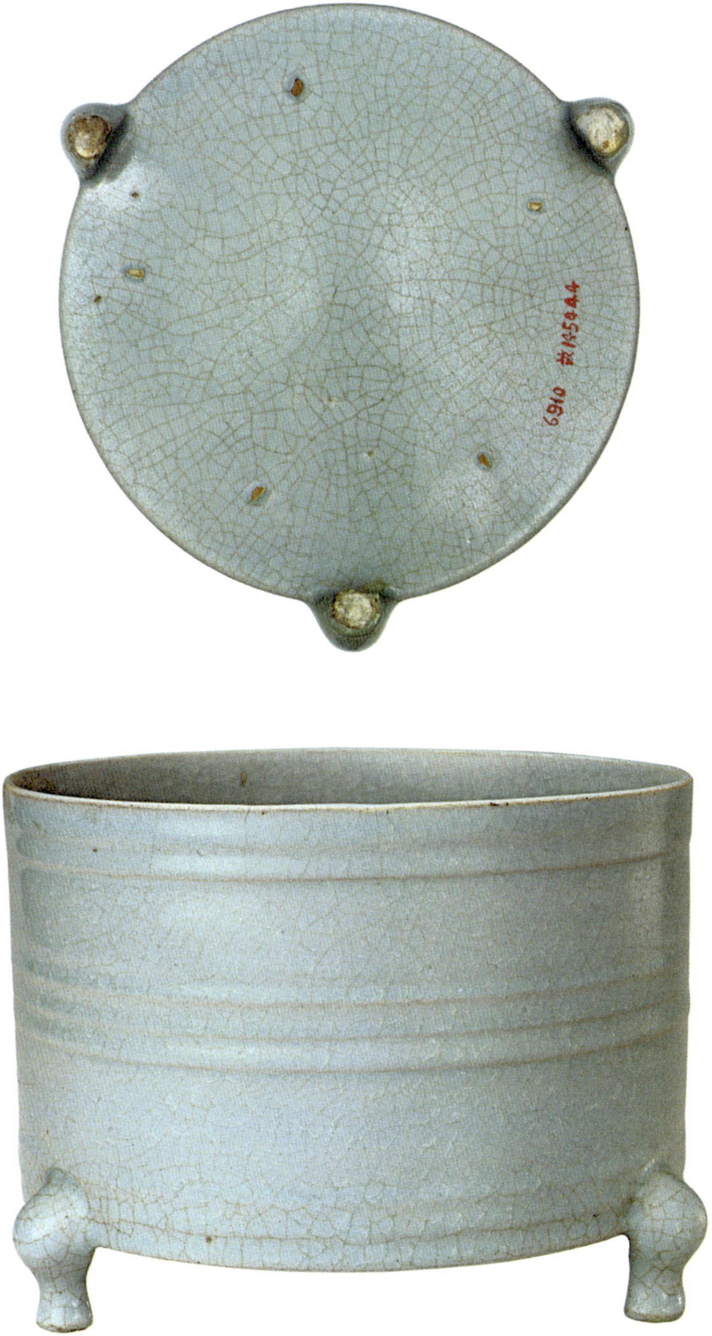
6910

汝窑瓷器在烧成后,这样的开裂还会继续,这使汝窑瓷器一直处于细小的变化中,似乎器物也有生命,可以老出皱纹。

唐的气质是向外的、张扬的,而宋的气质则是向内的,收敛的——与此相对应,宋代的版图也是收缩的、内敛的,不再有唐代的辐射性、包容性。唐朝的版图可以称作"天下",但宋朝只据有中原,北宋亡后,连中原也丢了,变成江南小朝廷,成为与辽、西夏、金并立的列国之一。唐是向广度走,宋则是向深度走。正是由于唐代有广度,使佛学发展,刺激理学兴起,才使宋有了深度。这变化反映在诗词、绘画上,也反映在器物上,所以,"晚唐以降,青绿山水盛极而衰,水墨山水取而代之,好比是绚烂的唐三彩隐入时间深处,天青色的宋瓷散发出形而上的微光。"[4]

唐宋两代都是充满想象力的朝代,唐人的想象力通过对外部世界的好奇来体现,玄奘《大唐西域记》、段成式《酉阳杂俎》,无论纪实、述异,其经验之独特,都是空前绝后的;但唐人的想象力无论怎么膨胀,也抵不过宋人,因为唐人的世界再博大,也是"实"的,而宋人的世界,则是"虚",是"空",是"天青",是"留白",是"空里流霜不觉飞,汀上白沙看不见"。宋人以"无色"代替"五色",以"无象"容纳"万象",因此,他们的世界,更简单也更复杂,更素朴也更高级,那"留白""无象"中,收留着万古的光阴，也装得下喜马拉雅山，所以蒋勋说："从颜色的纷繁中解放出来，宋元人爱上了'无色'。是在'无'处看到了'有'；在'墨'中看到了丰富的色彩；在'枯木'中看到了生机；在'空白'中看到了无限的可能。"[5]

宋代的气质，不张扬，却高贵，这种低调的奢华，在汝窑瓷器上得到了最切实的表达。

到金代，著名理学家、文学家和书法家赵秉文《汝瓷酒樽》诗，依然可窥见天青之美：

秘色创尊形，
中泓贮绿醽。
缩肩潜螟蜓，
蟠腹涨青宁。
巧琢晴岚古，
圆嗟碧玉荧。
银杯犹羽化，
风雨慎缄扃。[6]

这诗中，将汝窑之色，称为"秘色"[7]。而"晴岚"，说的就是天青色[8]。

我的同事吕成龙先生说：欣赏汝瓷颇似读苏轼所作婉约类词，"明月""青天""芳草""绿水""春雨""小溪"等苏轼词中用过的词语不断映入脑海。宋人张炎《词源》曰："东坡词如《水龙吟》咏杨花、咏闻笛，又如《过秦楼》《洞仙歌》《卜算子》等作，皆清丽、舒徐，高出人表。"如果说苏轼的词"高出人表"，那么汝窑青瓷则高出宋代诸窑，堪称当之无愧的"宋瓷之冠"。[9]

三

但是有一点需要注意，就是宋代艺术家在构建空灵、无色、抽象的形而上世界时，并没有遗弃形而下的日常生活，而是相反，让艺术在日常生活中长驱而入、单刀直入，甚至无孔不入。在宋代，艺术向生活领域大幅度推进，与每个人的生命密切相融。以汝窑瓷器而论，它的器型，除了天青釉弦纹樽这样的三足樽，还有盘［图14-3］［图14-4］、碗［图14-5］［图14-6］［图14-7］［图14-8］、洗、盆［图14-9］、碟、瓶［图14-10］等，大多应用于日常生活，而不是像商代青铜器那样，陈列于隆重的盛典场合。只不过每一种器型，都会呈现出多元的变化，比如瓶，就分化出梅瓶、玉壶春瓶、胆瓶、槌瓶等多种形式，或作酒具，或作插花具，点映着宋人"瓶梅如画"的优雅趣味。

故宫博物院藏南宋刘松年《四景山水图》册页［图14-11］中，

[图 14-3]

汝窑青瓷盘，北宋

台北故宫博物院 藏

[图 14-4]

汝窑青瓷盘,北宋

台北故宫博物院 藏

[图 14-5]
汝窑青花式温碗，北宋
台北故宫博物院 藏

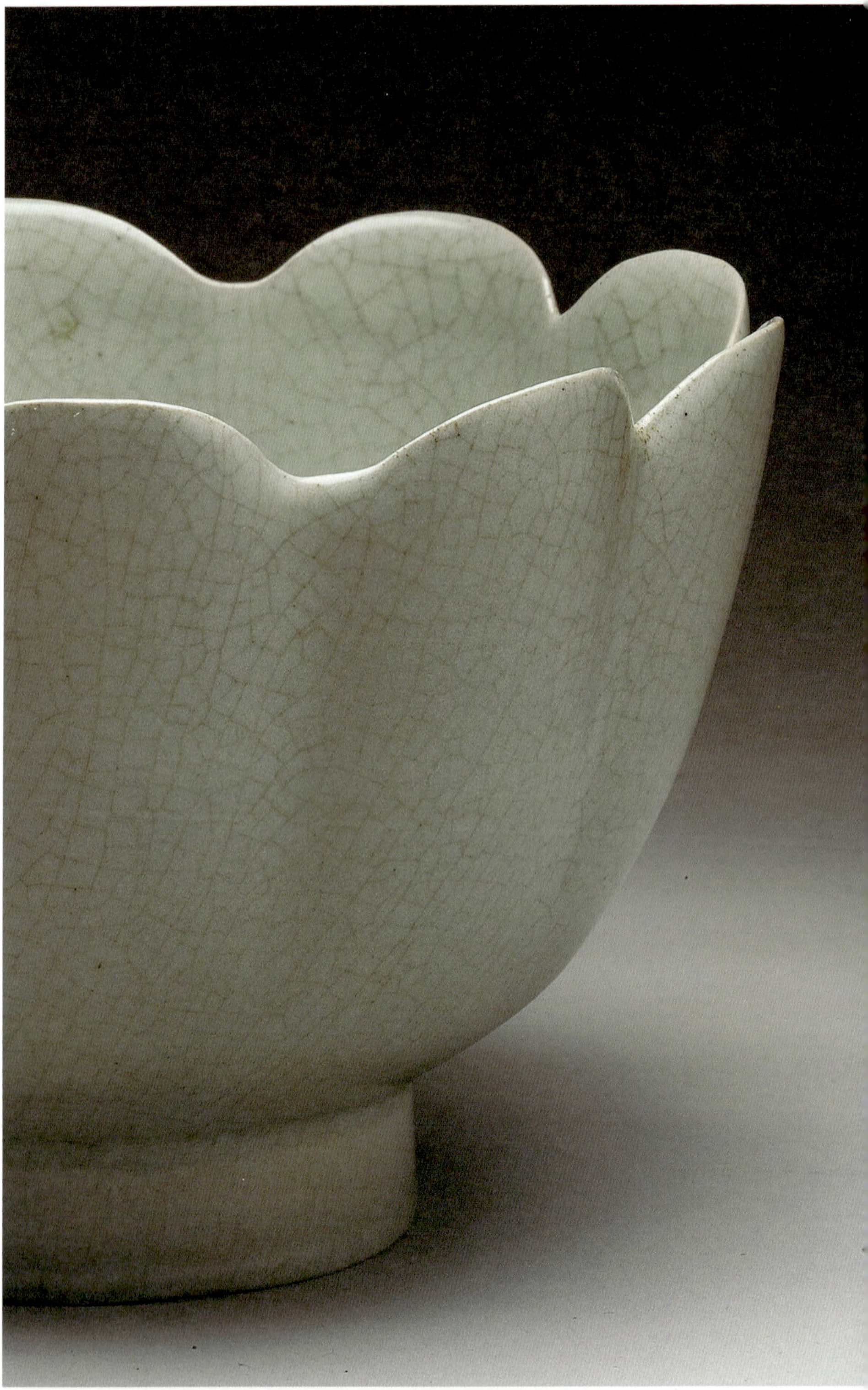

[图 14-6]

汝窑青花式温碗（局部），北宋

台北故宫博物院 藏

[图 14-7]

汝窑天青釉碗，北宋

北京故宫博物院 藏

椀器仍傳
乾隆傳玩今論
者未嘗以爭差如波
因窺撲實非土甄兄酒釘
較曰自中視非土甄兄酒釘
庶果匏樽盂圓初曰塵
君道坯物歌焉亦作言
乾隆丁酉仲春
御題

古香

[图 14-8]
汝窑天青釉碗（局部），北宋
北京故宫博物院 藏

[图 14-9]
汝窑青瓷水仙盆，北宋
台北故宫博物院 藏

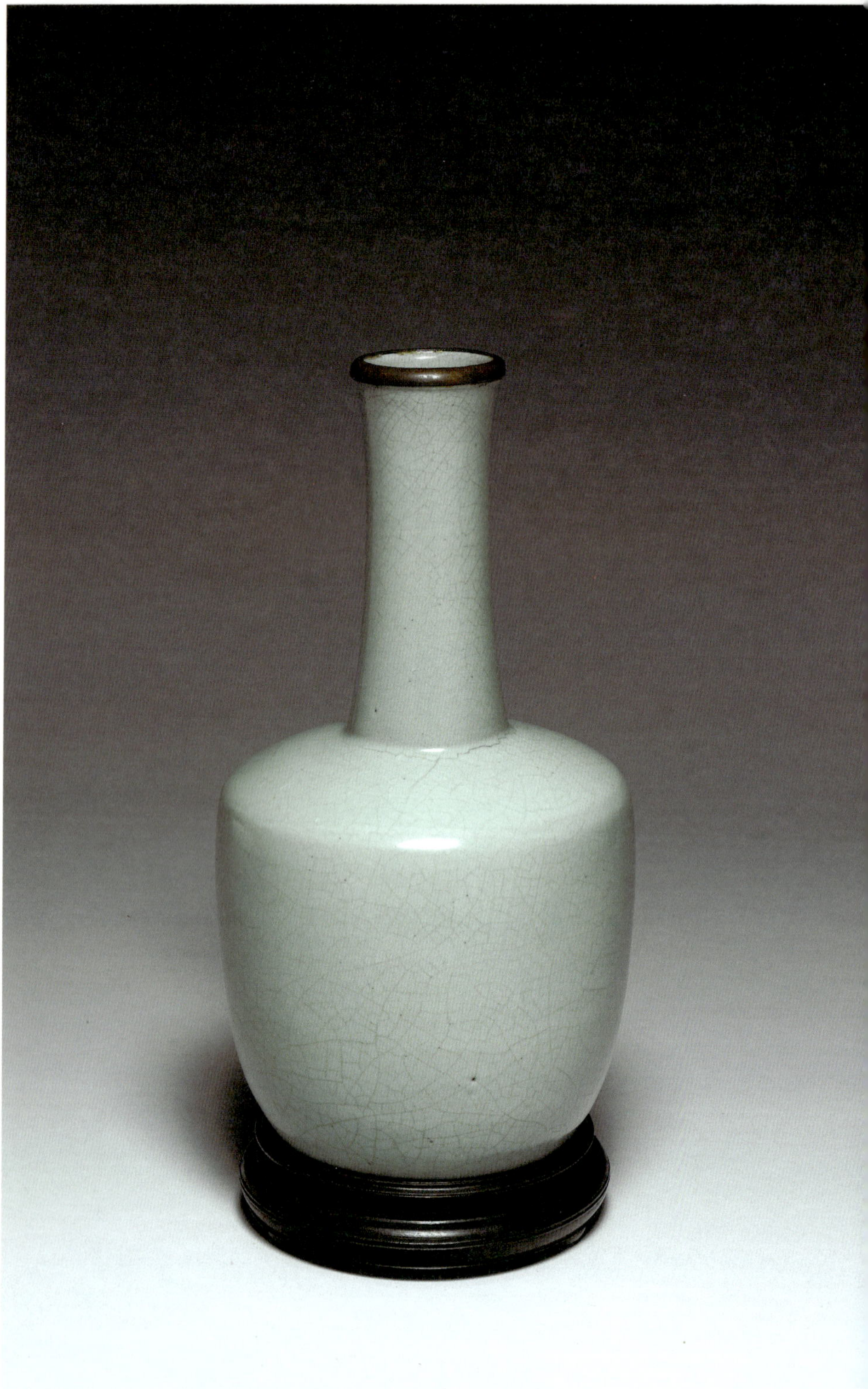

[图 14-10]
汝窑青瓷槌瓶（"奉华"铭），北宋
台北故宫博物院 藏

有一个文人书房，书案上就摆放着胆瓶与香炉。朱淑真写道：

独倚栏杆黄昏后，
月笼疏影横斜照。
更莫待，笛声吹老。
便须折取归来，
胆瓶插了。[10]

它们是日常生活的道具，是生活中最亲切的那一部分，只不过在今天，我们无法想象用一件汝窑天青釉莲花式温碗，来盛饭喝粥。

在宋代的物质高峰中，汝、官、哥、钧、定五大名窑脱颖而出，出产瓷器"青如天、明如镜、薄如纸、声如磬"[11]，尤其以"汝窑为魁"，并且被皇室独重，正是依托于宋代的"生活艺术化"潮流。在宋代，一个人精神上的自我完成，不是在内心深处隐秘进行，而是与柴米油盐的日常生活无缝衔接。外在的一切，不过是内在的可视部分而已。

我们今天的许多生活品位，虽不是宋人的创造，却是在宋代定型的，比如花、香、茶、瓷，在这些物质中，宋人寄寓了静观沉思的精神理念，而汝窑各种器型的发展，正是依托于花道、

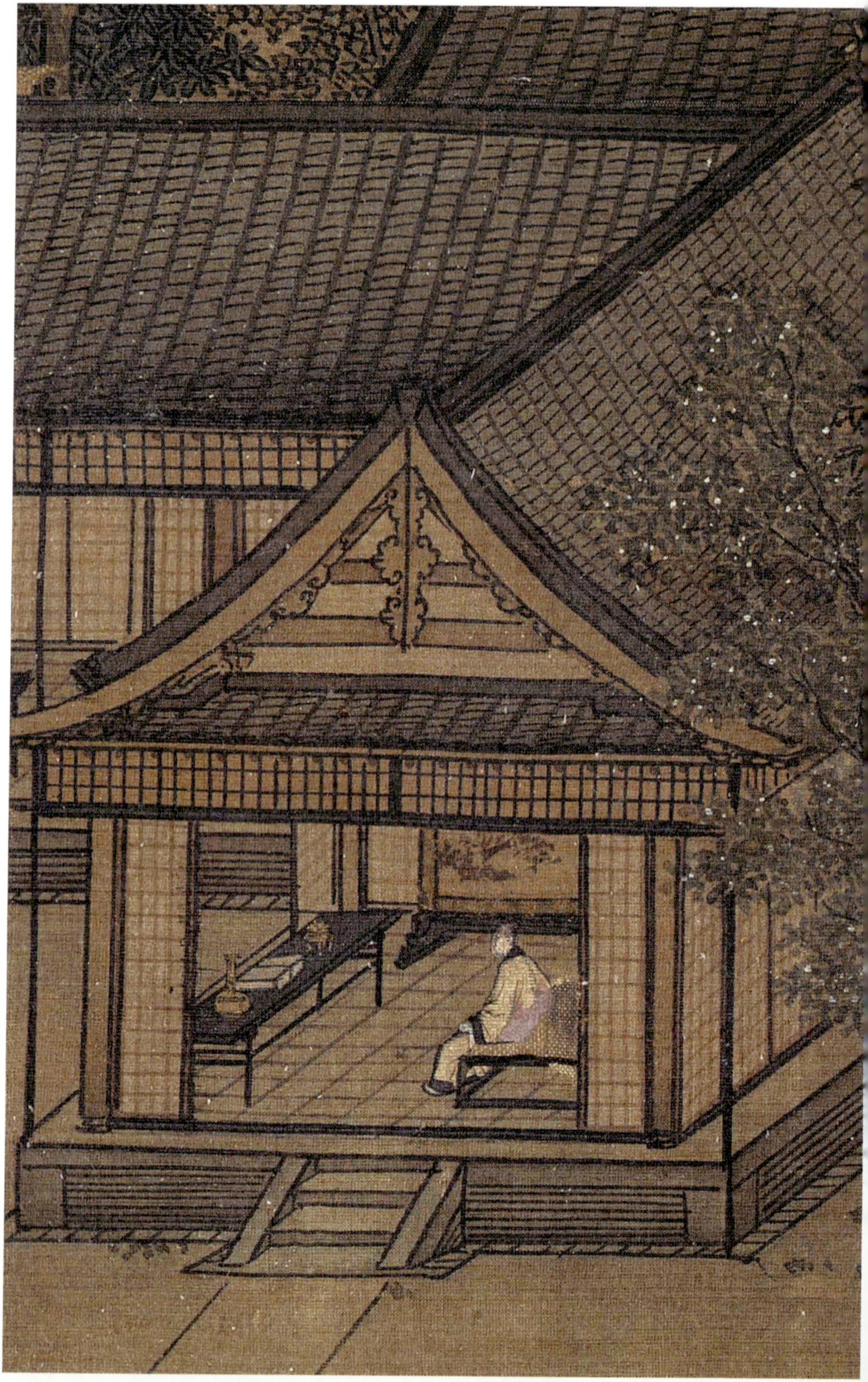

[图 14-11]
《四景山水图》卷(局部),南宋,刘松年
北京故宫博物院 藏

香道、茶道,向生活的深处挺进。

除此,宋人在衣饰、家具、房屋、庭园、金石收藏与研究等方面,也都达到极高的高度。那是中华文明中至为绚烂的一页。而汴京,业已成为帝国的文化中心,绘画、书法、音乐、百戏、文学,皆进入巅峰状态。明代学者郎瑛在《七修类稿》中发出这样的感慨:

> 今读《梦华录》《梦粱录》《武林旧事》,则宋之富盛,过今远矣。

所以,郑骞先生说:"唐宋两朝,是中国过去文化的中坚部分。中国文化自周朝以后,历经秦汉魏晋南北朝,逐步发展,到唐宋才算发展完成,告一段落。从南宋末年再往后,又都是从唐宋出来的。也就是说,上古以至中古,文化的各方面都到唐宋作结束。就像一个大湖,上游的水都注入这个湖,下游的水也都是由这个湖流出去的。而到了宋朝,这个湖才完全汇聚成功,唐时还未完备。"[12]

四

吊诡的是,含蓄清淡的宋代艺术,一方面辉映着宋代士人的高古清雅的精神气质，另一方面又孳生出宋代帝王对物质的迷恋与娇纵，像宋徽宗，就是一个不可救药的恋物癖，对汝窑的热情，也势不可当。我们今天能够见到的汝窑瓷器，也大多烧造于宋徽宗一朝，那是汝瓷烧制的高峰，烧造也不计成本，为了达到理想的天青色，甚至以玛瑙入窑。这全赖宋代汝州的玛瑙矿藏，宋代杜绾《云林石谱》记："汝州玛瑙石出沙土或水中，色多青白粉红，莹澈少有纹理如刷丝……"查《宋史》可知，政和七年（公元1117年），"提辖京西坑冶王景文奏，汝州青岭镇界产玛瑙"。[13]

就在景文上奏玛瑙消息的这一年，擅踢足球（蹴鞠）的殿前指挥使高俅官拜太尉，擢升为武臣阶官之首，十年后，北宋亡，汴京被金军血洗，宋徽宗被绑赴北国。

因为金人不踢足球，金人只玩马术。

宋朝的上半时输得很惨，连皇帝都被红牌罚下，进入下半时，皇帝的积习依旧未改，可见遗传的力量多么强大，而汝窑瓷器，竟然成了行贿者的首选。宋徽宗的儿子宋高宗赵构有一次到张俊府上玩耍，张俊一次送他十六件汝窑瓷器，这事被南宋人周密记在《武林旧事》里。

张俊，著名南宋将领，曾在金军面前威风八面，让金兀术尿裤子，与岳飞、韩世忠、刘光世并称南宋"中兴四将"，却在皇帝面前装孙子——为拍宋高宗马屁,他不仅与秦桧合谋诛杀岳飞,而且在绍兴二十一年(公元1151年)秋天大摆筵宴,留下中国餐饮史上最豪迈的一桌筵席。他贪婪好财、巧取豪夺,家里的银子铸成一千两(五十公斤)一个的大银球,小偷都搬不走,所以名叫"没奈何",这智慧,比起今天用别墅藏钞票的贪官,不知高出几筹。张俊送给宋高宗的这十六件汝窑瓷器,是古代文献对汝瓷记录的最奢侈的一笔,这十六件瓷器分别是:

酒瓶一对、洗一、香炉一、香合(盒)一、香球一、盏四只、盂子二、出香一对、大奁一、小奁一。

即使在宋代,它们也是价值连城的宝贝,如南宋周煇《清波杂志》中所说:"汝窑……唯供御拣退,方许出卖,近尤难得。"到今天,更是珍贵到了全世界只有七十多件。[14]在那一刻,宋高宗的眼里一定放了光。那眼光里,看得见雨过天晴,参得透青出于蓝胜于蓝。

五

汝窑天青釉,与《瑞鹤图》里的幽蓝天空虽然不是同一个颜色,但它们代表宋徽宗赵佶对天空的某种依恋,因此,它们是自由的颜色,代表着宋徽宗对飞翔、速度、无限的渴望。

卓绝的艺术正是有赖于这样的自由才能完成,但对于皇帝,所有任性飞奔，都将引发灾难性的后果。比如宋徽宗，对物色的敏感、对物质的激情，反而使他对国家日渐麻木，终于，他为物欲所围困，他的艺术王国，也像这瓷器一样不堪一击。

在金人的土地上，他手里只剩下粗糙的饭碗。雨过天晴时分，不知他是否会想念些什么。

名称：紫檀雕夔龙纹玫瑰椅

时代：明代

尺寸：通高93厘米，宽45.5厘米，长59.5厘米

第十五章 一把椅子

中国人把流水造在家具里,那样不动声色、又天衣无缝。

一

我从伍嘉恩《明式家具经眼录》中看到过一件黄花梨波浪纹围子玫瑰椅［图15-1］。这件玫瑰椅最引人注目之处，就是波浪纹式纤细直棖，装入椅背框与扶手下的空间，仿佛流水的曲线，让人看到自然界的无声运动。建筑师赖特（Frank Lloyd Wright）把别墅造在匹兹堡郊区的瀑布之上，于是有了世界上著名的"流水别墅"（Fallingwater House），但这不算牛，中国人把流水造在家具里，那样不动声色，又天衣无缝，这等想象力、创造力，除了中国人有，天底下再也找不出来，而且这发明权，最晚也可以追溯到明代，因为有这把明代玫瑰椅作证。更重要的是，在当时，它并不是为博物馆打造的陈列品，而是作为一件普通家具，被置放在最家常的生活空间里。明崇祯十三年（公元1640年）版寓五本《西厢记》第十三回"就欢"一折的彩色版画插图中，在崔莺莺与张生的幽会之所，绘着一

[图 15-1]

黄花梨波浪纹围子玫瑰椅，明

英国伦敦私人收藏

张四柱床，床围子采用的也是这样的波浪纹。假如我们仔细看，便会发现这样的靠背纹线设计，在许多园林亭台的"美人靠"上亦可见到。

几百年前的一把木椅，让我们在客厅的穿堂风里，感受到江河流淌、山川悠远，甚至可以想到大河之洲，我们文明源头的关关雎鸠。一如我的朋友徐累，在俄罗斯，被彼得堡宫殿里的水波型帘幕所撩动，引发了他对19世纪末浪漫主义的伤感回顾。我想这不是过度阐释，在那把木椅里，在榫卯构件的起承转合里，一定藏着中国人对宇宙秩序的浪漫构想，然后，用一种最简单、最自然、最漫不经心的方式呈现出来——典型的中国式表达。中国人素来含蓄，从不构造浩大繁密的哲学著作，洋洋洒洒、滴水不漏地论述自己的哲学体系，但中国人是有哲学的，只不过那哲学渗透在万事万物中，看似不经意地表达出来。所以中国没有柏拉图、黑格尔，但中国有孔子，有惠能，他们的思想，都像雨像雾又像风，让我们感受和领悟。就像这把椅子，出自明代一个不见经传的工匠之手，但那层层推展、收放自如的水波，"以一种程式化的模式反复排列"[1]，循环推进，演示的，却是无止境的生命律动，一生二，二生三，三生万物。

在中国，我们几乎找不到一件孤立存在的事物，一切物质之间，都存在着隐秘的勾连，像家具的不同零件，共同构建成一个整体,因此,在古代中国,在老子、庄子那里,就已经产生了"系统论"。每一件事物,包括这样一件普通的家具,既是这宇宙的一分子,也可以被视作宇宙本身。一花一世界,一鸟一天堂,一件家具,就是一个微缩的宇宙,或者说,是宇宙的模型。中国的木质家具,在五行中属木,却容纳了水(波浪纹设计),暗含着土(所有的木都从土中生长),包含着金(木制家具一般采用榫卯结构,不用钉子,但有些家具有金属饰件,镶金错银、华美灿烂),亦离不开火(漆、胶等全需火来熔炼),融汇着世界上最基本的元素。世界附着在上面,它就像一只木船,把我们托起来。坐在一把木椅上,就是坐在这世界的中央(尽管那不是一把龙椅),天地与我并立,而万物与我为一。可品茗、可读书、可闲聊、可打盹、可调情、可做梦、可发千古之幽思,唯独不能把世界从自己身上甩掉。三十功名尘与土,八千里路云和月,家事国事、风声雨声,都在这里,入耳入梦,尽管,那只是一把椅子。

二

玫瑰椅——这名字,自带几分香艳感。但我查了许多史料,也没查出这种椅子跟玫瑰有什么关系。王世襄先生在《明式家具研究》里说:"'玫瑰'两字,可能写法有误",还说:"《扬州

[图 15-2]

紫檀雕夔龙纹玫瑰椅,明
北京故宫博物院 藏

[图 15-3]

《十八学士图》轴（局部），宋，佚名

台北故宫博物院 藏

画舫录》讲到'鬼子椅',不知即此椅否？"[2]但它体量小、造型窈窕婉约，尤其靠背较矮，不会高出窗台，便于靠窗陈设，有人认为它是女眷的内房家具，比如故宫藏的那把紫檀雕夔龙纹玫瑰椅［图15-2］,原本是摆放在西六宫之翊坤宫的西配殿——道德堂的。其实文人也用，宋人所绘《十八学士图》［图15-3］里，就可以看见玫瑰椅。王世襄先生说："在明清画本中可以看到玫瑰椅往往放在桌案的两边，对面陈设；或不用桌案，双双并列；或不规则地斜对着；摆法灵活多变［图15-4］。"[3]

唐宋以后的中国人，已不再像《女史箴图》里的美女那样席地而坐，而是坐在榻上、椅上（像五代绘画《韩熙载夜宴图》所描绘的），家具的重心全部因此升高，建筑的举架也增高了，礼仪方面，拱手作揖（像《韩熙载夜宴图》里的"叉手礼"）取代了跪拜，椅子拉近了人的身体与案牍的距离，从而带来了书法的变化，使它的笔触更趋细致。

但这把黄花梨波浪纹围子玫瑰椅，意义还不止于此。它用一种空灵的造型，诠释了中国人对"空"的理解。而这种诠释，可能完全是无意识的，因为这样一种理念，已经融入中国人的血液，成为一种本能。在玫瑰椅的家族，也早已成为一种惯常的形式，就像故宫藏的那把紫檀雕夔龙纹玫瑰椅，紫檀木沉穆的黑色，凸显了它端庄静雅的气质，让人联想起后妃们的富丽

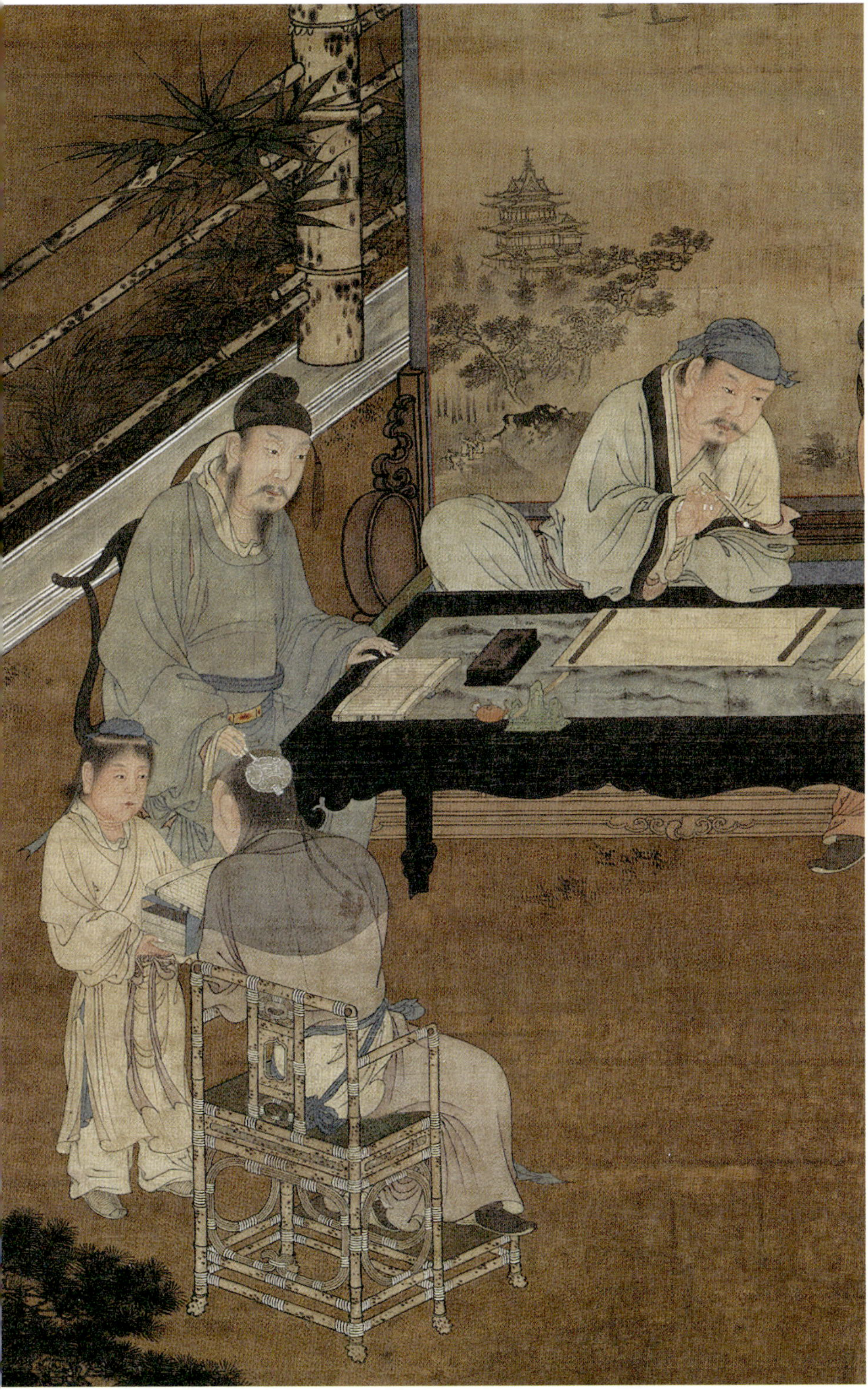

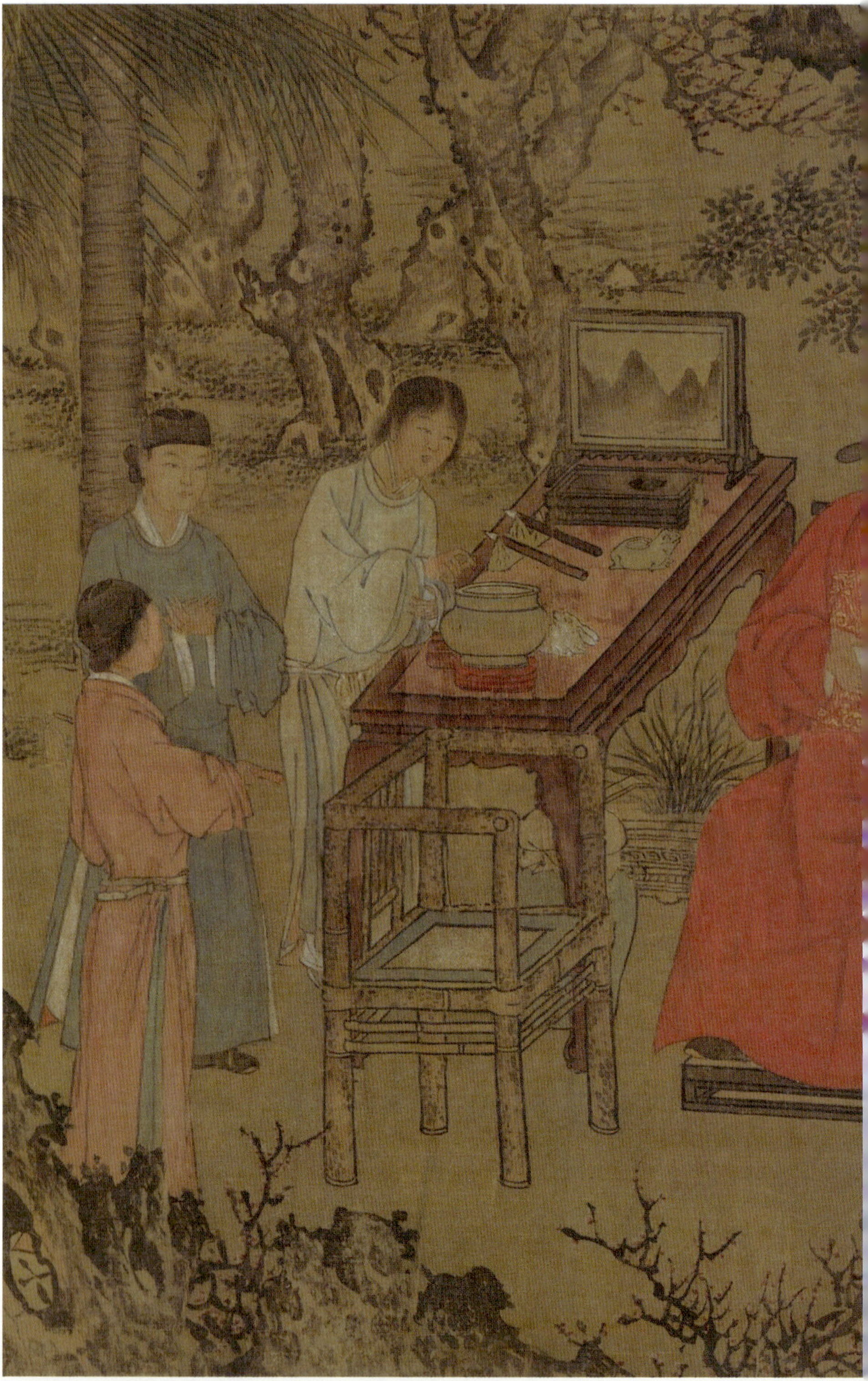

[图15-4]
《杏园雅集图》卷（局部），明，谢环
美国纽约大都会艺术博物馆 藏

典雅（王世襄先生说：玫瑰椅很少用紫檀，而"多以黄花梨制成，其次是鸡翅木和铁力"[4]，更见此件的珍贵）。但我所关注的，却是它的靠背做成了一个空框，像一张屏幕，什么都没有，却什么都有了。空框四周雕刻的夔龙纹，把我们的心思牵向古远的青铜时代，但绵密繁复的图案，似乎就是为了反衬中间的"空"。在这里，"空"成了主角，而其他的构件、纹饰，一律都成了配角。还有一些玫瑰椅，形式更加简练，像《明式家具经眼录》中收录的那对黄花梨仿竹材玫瑰椅 [图15-5]，那份空灵，已经直追用来沉思入定、参禅修炼的禅椅 [图15-6]。它们以一种近乎极端的形式，表达了中国人关于"盈"与"空"、"有"与"无"的辩证哲学。

前几天刚刚写完一篇关于黄公望的散文，叫《空山》，里面讲到了"空"。"空"就是"无"，但不是真正的"无"，而是包罗万象。老子说："天下万物生于有，有生于无"[5]。一切有形的事物，都在无形中孕育、发酵。这是中国人创造的一个独特的概念，是中华文明的神秘之处，依本人所见，那也是中国人艺术观念领先于西方之处。所以中国画讲究留白，不像西画，涂得满满当当。西画画得再满，也是有边框的，边框意味着有限性；中国画却可以破解绘画的这种有限性，因为中国画有留白，留白是无，是想象、是所有未尽的可能性。所以，空山旷谷，在中国艺术中成为永恒主题,像王维,不只是唐代伟大的诗人,也是绘画史上伟大的画家、"文人画"的鼻祖,所以,他对"空"有着独到的表达:

> 人闲桂花落,
> 夜静春山空。
> 月出惊山鸟,
> 时鸣春涧中。

你看那空山,什么都没有,但又什么都有,生命的各种迹象、世界的各种可能性,都住在这份"空"里,潜滋暗长。这四句诗,二十个字,翻译给外国人并不难,但这"空"的意念,该怎么翻呢?不懂"空",就不懂中国诗、中国画,甚至不懂一把中国的椅子。

有人会说,明式家具并不实用。家具,首先要考虑为人所用,实用功能永远放在第一。这固然不错,但我想说,在古代中国,身体从来都是听命于心的,而生活的品质,首先取决于内心的品质。所以,明式家具,诸如书案画案、琴桌酒桌,虽是生活的必需品,也是灵魂的道场——中国人的精神修炼,就在日常生活里进行。它们引导我们的精神向上,而不是让我们的屁股沉沦向下。风骨传典,风物流芳,明式家具,就这样,承载着

第十五章 | 一把椅子 | 271

[图 15-5]

黄花梨仿竹材玫瑰椅（成对），明

私人收藏

[图 15-6]
黄花梨禅椅,明
意大利帕多瓦(Padova)霍艾博士(Ignazio Vok)收藏

落实于物质的文化观念与精神图腾。

三

在当下中国,许多土豪都喜欢在办公室墙上挂一幅书法,上书四个大字:"厚德载物"。

并不是所有人都知道,这四个字原本出自《周易》,意思大抵是:只有德行淳厚,才配得到物质的供养。在中国,物,从来都是与"德"相对应、成因果,这一点,本书开篇谈玉时已经谈到。因此,物,不只是"物"本身,而是生命、是精神,有时,还是政治,比如皇帝坐在世界的中央,不是因为他有权,而是因为他有德。孔子说:"为政以德,譬如北辰居其所而众星拱之"。[6]因为有德,他才有资格像北极星一样坐在这世界的中心(皇宫),让万众像众星一样紧密地围绕在他的周围。中国人讲"物理",不同于西方人讲"物理"。西方人的"物理",纯属客观世界的规律,声光电色的运行之理。中国人的"物理",是指"万物的道理","格物"作为儒家思想的重要理念,就是要以天地万物的道理完善我们的精神。所以《大学》里说:"格物、致知、诚意、正心、修身、齐家、治国、平天下"。儒家知识分子的这一系列必修课,物是最初的、也是最根本的出发点,是一切思想和行为的源头。

很多年前，在一个春风沉醉的晚上，在故宫研究院满目花开的小院儿里，坐在办公室一把老旧的明式椅上，听郑珉中先生不紧不慢地讲琴之九德，谓：奇、古、透、静、润、圆、清、匀、芳，面目慈祥而陶然。那时，这位故宫古琴专家已年逾九旬，历经荣辱，人却变得格外温暖和透明。将近一个世纪的沧桑风雨，居住在他的心里，通过他的古琴流泻出来，宠辱不惊。与他面容的苍老相反，他拨动琴弦的手指，暗含着岁月赋予的灵巧与力道；他内心坚守的品德，亦像一件明式家具，越擦越亮，永不蒙尘。

一件家具、一张好琴，都自有它的品德所在，品德不佳之人，想必是摆弄不了。王世襄先生谈明式家具，谈到家具有"十六品"，即：简练、淳朴、厚拙、凝重、雄伟、圆浑、沉穆、秾华、文绮、妍秀、劲挺、柔婉、空灵、玲珑、典型、清新。人与之相配，才称得上完美。不配，人就显得尴尬，反正家具不会尴尬。明代文震亨在《长物志》序里所说："几榻有度，器具有式，位置有定，贵其精而便，简而裁，巧而自然也"[7]。那格调，可以让炫奇斗富者一下子就露了底，像文震亨所说的那样："近来富贵家儿与一二庸奴钝汉，沾沾以好事自命，每经赏鉴，出口便俗，入手便粗，纵极其摩挲护持之情状，其污辱弥甚"[8]。明式家具是中国人的雕塑，简洁空灵、亭亭玉立、举重若轻，凝聚着中国人对世界的完美想象，在人生哲学、视觉艺术与日常起居之间达成一种高度的统一。

四

明式家具鲜明的造型感，得自唐宋以降中国绘画的线条训练与积累。曹衣出水，吴带当风。终有一天，那精致、流畅、唯美的线条，超出了纸页的范围，落在了木材上。对大树进行剪裁，每一笔，都精准得当，无可挑剔，就像宋玉眼里的邻家少女，增一分则肥，减一分则瘦。有太多的文人，把自己的理想、意念，融入设计中，却从来不留设计者的名姓（中国的建筑、服饰等亦是如此）。因此，与中国书画不同，中国的明式家具是由无数文人、工匠共同缔造的，在现实中不断地修改和调试，因此才能在最广阔的生活里降落。中国人自古有对物的崇拜，但对物的崇拜里，包括对自己的崇拜。

从大树到家具，从山石到园林，这个世界的物质属性没有变化——中国人没有去改变这世界的分子结构，只是改变了它们的形状和位置，把森林、石头，甚至河流，安放在生活的周围，甚至，安放在一把椅子上（有些椅子以大理石等石板作面心）。因此这变化是"物理"的（同时合乎东西方对"物理"的定义），而不是"化学"的。将一把椅子放大，就是一座园林；

再放大，就是整个世界——因为它们完全是同构关系。坐在这样的椅子上，就可以与世界联通，世界也可以浓缩成自我，温暖的木、坚硬的石、柔媚的水，就此成为身体的一部分。

因此，一把椅子，不只是一个坐具，也是我们与世界联系的一个楔子、一个接口。我们人类的交流、学习、冥想，在许多时刻离不开一把椅子。把椅子抽走，大多数人会手足无措，我们的身体，也将因此而失去一个可靠的支点。

第十六章 天朝衣冠

名称：明黄色绸绣葡萄夹氅衣

时代：清代后期

尺寸：身长137厘米，两袖通长123厘米，袖口宽28厘米，下摆宽116厘米

不知道她们是在用繁花来注释自己的生命,还是在用自己的生命来供养繁花。

一

最初的一缕春风刮进紫禁城的时候,宫殿里的女性都会在第一时间换上春日里的薄裳。因为皇帝的圣旨已然降下,后妃们必须在指定日子里换上应节的服装。今从《大清会典》里,我们还会查到这样的记录:"每岁春季换用凉朝帽及夹朝衣,秋季换用暖朝帽及缘皮朝衣,于三九月内,由部拟旨,预期请旨。"[1]就是说,每年春季三月,宫殿里无论后妃公主、福晋宫女,只要皇帝诏书一下,都要脱去厚重的冬服,换上春装夹衣,即使天气依然寒凉也不得有误,否则就落个"抗旨不遵"的罪名,连皇帝自己,也须以身作则。于是,在三月里,在宫殿里可以看到这样的景象:桃未红,柳未绿,而所有的人,却在某一天,齐刷刷地换上了春装。

写《故宫的隐秘角落》时,我曾说,宫殿里"没有春夏秋冬",因为,"在庄严的核心区域(前朝三大殿)找不出一株活物,即使有，也只是一些人造的花卉藤蔓，在廊柱、栏杆、天花、琉璃墙面滋长蔓延，对于季节的变换，它们无动于衷。那千古不易的布景前，是一个对生命没有感觉的区域，一个被抽象的人世。人都被抽空了，没有了血液，连呼吸都变得谨慎，人变成了符号、棋子、僵尸，被纳入最庄严的秩序中，生杀荣辱，只是一瞬间的事。宫殿里甚至没有表情，而只有脸谱，所有的表情、语言和动作，都是经过了深思熟虑的酝酿和策划的。只有经过了这样的格式化，人们的表情、语言和动作才能和经过严格设计的宫殿、器皿和仪式相匹配。宫殿是人间的天堂，却不是人间本身，宫殿里上演的所有戏剧，都不过是一场精心安排的假面舞会"[2]。

但御花园是例外，这里"是紫禁城里最有生命感的地方"。"每一个生命来的成长都遵守着正常的节律，每一种细微的欲望都是真实和具体的。"[3]因为御花园里的鲜花与植物，不是工匠们雕刻出来的，而是生长在泥土里的，在时间中经历新陈代谢、生死轮回。

御花园里最动人的植物，应该就是这班女性。她们甜蜜如风、干净似水，并且，将不可逆转地老去。她们与时间的对应关系，不仅通过容颜，更通过身上的衣着体现出来，因为在这宫墙之内，没有谁比她们对时间的变化更加敏感。她们不需要日历，她们本身就是日历。她们脸上的皱纹，以最细密的刻度记录着时光。

她们听从时光的暗示，不亚于听从帝王的旨意。比如，在烟花三月，假若没有那道诏书，她们依然会急不可耐地褪去厚重的棉服，换上轻薄妖娆的春裳。

如花美眷，似水流年……

二

宫廷里最早的花开，可能并不在御花园里，而是在后妃们春衣上。因为在清代，宫廷中有一个不成文的规定，就是从后妃、公主、福晋下至七品命妇，在穿用便服时，倘若在服饰上织绣花卉，必须是应季的花卉。所以，在春天的服饰上，人们会看到桃花、杏花、探春、山兰等花卉；在夏季，又变成蜀葵、扶桑、百合、芍药、蔷薇、荷花；在秋季，则开着桂花、菊花、剑兰、秋海棠；即使在宫殿最枯寂的冬天，依旧有梅花、山茶花、水仙花，在织物上盛开……御花园转移到她们身上，被她们带着满处跑，让我想起《红楼梦》第六十三回，怡红院里，姑娘们饮酒占花名，宝钗是"牡丹"，探春是"杏花"，李纨是"老梅"，湘云是"海棠"，袭人是"桃花"，黛玉是"芙蓉"……"这一个晚上，她们占出了自己生命在天上花谱里的位置角色"，然后，"各自完成各自的生命"。[4]

朝廷的帝后服装，有礼服、吉服、常服等各种分类，应用于不同场合，写在《大清会典》里，礼序森严，一丝不苟。一如郑欣淼先生所说："清代统治者制定的服饰制度之庞杂、条律之琐细在中国历史服饰史上无出其右。"[5] 那是王朝的服装，施加在她们的身上。就像男人们的朝袍一样，它们象征着女人们在宫廷等级秩序中的位置，每一个纹样的变化，都关乎她们的荣辱变迁。铁打的后宫，流水的嫔妃。她们是王朝的女人，她们的服装，是代表王朝（或者说，代表皇帝）的意志，而不是代表自己。它们是王朝重大礼仪上的装饰（如同她们一样），穿什么、怎么穿，并不是自己能够决定的。因此，在故宫博物院今日所藏的后妃朝服像上，我们目睹的所有女人几乎都是一个模样，难分彼此；所有女人的表情，都庄严肃穆，看上去一点也不开心。

氅衣则是一个例外，因为它是便服的一种[6]。这种日常生活中的女式外衣，圆领、右衽、直身、衣肥袖宽而高高挽起，有点像清朝入关前形成的挽袖衬衣，却比衬衣更考究。它是个人生活的一部分，而不是王朝公共生活的一部分，后宫里的应酬交往，都穿这种氅衣，只要不僭越最起码的规则，只要合乎顺应时节这项不成文的规定，就可以随心所欲。因此，在每个宫廷女人的衣着上，都绽放着她最爱的花朵，在四季轮回间，争奇斗艳。那是她们精挑细选的结果，所以朵朵鲜花，都代表着她们自己，各不相同。况且，她们选择的，不只是花朵的图案，还有氅衣的色泽、饰纹、镶边这些细节。因为这件衣服不承担王朝政治的重大主题，也无须排出名次位置，所以女人们就很放松，她们的巧思、巧手，都可以在这件衣服上得到舒展和发挥，在针脚之间，织进她们绵密的心意。那可能关系着没有人知道的梦境，还有远方尘埃里的父母家园。天朝衣冠里，唯有这氅衣，成了最温柔、也最变化多端的一种。

故宫藏"明黄色绸绣葡萄夹氅衣"［图16-1］，就是晚清皇后春季便装。这件氅衣上，绿色素仿丝绸里，缀着铜镀金錾花扣一枚、铜镀金錾双喜字币式扣四枚。明黄色素绸面上，以戗针、套针、平针、缠针等多种传统针法，绣出折枝葡萄纹，代表多子（籽）多福之意。图案大方疏朗，葡萄写实逼真，枝蔓线条委婉流畅，显示出皇家御用服装的大气端庄。

查《三织造缴回档》发现，仅光绪二十四年（公元1898年）慈禧六十四岁大寿时，派苏州、杭州、江宁三大织造加工的绣、缂便服衣料中，就有："深藕荷缎地绣金绒八团花卉氅衣面贰件""深藕荷缎地绣整枝藤萝花氅衣面一件""深藕荷缎地绣圆寿字水仙花氅衣面一件""缂丝深藕荷缎地圆寿字兰花氅衣面一件"……由此可知慈禧对氅衣的偏爱，还顺便知道了她最爱的颜色，是藕荷色。

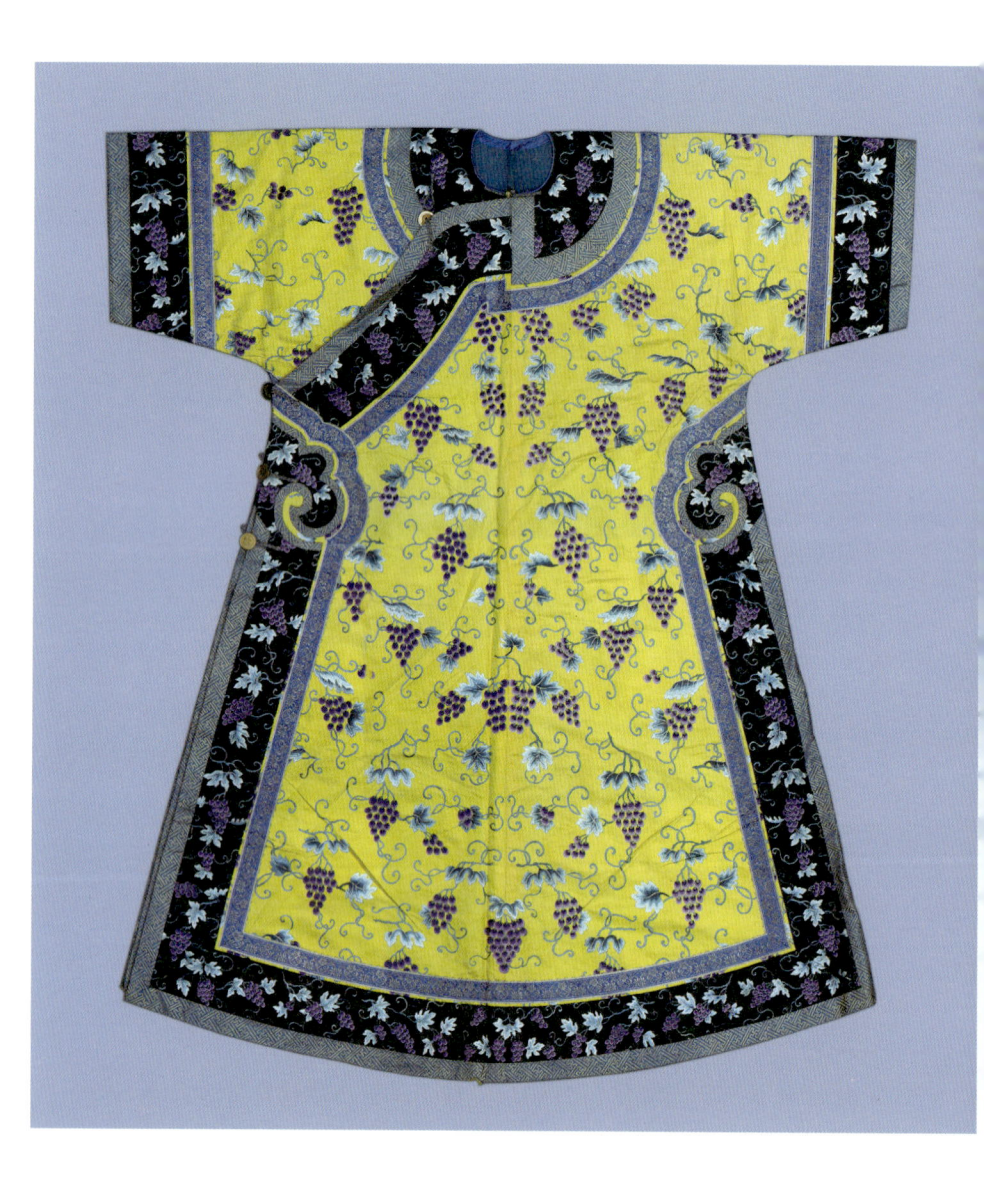

[图 16-1]

明黄色绸绣葡萄夹氅衣，清

北京故宫博物院 藏

清宫剧里，这样的场面出现的频率最高——宫廷女性的头上，梳着改良型的"两把头"的发式，戴着"大拉翅"扇形冠，上面插着各种花卉和金银珠宝的首饰，身上穿着这样的氅衣，脚上穿着高底鞋，目光湿润明亮，袅袅婷婷地在宫殿里走动，把自己埋在巴洛克式的繁文缛节里，身体洋溢着花的幽香，不知道是在用繁花来注释自己的生命，还是在用自己的生命来供养繁花。

三

清朝始终是一个缺少"文化自信"的王朝，尽管这是一个征服王朝，而且最强盛时期的版图，并不逊于唐朝。但清统治者对汉文化有强烈的认同感，从入关第一个皇帝顺治到末代皇帝溥仪，都苦学汉文化，以至于有清一代的皇帝，大多善诗词、能书法，连许多皇后妃嫔的书法功力，亦不能小觑；却又担心本民族文化，被强大的汉文化所遮蔽，所消融。这使他们处于一种极度分裂的状态中。所以在清朝，我们可以看到两种相反的运动：一方面，皇室大力提倡汉文化，发起规模浩大的文化运动，康熙、乾隆先后组织编修《全唐诗》《古今图书集成》《四库全书》《石渠宝笈》这些大型文化工程，乾隆本人的诗歌创作，亦多达四万余首，一人单挑《全唐诗》；另一方面，又大力弘扬

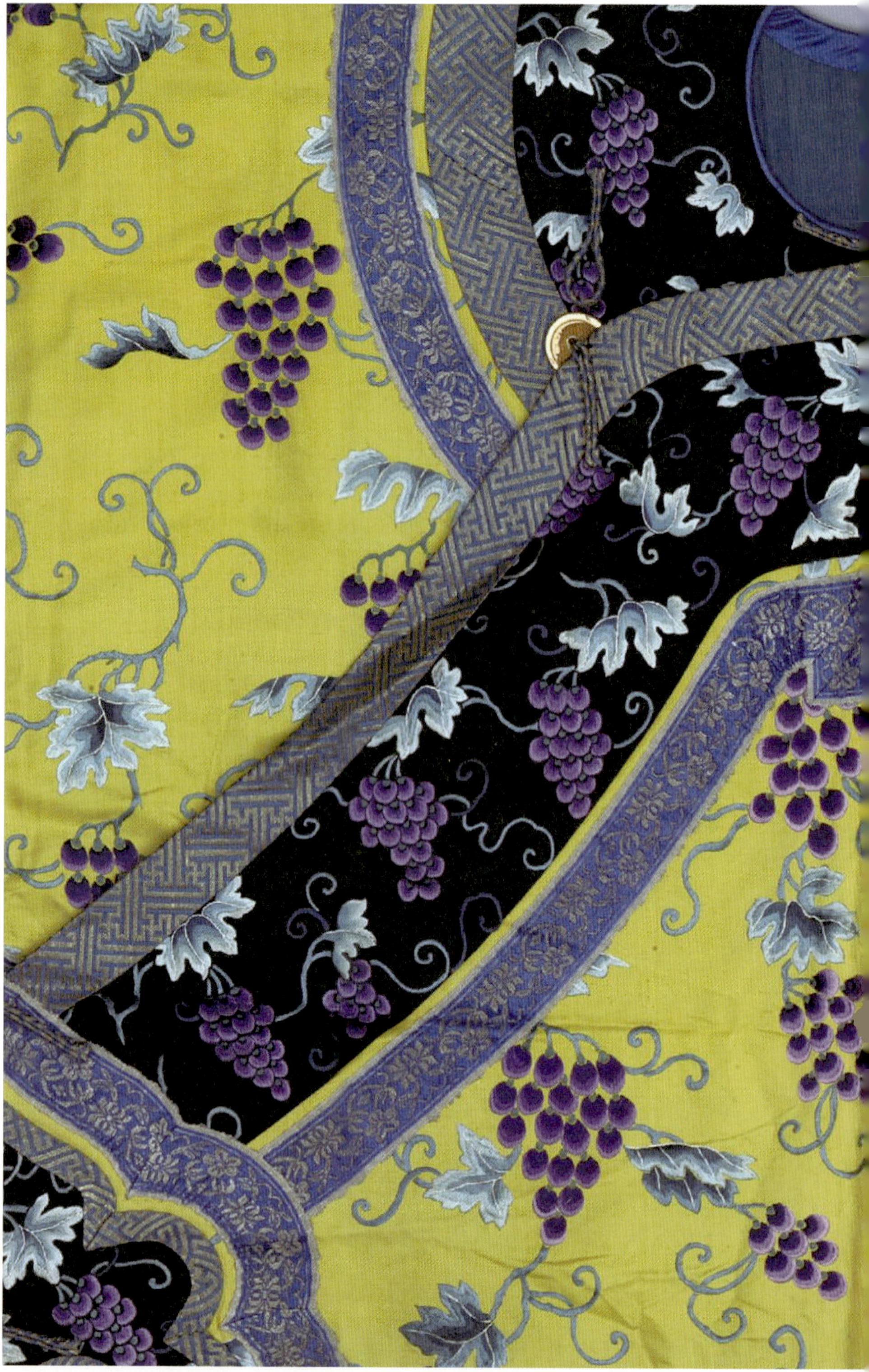

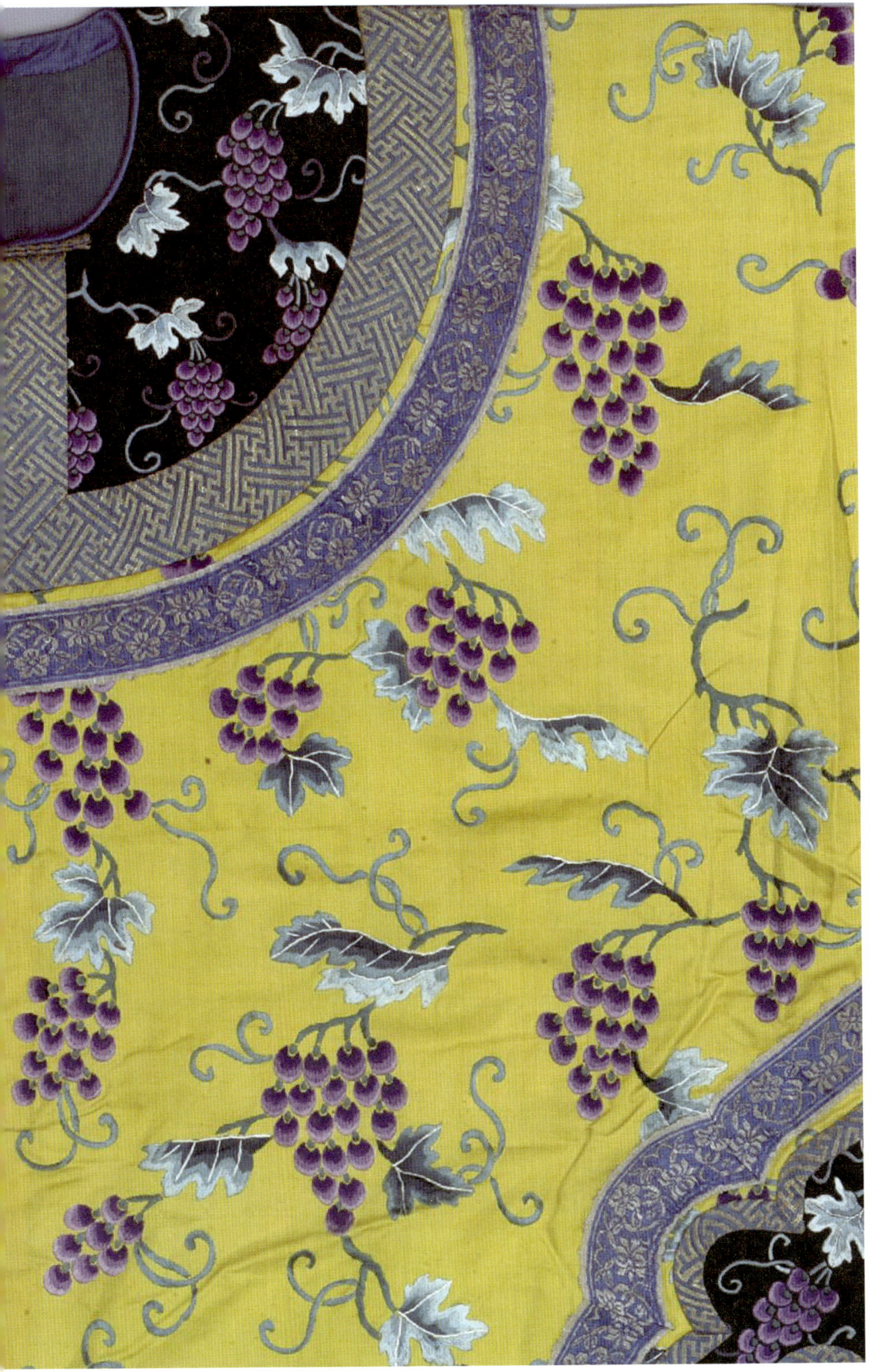

满族文化，强制汉族官民一律改剃满族发式、改穿紧身窄袖的满族服装。《清实录》卷六记载，早在崇德六年（公元1636年），一些儒臣劝说清太宗皇太极，希望他放弃本民族服饰，效仿汉族服饰制度，遭到皇太极断然拒绝。他组织诸大臣学习《大金世宗本纪》，从金朝的兴亡中汲取历史教训，告诫大家，祖宗衣冠不能改。通过这次学习，王公大臣们深刻认识到满族衣冠对大清王朝的重要性。皇太极同时通过训谕，为后世子孙坚持满洲衣冠立下制度。到乾隆时代，乾隆还让人把这些制度刻在金石上，立在紫禁城箭亭等处，以便在更大范围内普及。有人为它们取了一个危言耸听的名字："下马必亡碑"。

清亡九十四年之后，2008年北京奥运会开幕之时，一场名为"天朝衣冠"的清代宫廷服饰精品展，在故宫博物院盛大展出。时任文化部副部长兼故宫博物院院长的郑欣淼先生在展览序言中说："这是故宫博物院建院八十余年来举办的规模最大、质量最精、规格最高的服饰展览，其中绝大多数是经年深藏宫中的珍品首次面世。"[7]朝袍朝裙朝冠朝珠，如霞似云，满目琳琅，维系过一个王朝的繁华鼎盛，但在这繁华背后，却暗藏着巨大的虚无与幻灭，我看到的，是一个王朝的背影——穿着华服的背影，那背影，亦因那份奢华而愈显肃杀荒凉。一切皆是浮云，像《红楼梦》开场所唱："陋室空堂，当年笏满床……"

秦可卿的死里,包含着贾府灭亡的谶言;尤二姐吞金自尽后,贾府就彻底露出败象。我依稀记得,尤二姐死时,面色依然动人,"比活着还美貌",身上的装扮,更是耀眼明亮——"头上皆是素白银器,身上月白缎袄,青缎披风,白绫素裙……"

那些被清朝帝王视如性命的服饰,早已从现实中退场,变成博物院收藏的"文物"、观众视野里的景观,以及,清宫戏里的服饰道具,除了研究价值,还有一些观赏价值,不再有生命力,不再与我们的生活发生关联。那些卷帙浩繁的书目,还有乾隆精心创造的四万首诗,"活动范围"也基本被圈定在皇家范围内,与人民群众没什么关系。尽管政府大力提倡,皇帝以身作则,但大清王朝文化的繁荣,依旧是欲振乏力。许倬云先生说:"在将近两百年之久的时间里,中国文化缺乏展开的活力。这一特色,可以见之于清代的艺术:例如清代绘画的主流几乎都是模仿过去的作品,山水画画家'四王'的作品缺乏创作性。又例如,清代的瓷器和家具,多姿多彩而繁琐,失去了明代青花瓷和明代简单线条的家具那种素雅的艺术风格。"[8]"所谓'盛世',乃是文化活力的消沉。"[9]终于在异域文化的冲击下,一溃千里。

大清王朝固然拥有了中国历史上除元朝以外的最大疆域[10]、最多人口[11]和最高GDP[12],但文化上缺乏包容力和弹性(像唐代那样),但它在今人眼里依旧是落后保守的象征。倒是那些起自尘世间巷的艺术，成了清朝的真正遗产，如鱼得水，一路扑腾到今天，比如京剧，比如《红楼梦》。至于氅衣——虽出自宫廷（旗人），却在权力的缝隙里生长出的个性之花，至今依然明媚、轻柔、温暖。

今天的人们，普遍采用了它的另一个称谓：

旗袍[13]。

文物名称：剔红梅花纹笔筒

时代：明代中期

规格：高 14.3 厘米，口径 11.3 厘米

第十七章 踏雪寻梅

一件古老的漆器，让我升起对生活的无限渴望。

一

或许是农业文明的缘故,中国人的衣食住用里,一直透着对自然的敏感。漆器是最典型的一种。这些以漆(一种树的汁液)髹涂的器物,小至笔墨纸砚、盘碗碟盒,大至桌椅箱柜,几乎可以覆盖我们日常生活的所有方面,可见漆器的巨大包容性,可以含纳不同品类的事物,让它们摆脱日常的平庸,有了贵族般的光辉。漆器上雕饰的图案,除了山水人物(像携琴访友、南山采菊、垂钓问渡、文会雅集),出现最多的,当是各种花卉植物,让我们在吃穿住用间,视野可以穿越纷杂的俗世,与山林田野相通。在故宫博物院所藏17707件[1]漆器里,几乎找不出几件漆器,上面没有花卉植物图案,即使以龙螭鸟禽、亭台殿阁为主题,也一样是花团锦簇、草木如诗。所以,在这些来自自然(漆树)的漆器上,花与植物,几乎成为通用的语言。

故宫有一件剔红赏花图圆盒[图17-1],作者张敏德,是元代雕漆大师，这件赏花图圆盒，是目今能够查到的张敏德的唯一作品。盒上雕刻着一文人雅居，正房的高桌上，竖着一只空的玉壶春瓶。在古时，玉壶春瓶，一般是用作插梅的。北宋曹组《临江仙》写："青琐窗深红兽暖，灯前共倒金尊。数枝梅浸玉壶春"[2]，就是描述玉壶春瓶插梅的景象。这件剔红圆盒上的赏花图，主题正是那没有出现的梅花，而图中花木，比如左下角，在两位赏花老者面前盛开的花朵（鲜花与老人形成锐利的反差），还有殿阁前后的茂林修竹，其实都只是陪衬，只有那只寂寞的玉壶春瓶，以及它所代表的梅花，才是整幅画面的真正重心。

梅花尚未开放，亦没有人去折枝，但它绽放的季节，迟早会来。

一只春瓶，以空白的方式，预告了梅花盛开的季节。

二

漆器是将漆树液体提炼成色漆，髹涂在器物胎骨上雕制而成的，自新石器时代起源，发展至宋元，已至炉火纯青之境。宋人雕漆（漆器工艺的一种），要在器物上涂几十层漆，然后再在上面雕刻人物楼台花草，"雕法之工，雕镂之巧，俨若图画……红花黄地，二色炫观，有用五色漆胎，刻法深浅，随妆露色，如红花、绿叶、黄心、黑石之类，夺目可观，传世甚少"[3]，让日本学者大村西崖在《东洋美术史》里惊叹："诚无上之作品"[4]。

到了明代，中国人的巧手在漆器上闪展腾挪，技术之精密更令人发指。有的漆器上，髹漆层次甚至多达百层。肥厚的漆层，如丰饶之泥土，让草木繁花之美得以充分的释放。像明代初期这件剔红水仙纹圆盘［图17-2］，图案并不复杂，复杂的是花与叶层次繁密、起伏环绕、彼此叠压，雕者的经营盘算，容不下丝毫闪失，时隔几个世纪，依然让人惊叹那近乎变态的细致，比起计算机，亦毫不逊色。

这件永乐时期剔红双层牡丹纹圆盘［图17-3］，内雕双层重叠牡丹，穿枝过梗，各自成章，或藏或露，繁而不乱，肥而不腻。这构图风格是永乐时代漆器的典型特征，图案以数朵（一般是奇数，如三朵、五朵、七朵）盛开的大花满铺，叶片丰腴饱满，四周衬托着含苞欲放的花蕾，象征着帝国的繁华与昌隆。

但我更喜欢的，是那件明中期的剔红梅花纹笔筒［图17-4］，放在木色苍然的案上，抬眼即见一丛红梅，不被季节所拘，时时刻刻，开满筒身。

梅作笔筒，最合文人的内心。我想这首先依托于梅花造型之美，有点有线，可密可疏，既有造型感，又有节奏变化，当然它的价值，有赖于冬季的凸显，因为万物皆枯、大雪无痕时节，一树老梅绽放，美艳里透着孤独、凛然中又有温柔，当然

[图 17-1]
剔红"张敏德造"赏花图圆盒，元
北京故宫博物院 藏

[图 17-2]
剔红水仙纹圆盘，明
北京故宫博物院 藏

第十七章　踏雪寻梅　297

[图 17-3]

剔红双层牡丹纹圆盘，明

北京故宫博物院 藏

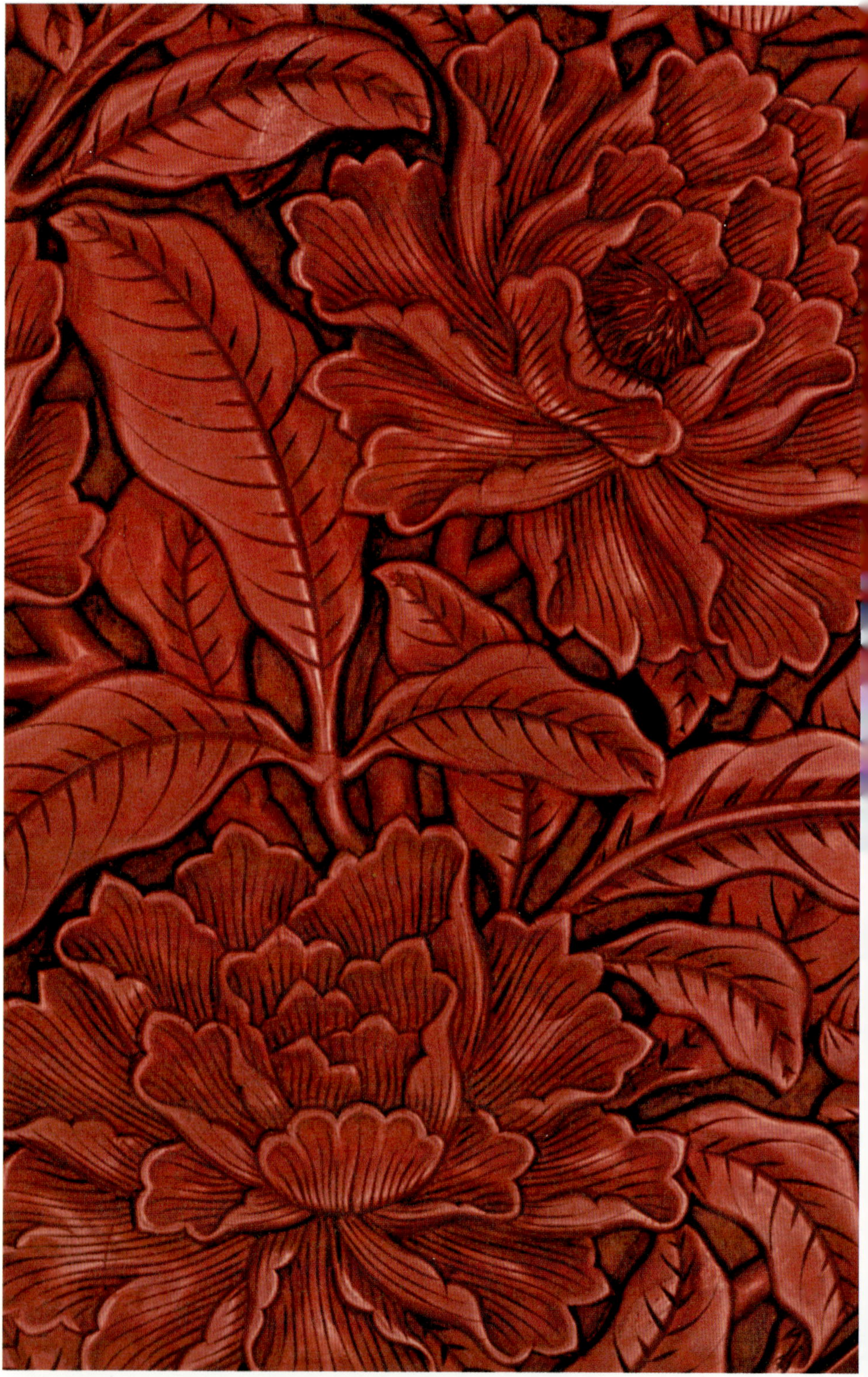

令人动心,惊叹生命的强韧与艳丽,一如欧阳修《对和雪忆梅花》所写:

> 穷冬万木产枯死,
> 玉艳独发凌清寒。

《红楼梦》第四十九回,写贾宝玉清晨醒来,大雪已飘了一夜,"出了院门,四顾一望,并无二色,远远的是青松翠竹,自己却如装在破碎盒内一般。于是走至山坡之下,顺着山脚刚转过去,已闻得一股寒香拂鼻。回头一看,恰是妙玉门前栊翠庵中有十数株红梅如胭脂一般,映着雪色,分外显得精神"[5]。我想那一刻,宝玉的心,既空寂,又盈满,因为大雪让院落有了一种洪荒般的寂寞,而那十几株绽放的寒梅,却显示出生命的顽皮与生动。白雪红梅,不仅在色彩上反差明亮,在意境上也完全是逆向的存在——一为荒寒,一为热烈,相互对立,互相补白,让人对上帝所造的万物秩序徒生感慨,所以宝玉才站在雪景里发呆,直到一个人打着伞,从蜂腰板桥上默默走来。

想起宋人两句诗:

> 孤灯竹屋清霜夜,

梦到梅花即是君。

梅是人，人亦是梅。

在书房里、书案上，插一枝梅，应是一种易于实现的雅致。

文震亨《长物志》（一部专门谈"物"的书）讲插梅："有虬枝屈曲，置盆盎中者，极奇。"[6]

从梅出发，我开始爱与梅有关的一切事物，比如林逋的梅妻鹤子、笛子吹出的《梅花落》、王冕的墨梅（故宫博物院藏《墨梅图》复制本挂在我书房里）、自号"梅花道人"（又号"梅花和尚"）的吴镇、唱戏的梅兰芳、踢足球的梅西……

当然，还有这只故宫里的剔红梅花纹笔筒。

三

除了体现文人情趣，漆器更充当着日常生活的器皿。

其实文化人，也都过着日常的生活，只不过多了一点讲究。

宋明之际，文人成为生活时尚的引领者；在今天，生活时尚则是由明星引领的。

他们的创造，使生活变得艺术化，亦使艺术在生活中得以落实。

比如饮茶。

唐人喜欢煎茶，就是在风炉上的茶釜中煮水，同时把茶饼碾成不太细的茶末，等水微沸，把茶末投进去，用竹筴搅动，待沫饽涨满釜面，便酌入茶碗中饮用；晚唐时，又开始流行点茶，就是把茶末直接放到盏中，用煮好的开水冲茶。到宋代，点茶已成为一种普遍的习俗，宋人茶书，如蔡襄《茶录》、宋徽宗《大观茶论》，所述均为点茶法。那时茶末越制越精细，有林逋起名的"瑟瑟尘"，苏东坡起名的"飞雪轻"。蔡襄制成的"小龙团"，一斤值黄金二两，时称："黄金可有，而茶不可得。"宋徽宗时代，郑可闻制成"龙团胜雪"，将拣出之茶只取当心一缕，以清泉渍之，光莹如银丝，每饼值四万钱，饮茶之细致，使饮茶器具也日益精细讲究。

到清代，乾隆时宫廷里有一种"三清茶宴"，直接以梅花、松子、佛手入茶，以雪水相烹。这种风雅，在漆器上亦有迹可循。故宫有一件清乾隆时的红地描黑漆诗句碗［图17-5］，就是三清茶宴所用的，在茶碗外壁两道弦纹之间，写着一首诗：

  梅花色不妖，
  佛手香且洁，
  松实味芳腴，
  三品殊清绝，

> 烹以折脚铛,
>
> 沃沃承筐雪……

末署"乾隆丙寅小春御题",证明那字是乾隆亲笔写的。

诗的意思,大抵是夸奖这三种植物品质芳洁清正,以雪水烹煎后,清香爽口,意味深远。

《红楼梦》写"栊翠庵茶品梅花雪",妙玉的煎茶之水,是她五年前收梅花上的雪,得了一花瓮,"埋在地下,今天夏天才开了"[7]。不知这段故事,是否与乾隆时代的三清茶宴有关。

但不管怎样,乾隆时代(亦是曹雪芹时代)的"三清茶宴",让白雪红梅,通过一件漆器,再次相逢。

四

七千年的漆器文明,在中国人的生活中几乎无处不在,它的长度、品质,比起青铜、瓷器更能代表中华文明,只是,在当下,我们很遗憾地与它疏离了,甚至与木器相处,也成了奢侈。

在日本,漆文明则通过一只木碗、一个食盒,向日常生活领域,高歌猛进。

中国人都知道,China 的意思,是瓷器。但很少有人知道,Japan 的意思,是漆器。日本人以漆器为国名,不仅因为漆器

[图 17-4]
剔红梅花纹笔筒,明
北京故宫博物院 藏

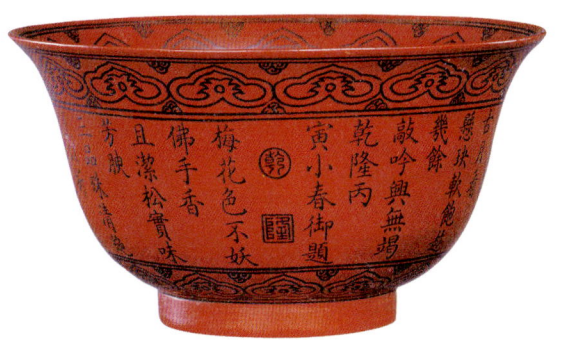

[图 17-5]
红地描黑漆诗句碗,清
北京故宫博物院 藏

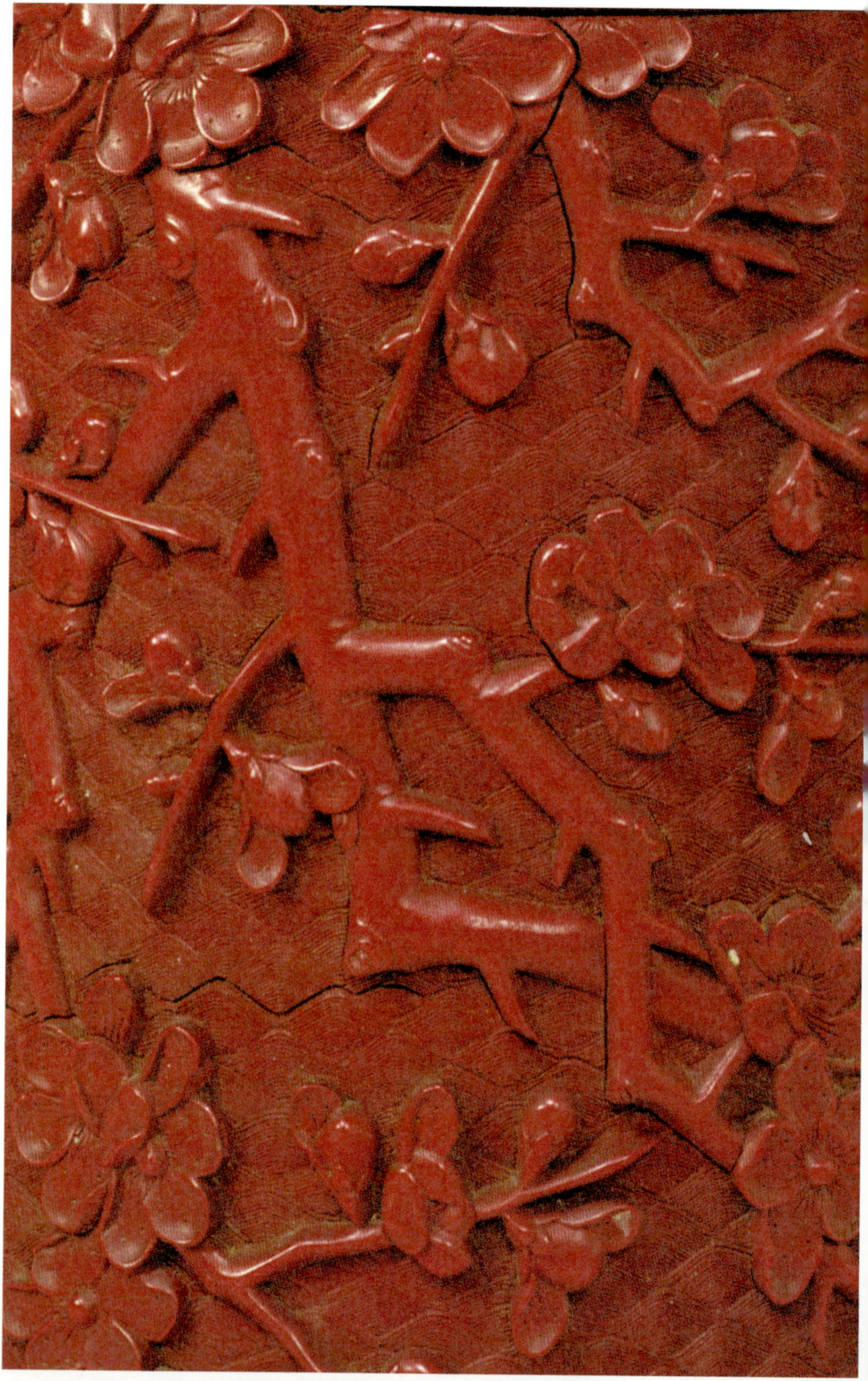

华灿绝美，且与自然相融，更因为漆器的历史，比瓷器的历史更加久长。瓷器的历史，大致有三千多年[8]，而漆器的历史，则可追溯到七千多年。日本的国名，不只暗示着其文明之绚丽，更企图表达着文明之悠久，甚至盖过了中国。

并不是所有人都知道（尤其在今天），漆器的老家在中国。当我们的河姆渡文明孕育出调朱色生漆的木碗的时候，日本人还处在绳文时代，用土器盛放食物呢。因此，没有一个国家比中国更配得上"漆之国"这个名称。日本人的漆器制造，是向中国人学的（主要在唐朝）。但日本人后来居上，威尔·杜兰特在《东方的遗产》里说："油漆的艺术也是始于中国，但传入了日本才达最完美的地步。"[9] 到 15 世纪，"日本的漆器工业水平就已经相当精湛，以至于许多中国工匠，要为向日本学习漆器工艺而远渡重洋"[10]。

不是日本人贪心，是我们自己丢的东西太多，想拾回来，要趁早。

对面的一件漆器，与我隔着遥远的年代，山重水复，我鞭长莫及。

被封为"遗产"的文化，是死的文化。因为只有死者，才谈得上"遗产"。只有把文化交还给日常生活，文化才能活回来。博物馆里的文物，才能真正复活。

五

一件古老的漆器，让我升起对生活的无限渴望。

日子，其实也可以过得很美。

美不是奢华，不与金钱等值。

美，是一种观念———一种对生命的态度。

是凡人的宗教，是我们为烟火红尘里的人生赋予的意义。

了解这一点，我们才能真正体会古物之美。

这，恰是我写作此书的初衷。

名称：白玉螭纽"学诗堂"玺

时代：清代

尺寸：面宽2厘米，长3.2厘米，
通高6.7厘米，纽高2.6厘米

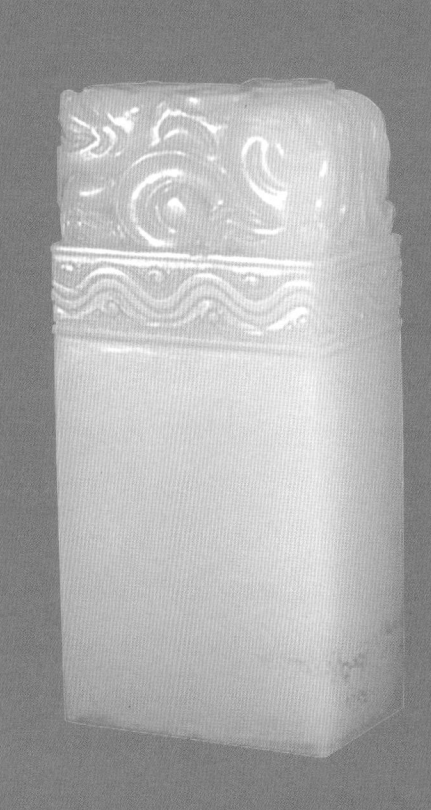

第十八章 回到源头

在我们的文明里,《诗》才是光。

一

那方乾隆御用"学诗堂"玺［图18-1］，是乾隆"学诗堂"组玺之一，白玉质，螭纽长方形玺，汉文篆书，玉质细腻温润，工艺细巧精绝，文质彬彬中，透露出皇家风范。

我在《故宫六百年》一书中写到过景阳宫，学诗堂，是景阳宫的后殿。景阳宫位于东六宫东北部，对应八卦中东北方向的艮位，《周易》中说："其道光明"，"景阳"即景仰光明的意思。到清代，康熙皇帝下旨对这里进行了重修，改作收贮图书之所。后院的正殿，被当作"御书房"，乾隆在位时，把宋高宗赵构和宫廷画家马和之联袂完成的《诗经图》长卷（宋高宗抄写《诗经》原文、马和之绘画）藏在这里，于是为它引了一个风雅的名字："学诗堂"。这一年，是乾隆三十五年（公元1770年）。

乾隆为此写诗：

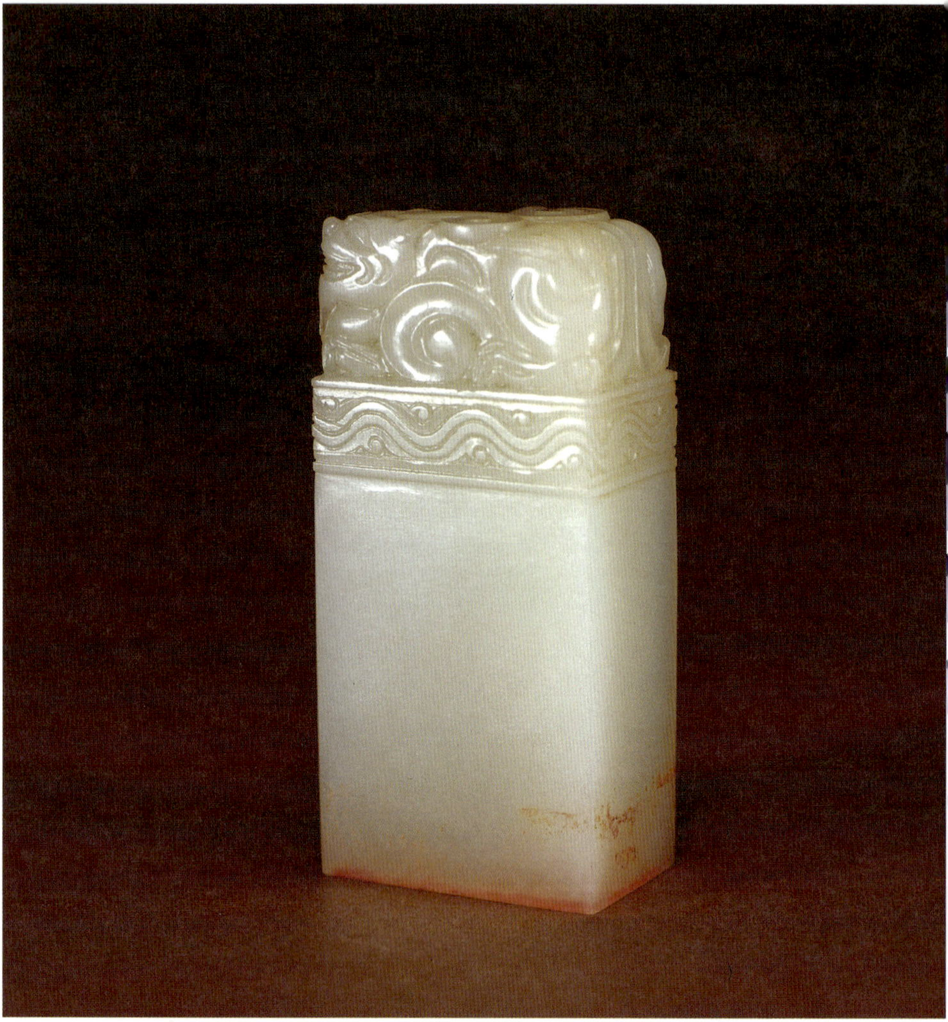

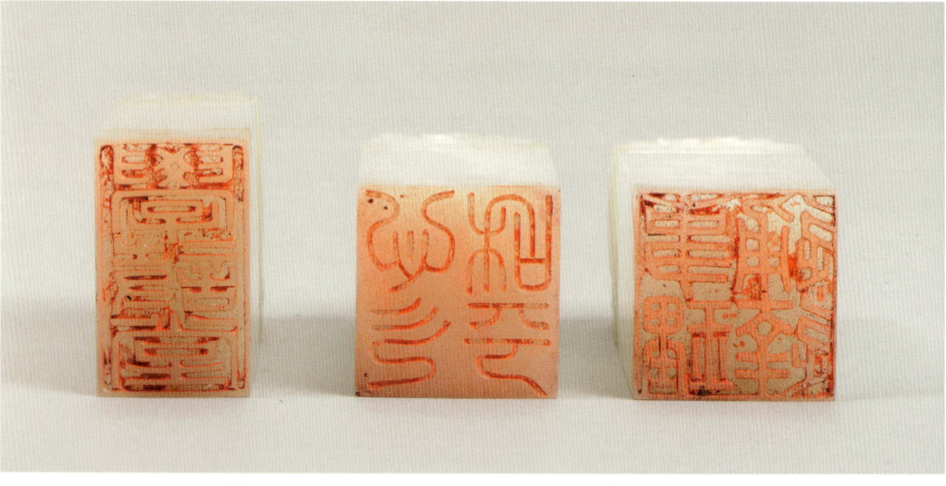

[图 18-1]
白玉螭纽"学诗堂"玺,清
北京故宫博物院 藏

> 东壁图书贮景阳,
> 新颜后殿学诗堂。
> 缘收赵宋君臣迹,
> 企想姬周礼乐场。

《诗经图》上,乾隆轻轻钤下"学诗堂""心气和平""事理通达"这三枚专用玺,还写下《学诗堂记》,记录这一重要事件,为此,宫廷还特别制作了《学诗堂记》玉册,可见"诗"(《诗经》),以及马和之《诗经图》,在乾隆心中的地位多么神圣。

二

"关关雎鸠,在河之洲。窈窕淑女,君子好逑。"

河流、鸟鸣、美女、君子。这几个意象,把我们带回中国艺术长河的上游。

那是一个黎明,世界空阔,飞鸟带着清越的叫声划过天际。树林里的每一片叶子都湿漉漉的,万物生长显出自然焕发的本能。女人的身影从岸边闪过,轻风吹起,裙衫拂动,河水逆光勾勒出她身体的线条,让打量她的男子怦然心惊。这是我们这个民族的文化经典为我们描述的最初的画面,比世界上任何国家的经典都美。

上帝说,要有光。

其实,时光并没有光,它有时只是一条幽暗的隧道。

在我们的文明里,《诗》才是光。

对于《诗》,中国人给予了《圣经》般的地位,称作:《诗经》。

三

以图像的方式再现《诗经》的内容,其实古已有之。战国时期的一些青铜器上的纹线,许多都可与《诗经》的内容互证的图案。到了汉代,又有职业画家出场,用一支画笔,把人们的目光引向两千年前的时代。东汉画家中,刘褒画过《大雅》,画过《邶风》,卫协也画过《邶风》。到魏晋南北朝,画诗经图者,数量亦十分可观。

"至南宋,诗经图忽如一树花朵因风吹开"[1],越来越多的画家以绘画的方式表现《诗经》的主题,马和之所描绘的,应该是其中最有代表性的。扬之水先生称他的诗经图"前无古人,后无来者"[2]。

钱塘人马和之,一位活跃于宋高宗时期的画家,曾当过画院的实际负责人(副使),为南宋宫廷画院中官品最高的画师,居御前画院十人之首,因此南宋词人周密说:"御前画院仅十人,和之居其首焉。"马和之擅画佛像、界画、山水，尤擅人物，人物师法吴道子、李公麟，仿"吴装"创用"柳叶描"（一作"蚂蝗描"），用笔起伏、线条粗细变化明显，着色轻淡，笔法飘逸流利，活泼潇洒，富有韵律感，出入古法，脱去习俗，自成一家。其绘画风格与唐代吴道子相仿，时称"小吴生"。他的作品曾让黄公望感叹："笔法清润，景致幽深，较之平时画卷，更出一头地矣。"

马和之《诗经图》，是马和之一系列《诗经》主题绘画的总称，故宫博物院藏有多幅，基本上是乾隆的藏品——在乾隆手上，曾收藏宋高宗和马和之合作作品《诗经图》十七卷，经过乾隆亲自鉴定，其中五卷为赝品，另十二卷为真迹，《豳风图》卷是其中之一。

此卷根据《诗经·国风》之《豳风》诗意而作。全卷共分七段，依次为《七月》《鸱鸮》《东山》《破斧》《伐柯》《九罭》《狼跋》，每段画前书《豳风》原文。图中人物形象生动，衣纹用兰叶描，笔法流畅潇洒，设色清丽古雅，在诸本毛诗图中，亦属精作。此卷无款印，旧传为马和之画，宋高宗赵构书。但在《伐柯》篇内"构"字因避高宗讳而缺一笔，说明该书实非赵构所写，而是由画院高手代笔的。此图大约在元代初年被分割为两卷，仅《破斧》篇为赵孟頫收藏，明末董其昌误认为是赵孟頫补图。清乾隆年间两卷入内府，合璧装成一卷，并将董其昌、高士奇跋移往后幅。卷首有清高宗弘历御书"苇龠余风"四字,尾纸除董其昌、项元汴等三则题记外,尚有乾隆御题一则,钤明项元汴、清高士奇、梁清标及乾隆、嘉庆、宣统内府藏印多方。

马和之以绘画的方式,向《诗经》的古老时代致敬。这幅具有古代田园风格的《豳风图》卷,除了前面提到的《七月》《九罭》,还有《鸱鸮》《东山》《破斧》《伐柯》《狼跋》几段,都试图再造周代的历史和生活现场,让那个消失的理想国,在他们的绘画里,获得一份物质性(materiality)的凭证。

四

这林林总总的《诗经图》中,我最喜欢的,就是这一卷《豳风图》,因为《豳风》饱含着山野草泽的自然气息,人在田野间劳动,在河边谈情说爱,人就是自然的一部分。我感到有长风吹过两千年的时空,在南宋的纸页间回旋,依然轻风袅袅。风声中,有蟋蟀的鸣声、蝈蝈的弹跳声、田野里的杂语声,还有人们采桑割苇、获稻酿酒的声响。在所有声响的空隙里,还有人在做梦,关于爱情的梦。那梦藏在她的身体里,像一株不动声色的植物,暗自生长,会在某一个季节,开出满枝粉白的花朵。

诗让我们遐想,遐想古人内心和世界的鲜美透明。那时的世界，空气中没有PM2.5，河流中没有工业污水，背景无比的单纯，连语言都是干净的。所以才有了《豳风》里"七月流火，九月授衣，春日载阳，有鸣仓庚"这样明朗的诗句，甚至连做爱都毫不掩饰，《豳风·九罭》，以一位女子的口吻，大胆表达了与一位男子的性事，男子离去，她竟悄悄收藏起他的衣袍。这让我想起茨威格的小说《一个陌生女人的来信》中，女主人公对于那个曾有短暂肌肤之亲的男子，眷恋到要偷偷收藏他吸烟时落下的烟灰的程度，有人批评茨威格虚构过度，但茨威格不会想到，几千年前的中国诗歌，为他的描写提供了例证。

这样的心绪，绘画是难以表达的，就像一部名著改编的电影，主人公一出场就会让人失望，人们想到的是那个演员，而不是角色本身。扬之水说："比如《唐风·绸缪》'今夕何夕，见此良人'，其中的婉转之意，写作散文，译作白话，都无法忠实表达，形诸丹青当然更教画家踌躇。"[3]

但相比之下，马和之《豳风图》卷还是好的。这不仅因为整个长卷中洋溢着古风，每个人的表情、神貌，都是我们想象中的古人的样子，更因为他没有对《诗经》的意象进行机械的图解，而是对原诗进行了剪辑和改编。比如《七月》[图18-2]里，没有过多描述农人们大干快上的劳动景象，而是更侧重于劳作后的歌舞酣饮，以及要出嫁少女的惆怅，以此为反衬劳动本身

[图 18-2]
《豳风图》卷之《七月》(局部),南宋,马和之
北京故宫博物院 藏

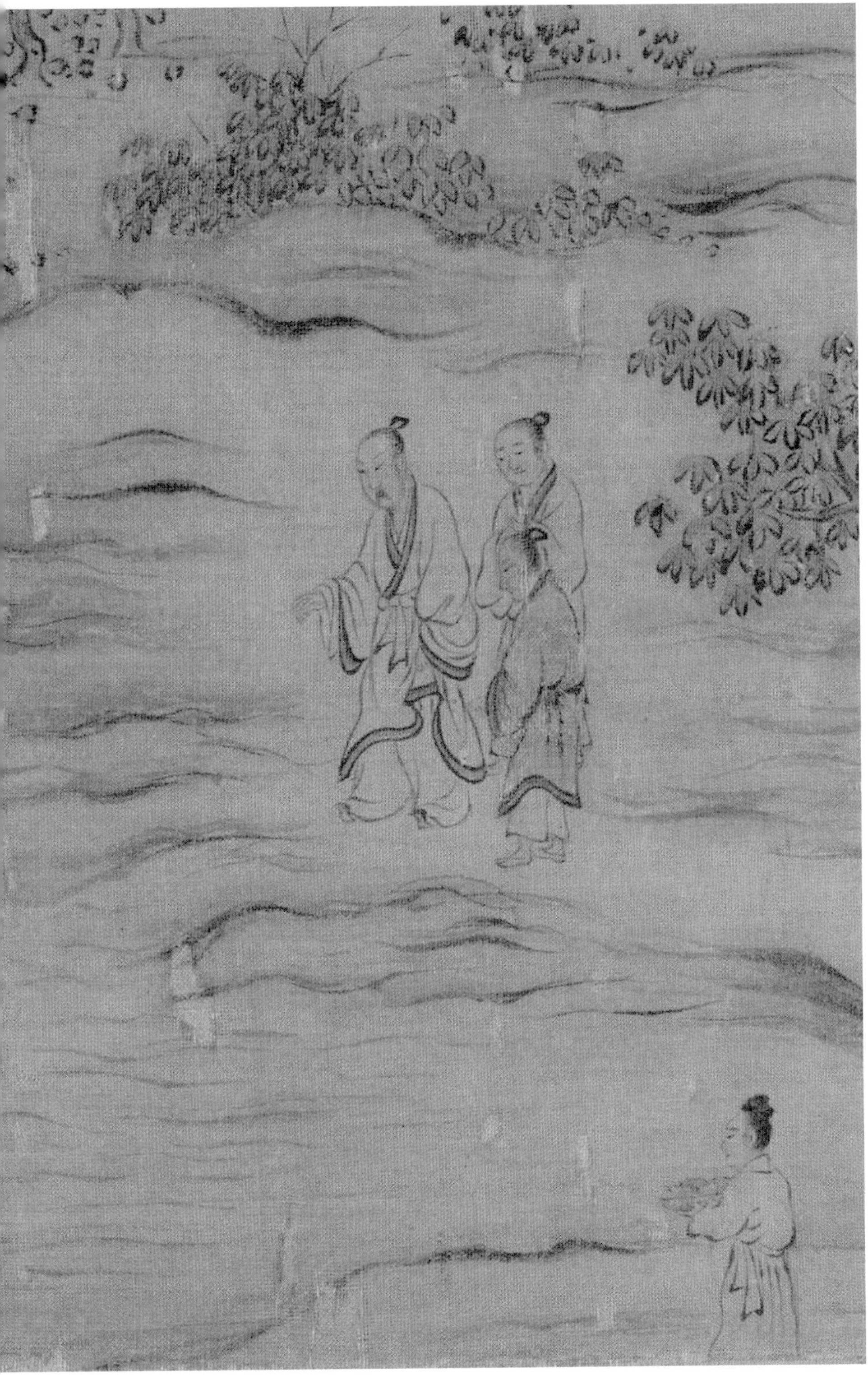

[图 18-3]
《豳风图》卷之《九罭》(局部),南宋,马和之
北京故宫博物院 藏

的艰辛与快乐。《九罭》[图 18-3]里,更没有赤裸裸的床上镜头,出现在画面中的是悠闲的捕鱼人(渔网无疑是对情网的隐喻),还有沙洲边飞翔的大雁,空茫的江景,展现出女子辽阔的荒凉。

因此,马和之《诗经图》,是实的,也是虚的,那份虚,是留白,也是诗意。

五

艺术家的目光,通常都是瞄准未来的,这固然适用于中国古代艺术家,但与此相比,他们似乎有着一种更加强大的冲动,就是回望从前。因为在他们的观念里,理想的社会,并不存在于未来,而存在于古代,那才是中国人道德和价值的真正来源,所以孔老夫子说:"郁郁乎文哉,吾从周。"[4]这句话,包含着许多内容,其中有:对现实的不满、对过往的怀恋、对时光流逝的忧伤……

中国文化中为什么一直包含着这种对过去时光的强烈眷恋?一个很大的原因,我想在中国人的心目中,古代是纯净而美好的,复杂的人性还没有被无边的欲望激发出来,像《道德经》第十二章上讲的:"五色令人目盲;五音令人耳聋;五味令人口爽;驰骋畋猎,令人心发狂"[5],人性中还保有许多本真的东西。因此,庄子在自己心目中勾画出的理想社会是这样的:人民如野鹿一

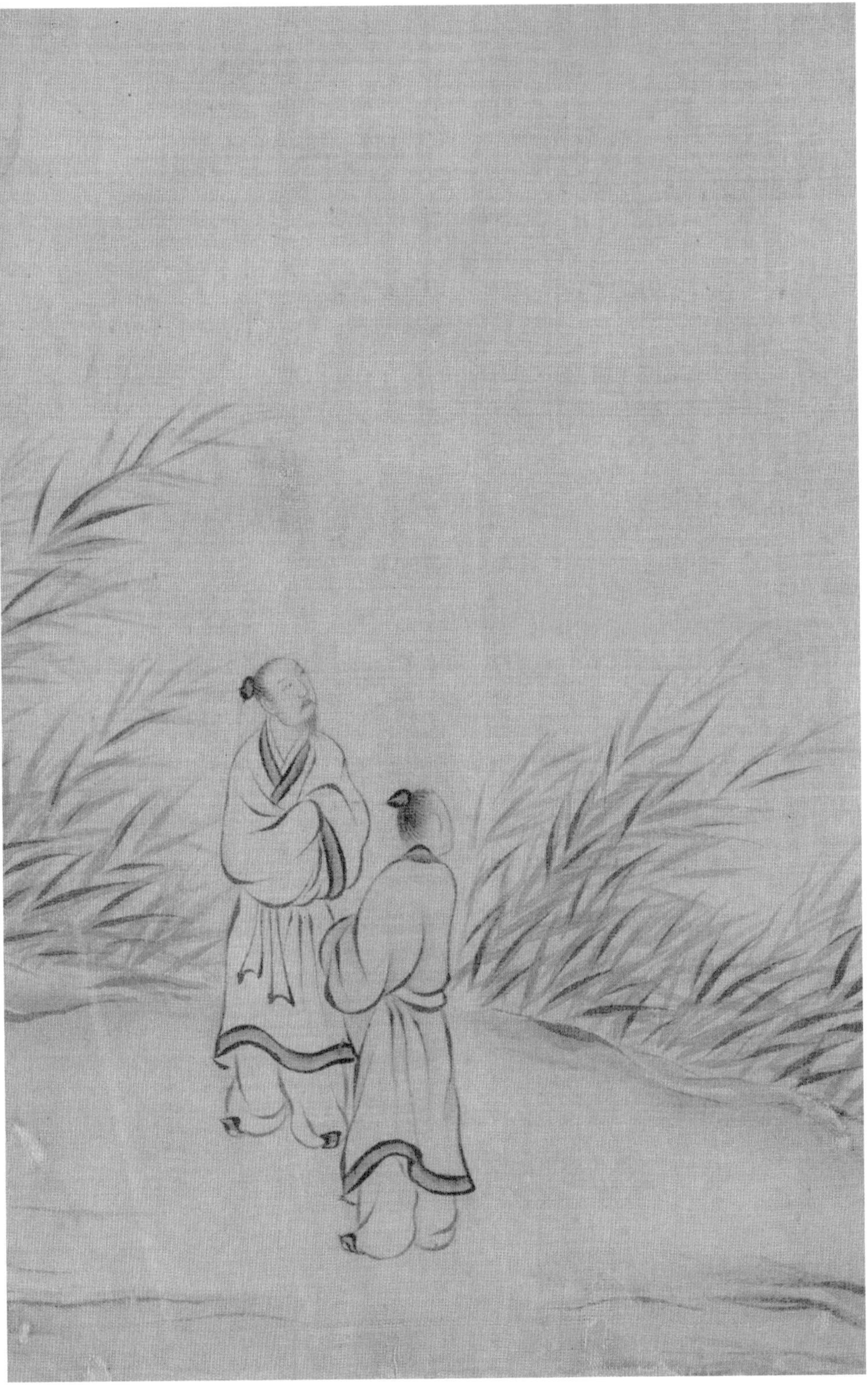

样，端正而不知道什么是义，相爱而不知道什么是仁，真实而不知道什么是忠，得当而不知道什么是信，行为单纯而互相友助，却不以为恩赐。[6]因此行为不留痕迹，事迹没有留传。也就是说，内心的真实，让世间所有对仁义忠信的劝告都成为多余，因为它们已经成为每个人的本能，融化在血液中，落实在行动上，也就不需要再标榜什么仁义忠信，那些令人感动的先进事迹，也都如风行水上，如雁过无痕。

在他们看来，那样的世界的确存在过，至于将来是否还有，他们不敢说，他们看到的，是精神的沦落，是物欲的横流，所以与其相信未来，不如相信过去。他们只能通过各自的笔，重现那样一个世界。宋代米芾说："余乃取顾高古"，元代赵孟頫说："作画贵有古意，若无古意，虽工无益"[7]。好像时间越是旷远，世界越是纯净，各种杂质越少。所以他们看待过去的目光，永远是充满温情的。在他们的世界里，没有最古，只有更古。古，成了他们精神上的寄托，成了他们作品的灵魂。

其实，每代人都有他自己的当代，每代人都是站在他的当代里回望历史的，而他曾经立足的"当代"，又终将成为"古代"，成为后人眼中的风景。正如王羲之《兰亭序》所云："后之视今，亦犹今之视昔。""浪淘尽，千古风流人物"，现如今，王羲之的"永和九年"，也把他自己容纳了进去，被后面的人所缅怀。

每一个消逝的时代,在它的"当下"看来充满缺陷,但从后世来看,却又不乏动人之处。对历史的深情缅怀,因此如大江东去,有着绵绵不竭的推动力,成为全民族的"集体无意识",又成为各种各样、丰饶而绵长的历史叙事。历史题材绘画,也因此成为中国绘画史的一大主流,在故宫博物院里,就藏着东晋顾恺之《女史箴图》卷[图9-4]、唐代佚名《伏羲女娲像图》轴、宋代马远《孔丘像图》页、佚名《孔门弟子像图》卷、李唐《采薇图》卷、马和之《赤壁赋图》卷……

于是,兰亭修禊、东篱赏菊、西园雅集,而"辋川""赤壁""孝经"等,也"都成了绘画史中活跃的要角"[8]。著名的《清明上河图》,自北宋张择端,明代仇英(传),一路到了清代的宫廷画家。它们是中国画家心头的《巴黎圣母院》《战争与和平》,唯有一遍遍重拍,方解心头之"恨"。不是旧瓶装新酒,而是新瓶装旧酒,那瓶,是每一代艺术家的心性与技巧,那酒,是丢不掉的古老价值。

或许,这正是"经"的意义——它不是退步,让时光止步不前;不是保守,抗拒所有新的事物。它只是我们内心的坐标、一个永不偏移的原点,它让中国的艺术走了千里万里,都不会忘掉自己的出发之地。

六

在时间的进程中,用来回放《诗经》场面的诗经图本身,也成了经典,被历代画家临摹和重绘。在宋代,就有一批画院画家,画了一堆诗经图,署名皆是"马和之"。南宋画家刘履中所绘《田畯醉归图》[图18—4],现藏故宫博物院,就取材于《诗经·豳风·七月》。田畯,就是古时管理田地的官员。《田畯醉归图》就是描绘田官下乡、被乡亲簇拥敬酒、骑牛醉归的场景,以此来讴歌远离世俗的乡村理想国。到明代,有周臣《毛诗图》,现藏美国普林斯顿大学美术馆,画面质朴古拙。它描绘了乡民们秋收后闲适、散淡的生活情景,画面上,家家户户,窗明几净,门扉洞开;村庄傍山依水,坐北朝南,阳光充沛……那丰衣足食、安居乐业景象,正是他们理想中的周代。乾隆皇帝曾经收藏过这幅画,并在画上题诗:

> 东郭接西邻,
> 姓惟朱与陈。
> 相逢皆至戚,
> 不拟唤嘉宾。
> 谷贱难犹喜,

糯收酒亦醇。

每图豳雅意，

真弗愧周臣。

乾隆在这幅画上加盖了印玺，藏于著名的三希堂。

到清代，有萧云从《临马和之陈风图》，构图笔法均仿马和之，这十开一套的册页，现存台北故宫博物院。当然最有名的，还是清高宗乾隆组织画院画家，完成了一组浩大的《毛诗全图》，向伟大的《诗经》传统，同时向参与到这个传统中的马和之致敬。

早在乾隆为"学诗堂"写下匾额三十多年前，清乾隆四年（公元1739年）春天，二十八岁的乾隆皇帝就曾下了一道谕旨，敕令画院诸臣办一件大事，那就是依照南宋画家马和之《诗经图》笔意，绘制一幅完整的《毛诗全图》。在他心里，或许要把大清天下治理得如同《毛诗图》一般。这幅画，或许就是他政治理想的视觉表达。

七年之后，这一重绘《诗经》的艺术工程，才终于在乾隆十年（公元1745年）的酷暑中完成。

之后，乾隆还兴犹未尽，与清宫著名词臣画家董邦达合作，共同临仿了《豳风图并书》一册，选用宣德笺金丝阑本行楷书《豳

[图18-4]
《田畯醉归图》卷(局部),南宋,刘履中
北京故宫博物院 藏

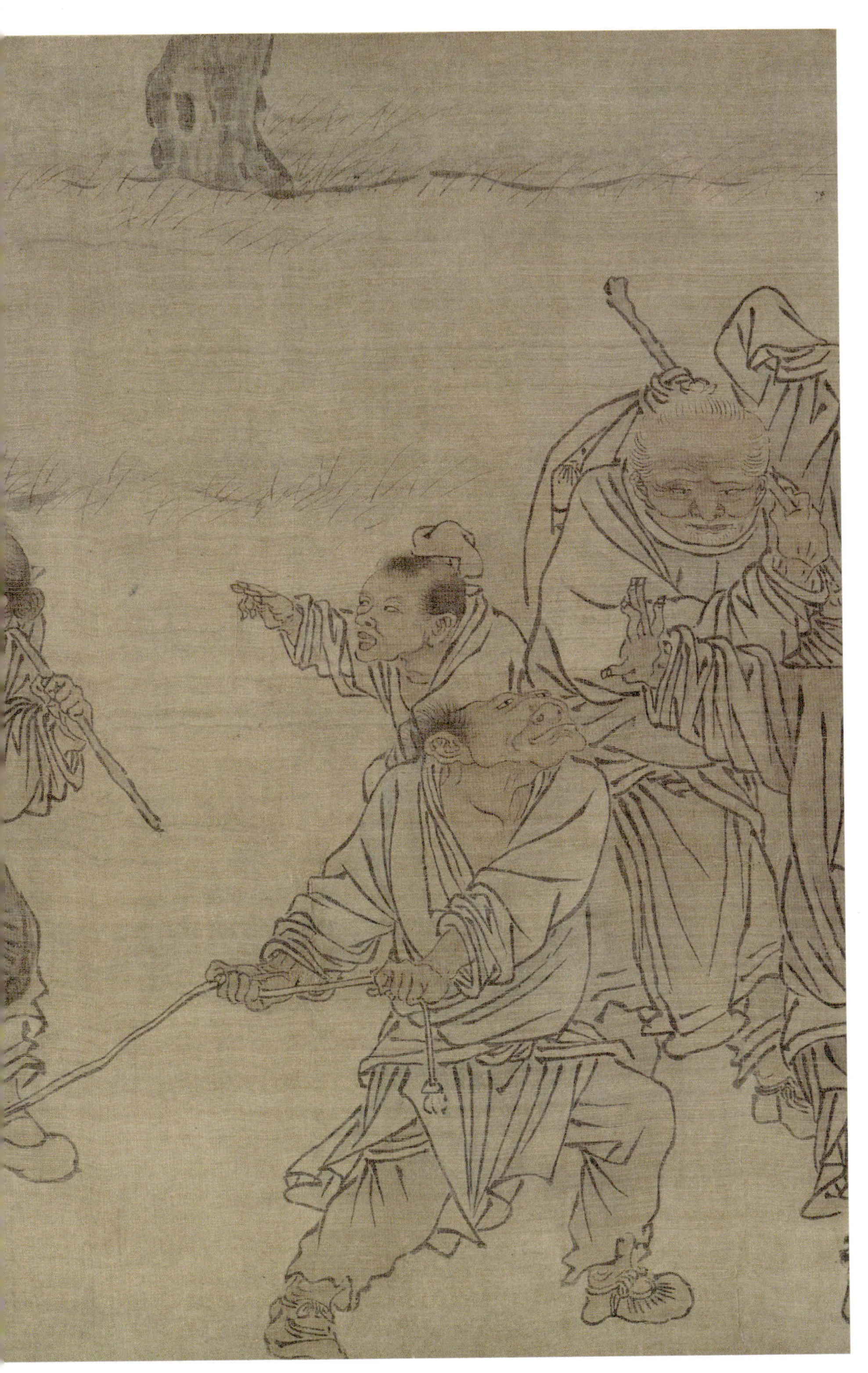

风》诗,又选太子仿笺本,墨画诗图,乾隆画人物,董邦达添上树石屋舍。

"关关雎鸠,在河之洲。"一幅手卷,其实就是一条河,我们永远看不到它的全部,但我们都知道它是一个连续性的整体,它的每一个细小环节,都是从遥远的源头演变而来的。

附录一

创造一个大文化的视角去解读故宫文物

在我眼中,这十八件文物并不是海面上孤立的一座座孤岛,它们背后依托的是一个宏大的历史框架。

我们平常所说的"故宫"一词，一般有两层意思：第一，"故宫"的意思，是"从前的宫殿"，就是紫禁城，是明清两代皇帝生活、理政的地方；第二，人们把"故宫"当作故宫博物院的简称，故宫博物院，是一个收藏了多达一百八十六万件套文物的博物院，当然，紫禁城这座建筑，也是这个博物院里的收藏，而且是故宫博物院内最大的文物。这两个意思经常混用，分不开。

简单说吧，第一个意思里的故宫（即紫禁城），是一个历史遗留物，是皇宫；而第二个意思里的"故宫（博物院）"，是一个现代概念，是博物院，是中国走向现代化的成果。帝王的皇宫变成了人民的博物院，空间没有变，但它的属性变了，表明中国的巨大进步。

故宫建筑本身是对中华文明的一种承载，其中体现的中华文化的多元融合是故宫建筑群的最大特点。紫禁城的空间布局形式中承载着一种"天人合一"的秩序关系。东西南北中，五行搭配五色，中国的美学、哲学都包含在其中。比如五行的象征，金水河属金，从西边而来，象征西方的昆仑山脉；东边属木，代表生长的力量，所以在太阳升起的地方布局了文华殿等象征王朝未来的建筑。而太和殿属土居中，象征着王朝的命脉。北京是天下之"中"，紫禁城是北京之"中"，这个"中"的概念又体现了我们民族对于秩序的寻求和理解。同时故宫又不是按照某种单一文化礼制建造起来的。它以儒家思想为主，但同时又有阴阳、八卦等其他思想成分及文化元素在内，甚至一些西洋文化在故宫建筑中也有体现。这些多元文化在故宫里没有杂乱无章、各自为政，或是互相排斥、互相矛盾，而是有机融合，形成了一种和谐的有韵律感的美，形成了总体上和谐的一个"和声"。而太和殿、中和殿、保和殿三大殿中的"和"字，又是孔子所说的和而不同之"和"的一个很好提炼，"和"是中华文化的一大特点，故宫就很好地体现出了这一点。今天越来越多的人去关注故宫，更多还因为故宫本身的独特性，故宫现存文物贯穿了从新石器时代到今天的中华文明史，这些文物代表着我们文明当中曾经最辉煌灿烂的部分，这是故宫独一无二的价值，而这其中，紫禁城又是故宫所有文物中最重要的一个，作为人类星球上规模最大的古代木结构建筑群，也是规模最大的古代皇宫建筑群，从建筑到文物，故宫都是中华文明无价的见证。

《故宫的古物之美》中收录的十八篇散文讲述了十八件不同门类故宫文物的前世今生。在这些文物的背后，我想写的是整个文化这条河流大的流动，在我眼中，这十八件文物并不是海面上孤立的一座座孤岛，它们背后依托的是一个宏大的历史框架。海平面以下，岛屿的下半部跟整个大陆相连，我不想把它们从宏大历史中剥离出来，变成彼此没有联系的讲述，我想搞清楚他们各自的位置与彼此的关联，创造一个大文化的视角去解读故宫文物，这个视角可能基于中华文化，甚至要超越中华文化，从世界人类文化的视角，把文物当作一个文化现象去写，超脱绘画、书法这些具体的艺术形式与艺术史本身的研究范畴，在人类文明、文化的层面上去重新观照这些故宫古物。

写作不能去重复别人。写故宫古物，从文化背景上来看，我是从艺术学、从外部进入故宫的，所以我的解读方法和角度一定也与"专业"写作有所不同。对艺术而言，"审美"和历史学、哲学都是可以打通的。比如我笔下的《清明上河图》《韩熙载夜宴图》，这些作品有很多前人研究过，但我选择在一个无限展开的空间里讲述它们，以更好地发挥我的特点。在《韩熙载，最后的晚餐》中我就提出了"最后的晚餐"主题。我写《十二美人图》，从它们跟雍正皇帝之间的关系入手，在解读中纳入了拉康的镜像理论，把"美人图"看作是雍正内心的自我指认。它们是一面镜子，借助这样的"媒介"，雍正得以确认自我，并通过这样的映照反映出其内心另一个理想的自我。（详见《故宫的古画之美》）这种解读偏离了纯粹的文物鉴定角度，以及艺术创作、艺术史的视角。通过跨界融合，我想把这些艺术品从一个狭窄的领域里"拉"出来，在我的知识结构中对古物进行新的阐释。这些阐释是基于真实史料的非虚构写作，每段故事情节甚至细节都有依据，但我不愿意机械地去复述历史，而是要带着当代人的思想和视角去打捞历史中的人物，这种写法本身又是文学的方式。历史学注重真实，文学关注的则是事实背后的人。作家只有抵达了这个"人"，其叙事和言说才能够真正完成。

　　故宫是"富矿"，有无限的"新"的事物吸引着我。那些"新"的事物，其实是旧的事物。因为旧，离我们过于遥远，所以让我们感到陌生，因为陌生，所以感觉"新鲜"。越是"旧"的事物，我们可能越发感觉到"新"。

附录二 安静地躲在文字背后

创作给我的最大体会,是写作者内心世界的斑斓,足以让他忽略表面的风光。

一

吴昌硕书画篆刻展在故宫文华殿开展，我的读者见面会也在此间举行，因此文华殿前竖起我的大幅照片，比吴昌硕的照片还大，这让我无比惭愧。我不再是轻狂年纪，不愿如此嚣张，尤其不愿在六百年的宫殿，在我景仰的前辈大师面前瞎嘚瑟。吴昌硕是真正的大师，是在社会变革的节点上把中国画带入20世纪的关键人物，齐白石说自己是"三家门下走狗"，一家是八大山人，一家是徐渭，还有一家就是吴昌硕。我恐怕连当走狗的资格都没有，要当也只能当"乏走狗"。但我一直痴迷于吴昌硕，就像我痴迷于苏东坡一样。

吴昌硕之所以能打动我，因他历经劫难，笔下依旧草木繁盛、鸟语花香，亦因他晚年寓居沪上，声望达到顶峰，仍混迹于寻常巷陌，与百姓耳鬓厮磨。或许在有些人看来，他的生活缺乏品质，主张他搬到富人区去，其实他是讲品质的，他的品质都在他的画里、字里。他认真地画画，也认真地生活，只不过他的生活不是由锦衣玉食、豪宅香车组成的——至少在他看来，那并不是真正的生活，是与生活隔离了的"伪生活"，只有粗茶淡饭、人间烟火，才是真正的生活，也才是我们熟悉的生活，如他在诗里说："佳丽层台非所营，秋风茅屋最关情。"所以我在书里写，他不需要"深入群众""深入生活"。只有把自己与"群众"区分开的人，才需要去"深入群众"，只有沉溺于"伪生活"的人，才需要去"深入生活"，因为他们已经把自己当作与"群众"不同的某种动物。

吴昌硕大半生在底层摸爬滚打，他自己就是"群众"，所以他了解普通人的欲与求、爱与仇，他的笔才会牵动大千世界、芸芸众生。他是一个内心浩荡的人，他笔下的一花一草，都通向一个广大的世界，只是一般人不大容易透过他朴素平易的外表，体会到他内心的波澜壮阔。

二

创作给我的最大体会，是写作者内心世界的斑斓，足以让他忽略表面的风光。写作者是躲在这个世界背后的人，像一只蹲伏在丛林中的老兽，冷静地观察着世事的变迁，不一定要自己跳到前台表演，尤其不应该在聚光灯的照耀下生活。因此，写作者的世界里没有红毯、欢呼、掌声，甚至没有任何与虚荣有关的东西。写作者所依赖的只有寂寞而诚实的劳动，工具只是一只笔，或者一台电脑，但他的世界无限广大，就像我在《跟着吴昌硕去赏花》里写到的六朝画家宗炳，在自己的居舍弹琴作画，把山水画贴在墙上，或干脆画在墙上，足不出户，就可遍览天下美景，自谓："抚琴动操，欲令众山皆响。"意思是，一个人坐在屋里弹琴，可听到众山间的回声。连众山都成了他的乐器。

写作者甚至不需要粉丝，只需要真正的读者。写作者自己就是读者——别人作品的读者，写作者知道什么才是令他倾慕的，那就是别人在文字间所表现出的才华、把握世界的能力，还有超越现实的胆识。其实写作者也有欲望，只不过那欲望无法通过金钱来实现，那就是达到自己理想中的标杆，就像一个运动员，百米短跑一定要跑到十秒以内，跑不到就黯然神伤。其实根本不是获不获金牌的事，是自己跟自己较劲，用一句时髦的话，叫"超越自我极限"。

麦家说到海明威的小说《乞力马扎罗的雪》中那只冻死在雪山顶上的豹子，认为那只豹子就是作家自己，"白雪皑皑的山顶，没有食物和温暖"，但豹子还是去了，"从已有开始，向未有挑战"。我觉得这话说得好。一个人在得到金钱之前，金钱早已存在；在金钱之后，还有数不尽的金钱。一部作品则不同，因为在它诞生之前，这部作品并不存在，在它之后，也不会有相同的作品出现。每一部作品都是唯一的，是创造性的，是对一个全新世界的开启。所以麦家在写到曹雪芹时说："他的伟大在于无形地改变了我们无形的内部，看不见的精神深处。"写作者在这个以金钱为核心的世界之上建立了另一个世界，"一个用最基本的词语创造"的"神奇、伟大的世界"，写作和阅读，是我们进入这个世界的唯一护照。

三

前几日，和汪家明、冷冰川一起去看黄永玉先生。差不多十年没见他了。很久没有与朋友一起谈书论人，所以那一天谈得酣畅。黄永玉讲到列斯科夫的小说《图拉的斜眼左撇子和钢跳蚤的故事》（也有的简译为《左撇子》），小说写到几位俄国工匠打造一个会跳动的钢跳蚤，只有一粒灰尘那么大，工匠却为跳蚤的每个脚上都钉上了真正的铁掌，但这还不算完，手艺最厉害的左撇子，竟然在每个铁掌上制作了小钉子。讲罢，老爷子开心大笑，好像那钉子是他钉上去的。后来我上网查，俄罗斯作家列斯科夫是讲故事的天才，本雅明专门为他写了《讲故事的人》。第二天，汪家明先生在微信里告诉我，列斯科夫的作品，有库克雷尼克塞的插图，黄先生讲得很生动，比读原著还要让人难忘。我听后，急切地想读列斯科夫。文学，真是一个没有边境的王国，走进去越深，越会发现它的奇幻无边。

夜深时，大家都回到客厅，黄永玉坐靠在沙发上，叫家人拿来他昨天画的画，我才惊讶地发现，他用毛笔写在画上的题诗只有印刷体小四号字（几乎是书籍里正文的字号）那么大，九十五岁的人了，这么小的字，还写得那么稳。他说纸不好，纸若好，他还可以写得更小，写到只有这个字的四分之一。我问看得见吗？他的回答和列斯科夫小说里那个左撇子一模一样：不需要看，全凭感觉。

写作（包括所有艺术创作）是上帝赋予写作者（艺术家）的一项技能，我们应当像左撇子一样，把它发挥到极致，让常人看来不可能的事情变为可能。有人会问：这有什么用呢？我想说，用显微镜看到灰尘般大小的跳蚤掌上的小钉子有什么用呢？对一些人，可能永远没有用，对另一些人却有用，因为这让他们发现了另外一个世界，同样，那也是真实的世界。

一个人的创作，能够深入另一个人的内心和生命，尽管他们不在一个时空，甚至改变一个人的世界观，终归是一件了不起的事。就像我们，在黄永玉的紫藤花架下，重温列斯科夫，或者在故宫，与吴昌硕迎面相遇。物质主义的世界正让人心变硬，但那文字的或者艺术的世界不同，在那里面，我们感受到爱、理解与信仰。

四

我的写作不知始于何时，因为几乎从我认字开始，就对文字有一种非同寻常的痴迷。我发表和出版作品比较早，在20世纪90年代就出版过几本书，但在我看来，我的第一部能够称为"作品"的书是《旧宫殿》，因得田瑛先生赏识，2003年发表于《花城》杂志。那一年，我已三十五岁。此前的作品，都是对"写作"的准备，是一种预习。

但至少从十五岁，或者二十岁起，我的"写作"（或曰"准备写作"）就没有中断过。主持人杨澜感叹我一直在坚持，她是我的同龄人，目睹我的"成长"，我感谢她的认可。在"坚持"背后，一定是热爱。只有热爱，才能穿透无边的寂寞，始终如一。无须讳言，我也是大俗人一个，有着这样或者那样的念想，但所有的欲求，都不如创作的欲望更加强大。那个世界深邃无边，一直深深地吸引着我。我A型血、狮子座，据深谙血型与星相的人士透露，有这样的星相血型的人，喜欢抛头露面、成为焦点，但我想说我是一个例外。在我最不希望的事情中，成为别人的焦点位列第一，因为那样会让我焦虑不安。我不爱在会议中发言，不爱坐在或站在众人的中间，我做纪录片总撰稿、总导演，自己一直不喜欢上镜。我希望自己成为一个不起眼的人，混迹于群众当中，如苏东坡所说的，"万人如海一身藏"，没有人注意，逃过所有人追捕的视线，那才是最隐秘、最稳妥、也最自由的生活方式。我会像吴昌硕，在纷杂、拥挤甚至有些脏乱的街巷中如鱼得水，在最普通的生活里"超低空飞行"。写作让我对写作以外的事都持一种无关紧要的态度，"也无风雨也无晴"，只有对写作内部的事情，我抱有无限的激情，这是我的写作坚持到今天的根本原因。我愿安静地躲在文字背后，秘密地、不动声色地，向乞力马扎罗的神秘顶峰挺进。

(原载《人民日报·海外版》，2018年7月7日)

图版说明

第一章　国家艺术

图 1-1：田告母辛方鼎，商代后期，北京故宫博物院藏

图 1-2：小臣缶方鼎，商代后期，北京故宫博物院藏

图 1-3：或鼎，商代后期，北京故宫博物院藏

图 1-4：兽面纹扁足鼎，商代后期，北京故宫博物院藏

图 1-5：颂鼎，西周晚期，北京故宫博物院藏

图 1-6：克鼎，西周晚期，北京故宫博物院藏

第二章　酒神精神

图 2-1：兽面纹觥，商代后期，北京故宫博物院藏

图 2-2：亚酗方尊，商代后期，北京故宫博物院藏

图 2-3：三羊尊，商代后期，北京故宫博物院藏

图 2-4：兔尊，商代后期，北京故宫博物院藏

图 2-5：六祀𠨞其卣，商代后期，北京故宫博物院藏

图 2-6：臣辰父乙卣，商代后期，北京故宫博物院藏

图 2-7：受觚，商代后期，北京故宫博物院藏

第三章　动物妖娆

图 3-1：莲鹤方壶，春秋后期，北京故宫博物院藏

图 3-2：莲鹤方壶（局部），春秋后期，北京故宫博物院藏

图 3-3：魏公扁壶，战国后期，北京故宫博物院藏

图 3-4：龙耳簋，春秋后期，北京故宫博物院藏

图 3-5：龙耳簋（局部），春秋后期，北京故宫博物院藏

图 3-6：虎足方壶，春秋后期，北京故宫博物院藏

图 3-7：兽形匜，春秋后期，北京故宫博物院藏

图 3-8：龟鱼纹方盘，战国前期，北京故宫博物院藏

图 3-9：龟鱼纹方盘（局部），战国前期，北京故宫博物院藏

图 3-10：龟鱼纹方盘（局部），战国前期，北京故宫博物院藏

图 3-11：龟鱼纹方盘（局部），战国前期，北京故宫博物院藏

第四章　人的世界

图 4-1：宴乐渔猎攻战图壶，战国前期，北京故宫博物院藏

图 4-2：宴乐渔猎攻战图壶（纹饰展示图），战国前期，北京故宫博物

院藏

图4-3：刖人鬲（局部），西周后期，北京故宫博物院藏

第五章　巨像缺席

图5-1：秦始皇陵兵马俑武士俑群（背视），秦，陕西秦俑馆藏

图5-2：秦始皇陵兵马俑战袍武士俑，秦，陕西秦俑馆藏

图5-3：秦始皇陵兵马俑战袍武士俑，秦，陕西秦俑馆藏

第六章　案头仙境

图6-1：鎏金博山炉，西汉中期，北京故宫博物院藏

图6-2：力士博山炉，东汉前期，北京故宫博物院藏

图6-3：云龙纹博山炉，清，北京故宫博物院藏

图6-4：绿釉莲瓣蟠龙博山炉，隋，北京故宫博物院藏

第七章　绝处逢生

图7-1：《伏生授经图》卷（局部），唐，王维（传），日本大阪市立美术馆藏

图7-2：《伏生授经图》轴，明，杜堇，美国纽约大都会艺术博物馆藏

图7-3：《仪礼》简，汉，甘肃省博物馆藏

第八章　命若琴弦

图 8-1：《竹林七贤与荣启期》砖画，南朝，南京博物院藏

图 8-2：《竹林五君图》轴（局部），唐，阎立本（传），台北故宫博物院藏

图 8-3：《高逸图》卷（局部），唐，孙位，上海博物馆藏

图 8-4：《竹林七贤图》卷（局部），北宋，李公麟（传），北京故宫博物院藏

图 8-5：竹雕竹林七贤图香筒，清中期，北京故宫博物院藏

第九章　犹在镜中

图 9-1：永平元年四神纹镜，西晋中期，北京故宫博物院藏

图 9-2：永平元年四神纹镜，西晋中期，北京故宫博物院藏

图 9-3：《女史箴图》卷（局部），东晋，顾恺之（传），英国伦敦大英博物馆藏

图 9-4：《女史箴图》卷（局部），东晋，顾恺之（传），北京故宫博物院藏

图 9-5：八卦十二生肖纹镜，晚唐，北京故宫博物院藏

图 9-6：荣启奇铭三乐纹镜，盛唐，北京故宫博物院藏

图 9-7：花卉纹镜，盛唐，北京故宫博物院藏

图 9-8：打马球纹镜，盛唐，北京故宫博物院藏

图 9-9：凤凰铭弹琴舞凤纹镜，盛唐，北京故宫博物院藏

第十章　铁骑铜鐎
图 10-1：龙首三足鐎斗，六朝，北京故宫博物院藏

第十一章　裘马轻肥
图 11-1：白陶三彩马（局部），唐，北京故宫博物院藏

图 11-2：白陶三彩马，唐，北京故宫博物院藏

图 11-3：白陶三彩马，唐，北京故宫博物院藏

图 11-4：白陶三彩马，唐，北京故宫博物院藏

图 11-5：白陶三彩马，唐，北京故宫博物院藏

图 11-6：白陶三彩胡人骑马狩猎男俑，唐，北京故宫博物院藏

图 11-7：白陶三彩骑马俑，唐，北京故宫博物院藏

图 11-8：《虢国夫人游春图》卷（局部），唐，张萱，辽宁省博物馆藏

图 11-9：骑马女俑，唐，辽宁省旅顺博物馆藏

图 11-10：《照夜白图》卷（局部），唐，美国纽约大都会艺术博物馆藏

第十二章　女性逆袭
图 12-1：陶彩绘女俑，唐，北京故宫博物院藏

图 12-2：女立俑，唐，西安市文物管理委员会藏

图 12-3：《挥扇仕女图》卷（局部），唐，周昉，北京故宫博物院藏

图 12-4：卢舍那大佛（局部），唐，河南洛阳龙门石窟

图 12-5：普贤菩萨像（局部），唐，河南洛阳龙门石窟

图 12-6：彩绘帷帽仕女骑马木俑，唐，新疆维吾尔自治区博物馆藏

图 12-7：唐三彩打马球俑（局部），唐，台北故宫博物院藏

图 12-8：《虢国夫人游春图》卷（局部），唐，张萱，辽宁省博物馆藏

图 12-9：男装仕女俑，唐，西安博物院藏

第十三章 白衣观音

图 13-1：《白衣观音像》页（局部），五代，北京故宫博物院藏

图 13-2：德化窑白釉苟江款观音像（局部），清，北京故宫博物院藏

图 13-3：铜鎏金观音像，北齐，北京故宫博物院藏

图 13-4：木雕彩绘观音像，辽，北京故宫博物院藏

图 13-5：铜鎏金观音像，辽，北京故宫博物院藏

图 13-6：铜鎏金观音像（背视），辽，北京故宫博物院藏

图 13-7：彩绘木雕水月观音菩萨像，辽，美国纽约大都会艺术博物馆藏

第十四章 雨过天晴

图 14-1：《瑞鹤图》卷（局部），北宋，赵佶，辽宁省博物馆藏

图 14-2：汝窑天青釉弦纹樽，北宋，北京故宫博物院藏

图 14-3：汝窑青瓷盘，北宋，台北故宫博物院藏

图 14-4：汝窑青瓷盘，北宋，台北故宫博物院藏

图 14-5：汝窑天青釉莲花式温碗，北宋，台北故宫博物院藏

图 14-6：汝窑天青釉莲花式温碗（局部），北宋，台北故宫博物院藏

图 14-7：汝窑天青釉碗，北宋，北京故宫博物院藏

图 14-8：汝窑天青釉碗（局部），北宋，北京故宫博物院藏

图 14-9：汝窑青瓷水仙盆，北宋，台北故宫博物院藏

图 14-10：汝窑青瓷纸槌瓶（"奉华"铭），北宋，台北故宫博物院藏

图 14-11：《四景山水图》卷（局部），南宋，刘松年，北京故宫博物院藏

第十五章　一把椅子

图 15-1：黄花梨波浪纹围子玫瑰椅，明，英国伦敦私人收藏

图 15-2：紫檀雕夔龙纹玫瑰椅，明，北京故宫博物院藏

图 15-3：《十八学士图》轴（局部），宋，佚名，台北故宫博物院藏

图 15-4：《杏园雅集图》卷（局部），明，谢环，美国纽约大都会艺术博物馆藏

图 15-5：黄花梨仿竹材玫瑰椅（成对），明，私人收藏

图 15-6：黄花梨禅椅，明，意大利帕多瓦（Padova）霍艾博士（Ignazio Vok）收藏

第十六章　天朝衣冠

图 16-1：明黄色绸绣葡萄夹氅衣，清，北京故宫博物院藏

第十七章　踏雪寻梅

图 17-1：剔红"张敏德造"赏花图圆盒，元，北京故宫博物院藏

图 17-2：剔红水仙纹圆盘，明，北京故宫博物院藏

图 17-3：剔红双层牡丹纹圆盘，明，北京故宫博物院藏

图 17-4：剔红梅花纹笔筒，明，北京故宫博物院藏

图 17-5：红地描黑漆诗句碗，清，北京故宫博物院藏

第十八章　回到源头

图 18-1：白玉螭纽"学诗堂"玺，清，北京故宫博物院藏

图 18-2：《豳风图》卷之《七月》（局部），南宋，马和之，北京故宫博物院藏

图 18-3：《豳风图》卷之《九罭》（局部），南宋，马和之，北京故宫博物院藏

图 18-4：《田畯醉归图》卷（局部），南宋，刘履中，北京故宫博物院藏

注　释

自序　故宫沙砾

[1]《古物陈列所章程》，原载北平古物陈列所编：《古物陈列所二十周年纪念专刊》，转引自吴十洲：《故宫涅槃——从皇宫到故宫博物院》，第93页，北京：社会科学文献出版社，2018年版。

[2] 李敬泽：《小春秋》，第1页，北京：新星出版社，2010年版。

[3] 孙机：《从历史中醒来——孙机谈中国古文物》，第445页，北京：生活·读书·新知三联书店，2016年版。

第一章　国家艺术

[1] 李泽厚：《美的历程》，第33页，北京：生活·读书·新知三联书店，2009年版。

[2]《墨子》说，"九鼎"不是夏禹所造，而是夏禹的儿子、夏朝第二代王夏后启命蜚廉采金（铜）于山川，在昆吾（今河南濮阳）地方

铸成了"九鼎"。但无论怎样，诸多文献都证实了"九鼎"的存在，而且其年代也在夏代前期，即公元前21世纪。"二里头文化"考古，已出土了大量夏代青铜器，证明青铜器铸造在夏代已成为一种成熟的技术和艺术，从而证明了夏代完全具备铸造"九鼎"的条件，文献中的"九鼎"，应当并非出自古人的凭空杜撰。

[3] 有关夏禹铸鼎的传说，见《左传·宣公三年》《史记·楚世家》《战国策·周策》《论衡·儒增篇》《拾遗记》《太平御览》《蜀中名胜记》等文献。

[4] [美]张光直：《美术、神话与祭祀》，第98—99页，北京：生活·读书·新知三联书店，2013年版。

[5]《古本竹书纪年》记载："自盘庚陟殷至纣之灭，二百七十三年，更不徙都。"转引自[美]张光直：《商文明》，第69页注释，北京：生活·读书·新知三联书店，2013年版。

[6]〔西汉〕司马迁：《史记》，第79页，北京：中华书局，2000年版。

[7] 参见陈梦家：《商代的神话与巫术》，原载《燕京学报》，1936年第20期。

[8] [美]张光直：《中国青铜时代》，第65页，北京：生活·读书·新知三联书店，2013年版。

[9]〔春秋〕左丘明：《左传》，第170页，郑州：中州古籍出版社，2010年版。

[10]〔西汉〕刘向:《战国策》,上册,第 87 页,北京:中华书局,2012 年版。

[11] 今江苏省徐州市。

[12]〔北宋〕司马光:《资治通鉴》,第一册,第 80 页,北京:中华书局,2007 年版。

第二章　酒神精神

[1] 参见孙机:《中国古代物质文化》,第 39 页,北京:中华书局,2014 年版。

[2] [英]杰西卡·罗森:《祖先与永恒——杰西卡·罗森中国考古艺术文集》,第 63 页,北京:生活·读书·新知三联书店,2011 年版。

[3] 同上书,第 25—28 页。

[4] 王文锦译解:《礼记译解》,上册,第 409 页,北京:中华书局,2001 年版。

[5]〔春秋〕左丘明:《左传》,第 142 页,北京:中华书局,2007 年版。

[6] 陕西周原考古队:《陕西扶风庄白一号西周青铜器窖藏发掘简报》,原载《文物》,1978 年第 3 期。

第三章　动物妖娆

[1] 王国维:《殷周制度论》,见《王国维文集》,第四卷,第 42 页,

北京：中国文史出版社，1997年版。

[2] 宗白华：《美学散步》（插图典藏本），第38页，上海：上海人民出版社，2015年版。

[3] 故宫博物院编：《故宫青铜器馆》，第100页，北京：故宫出版社，2012年版。

[4] 同上书，第97页。

第四章　人的世界

[1] 转引自[美]巫鸿：《中国古代艺术与建筑中的"纪念碑性"》，第75页，上海：上海人民出版社，2009年版。

[2] 同上书，第92页。

[3] [英]迈克尔·苏立文：《中国艺术史》，第70页，上海：上海人民出版社，2014年版。

[4] 郭沫若：《郭沫若全集·考古编》，第四卷，第99—100页，北京：科学出版社，2002年版。

第五章　巨像缺席

[1] [美]巫鸿：《中国古代建筑与艺术中的"纪念碑性"》，第2页，上海：上海人民出版社，2009年版。

[2] [美]雷德侯：《万物——中国艺术中的模件化和规模化生产》，

第 104 页，北京：生活·读书·新知三联书店，2005 年版。

[3]［美］巫鸿：《中国古代建筑与艺术中的"纪念碑性"》，第 146 页，上海：上海人民出版社，2009 年版。

[4] 蒋勋：《美的沉思》，第 47 页，长沙：湖南美术出版社，2014 年版。

[5]〔西汉〕司马迁：《史记》，第 188 页，北京：中华书局，2000 年版。

[6]［美］巫鸿：《礼仪中的美术——巫鸿中国古代美术史文编》，下卷，第 595 页，北京：生活·读书·新知三联书店，2005 年版。

[7]〔战国〕《荀子》，第 315 页，北京：中华书局，2011 年版。

[8]［英］杰西卡·罗森：《祖先与永恒——杰西卡·罗森中国考古艺术文集》，第 230 页，北京：生活·读书·新知三联书店，2011 年版。

[9] 同上书，第 22 页。

第六章　案头仙境

[1] 详见拙著《盛世的疼痛——中国历史中的蝴蝶效应》中《汉匈之战》一文，北京：东方出版社，2013 年版。

[2] "此器齐桓公十年陈于柏寝。"见〔西汉〕司马迁：《史记》，第 319 页，北京：中华书局，2000 年版。

[3] "以少君为神，数百岁人也。"见〔西汉〕司马迁：《史记》，第 319 页，北京：中华书局，2000 年版。

[4]［美］巫鸿：《中国古代艺术与建筑中的"纪念碑性"》，第 220 页，

上海：上海人民出版社，2009年版。

[5] 参见[美]巫鸿:《时空中的美术——巫鸿中国美术史文编二集》，第135页，北京：生活·读书·新知三联书店，2009年版。

[6] 扬之水:《香识》，第3页，北京：人民美术出版社，2014年版。

[7] 孙机:《汉代物质文化资料图说》，第360—361页，北京：文物出版社，1991年版。

[8] 至少在商代已有铜镜出现，20世纪30年代，殷墟就曾出土过一面铜镜（照片见陈梦家:《殷代铜器》，图版十二，图16，《考古学报》第七册），梁思永先生当时认为是镜，但由于是孤例，没有得到普遍的承认。1976年，在殷墟小屯五号墓即妇好墓里发现了四面铜镜，才把商代有镜这一事实肯定下来。见李学勤:《中国青铜器概说》，第115页，北京：外文出版社，1995年版。

[9] 〔唐〕李白:《杨叛儿》，见《李太白全集》，上册，第198页，北京：中华书局，2011年版。

第七章　绝处逢生

[1] 汉以后才称《尚书》。关于"尚"的意思，一般有两种解释：一，"上古"，所谓"尚书"，就是"上古之书"；二，"君上"，所谓"尚书"，就是"记录君上言行之书"。王充在《论衡·正说篇》中说："《尚书》者，上古帝王之书。或以为上所为，下所书，故谓之《尚书》。"

[2]《尚书·梓材》:"皇天既付中国民越厥疆土于先王,肆王惟德用,和怿先后迷民。"意思是说:上天既然把中国的臣民和疆土托付给先王,现在国王只有推行德政,殷商遗民中的顽固分子,才会陆陆续续、心悦诚服地服从于我们的统治。见《尚书》,第213页,北京:中华书局,2012年版。此处"中国"范围所指,仅仅是周人对自己所居关中、河洛地区而已。至春秋时,"中国"之含义逐渐扩展到包括各大小诸侯国在内的黄河中下游地区。而后,又随着各诸侯国疆域的展拓,"中国"亦不断向周边延伸,而最终成为当今雄踞东方的泱泱大国之名。

[3] 关于此画真伪,专家评说不一,国内鉴定界持否定态度者较多,但在年代上接近王维的时代。

[4]〔西汉〕司马迁:《报任安书》,见《古文观止》,上册,第352页,北京:中华书局,2011年版。

[5] 关于故宫博物院收藏甲骨总数,20世纪60年代调查粗估有22463片,占世界现存殷墟甲骨总数的18%,仅次于国家图书馆(34512片)和台湾历史语言研究所(25836片),属于世界第三大甲骨收藏单位。这些收藏绝大部分没有整理出版。

[6] 蒋勋:《汉字书法之美》,第68页,桂林:广西师范大学出版社,2009年版。

[7] 李敬泽:《小春秋》,第99页,北京:新星出版社,2010年版。

[8] 今陕西咸阳东。

[9] [英]迈克尔·苏立文：《中国艺术史》，第72页，上海：上海人民出版社，2014年版。

[10] 刘跃进：《雄风振采——中华文学通览·汉代卷》，第6页，北京：中华书局，1997年版。

第八章　命若琴弦

[1] 〔南朝宋〕刘义庆：《世说新语》，第276页，郑州：中州古籍出版社，2008年版。

[2] 同上。

[3] 同上书，第279页。

[4] 同上书，第282页。

[5] 同上书，第283页。

[6] 〔魏〕曹植：《洛神赋》，见《魏晋南北朝文》，第30页，石家庄：河北教育出版社，2001年版。

[7] 〔唐〕房玄龄等撰：《晋书》，第906页，北京：中华书局，2000年版。

[8] 〔南朝宋〕刘义庆：《世说新语》，第276页，郑州：中州古籍出版社，2008年版。

[9] [英]迈克尔·苏立文：《中国艺术史》，第137页，上海：上海人民出版社，2014年版。

[10] [英]柯律格：《中国艺术》，第33页，上海：上海人民出版社，

2013年版。

[11] 张节末:《狂与逸》,第36页,北京:东方出版社,1995年版。

[12] 李敬泽:《小春秋》,第122页,北京:新星出版社,2010年版。

[13] 〔魏〕曹丕:《典论·论文》。

[14] [日] 金文京:《三国志的世界——后汉三国时代》,第283页,桂林:广西师范大学出版社,2014年版。

[15] 今河南省焦作修武县。

[16] 李泽厚:《美的历程》,第109页,北京:生活·读书·新知三联书店,2009年版。

[17] 〔唐〕房玄龄等撰:《晋书》,第909页,北京:中华书局,2000年版。

[18] 〔南朝宋〕刘义庆:《世说新语》,第275页,郑州:中州古籍出版社,2008年版。

[19] 同上书,第276页。

第九章　犹在镜中

[1] 〔唐〕房玄龄等撰:《晋书》,第622页,北京:中华书局,2000年版。

[2] 〔清〕纳兰性德:《减字木兰花》,见《纳兰词》,第128页,沈阳:万卷出版公司,2012年版。

[3]〔唐〕房玄龄等撰：《晋书》，第628页，北京：中华书局，2000年版。

[4]同上书，第628—329页。

[5]〔北宋〕司马光：《资治通鉴》，第二册，第969页，北京：中华书局，2007年版。

[6]〔唐〕房玄龄等撰：《晋书》，第701页，北京：中华书局，2000年版。

[7]〔北宋〕欧阳修、宋祁撰：《新唐书》，第3122页，北京：中华书局，2000年版。

[8]〔北宋〕司马光：《资治通鉴》，第二册，第977页，北京：中华书局，2007年版。

第十章　铁骑铜鐎

[1]〔西汉〕司马迁：《史记》，第2198页，北京：中华书局，2000年版。

[2]〔唐〕李商隐：《咏史》，见《唐诗选》，下册，第301—302页，北京：中华书局，1978年版。

[3]〔东汉〕曹操：《蒿里行》，见朱东润主编：《中国历史文学作品选》，上编第二册，第234页，上海：上海古籍出版社，1979年版。

[4]［美］黄仁宇：《中国大历史》，第92页，北京：生活·读书·新知三联书店，1997年版。

[5]比如本内特（Judith M. Bennett）、霍利斯特（C. Warren Hollister）所著《欧洲中世纪史》，是欧洲中世纪史研究方面的经典著作，

为美国数百所高校采用作为教材,上海社会科学院出版社 2007 年出版中译本。

[6] 王文锦:《礼记译解》,第 299 页,北京:中华书局,2001 年版。

[7] 〔战国〕孟子:《孟子》,第 215 页,北京:中华书局,2010 年版。

[8] 〔东汉〕曹操:《苦寒行》,见朱东润主编:《中国历史文学作品选》,上编第二册,第 237 页,上海:上海古籍出版社,1979 年版。

[9] 〔明〕罗贯中:《三国演义》,第 412 页,北京:人民文学出版社,1973 年版。

[10] 〔北朝〕佚名:《木兰诗》,见朱东润主编:《中国历史文学作品选》,上编第二册,第 392 页,上海:上海古籍出版社,1979 年版。

[11] 许倬云:《说中国》,第 103 页,桂林:广西师范大学出版社,2015 年版。

[12] 蒋勋:《美的沉思》,第 152 页,长沙:湖南美术出版社,2014 年版。

[13] 参见高洪雷:《另一半中国史》,第 82 页,北京:文化艺术出版社,2010 年版。

第十一章　裘马轻肥

[1] 参见〔西汉〕班固:《汉书》,第 2870 页,北京:中华书局,2000 年版。

[2]〔西汉〕司马迁:《史记》,第1039页,北京:中华书局,2000年版。

[3]〔唐〕李白:《天马歌》,见《李太白全集》,上册,第165页,北京:中华书局,2011年版。

[4][美]陆威仪:《世界性的帝国:唐朝》,第145页,北京:中信出版社,2016年版。

[5][英]迈克尔·苏立文:《中国艺术史》,第143页,上海:上海人民出版社,2014年版。

[6]唐三彩中也有奔马俑,但极为罕见。据现有资料显示,国内馆藏三彩器中挂蓝釉腾空骑马俑仅此一件,国外尚未发现有类似的三彩马俑。

[7]蒋勋:《美的沉思》,第158页,长沙:湖南美术出版社,2014年版。

[8]〔北宋〕欧阳修、宋祁撰:《新唐书》,第877页,北京:中华书局,2000年版。

[9]〔唐〕李白:《将进酒》,见《李太白全集》,上册,第160页,北京:中华书局,2011年版。

[10]赵梅:《李白〈将进酒〉中的"五花马"可能是唐代于阗马》,来源:亚心网,2016年10月19日。

[11]蒋勋:《美的沉思》,第158页,长沙:湖南美术出版社,2014年版。

[12]也有例外,比如曹霸,就喜画瘦马,所以,杜甫说他的马"锋棱瘦骨成"。

[13]〔后晋〕刘昫等撰:《旧唐书》,第1468—1469页,北京:中华书局,2000年版。

[14]〔唐〕杜甫:《丽人行》,见《唐诗选》,上册,第228页,北京:中华书局,1978年版。

第十二章　女性逆袭

[1]〔唐〕杜甫:《丽人行》,见《唐诗选》,上册,第228页,北京:中华书局,1978年版。

[2] [英]迈克尔·苏立文:《中国艺术史》,第172—173页,上海:上海人民出版社,2014年版。

[3] 今四川省广元市。一说生于长安(今陕西省西安市)。

[4] [日]气贺泽保规:《绚烂的世界帝国:隋唐时代》,第91页,桂林:广西师范大学出版社,2014年版。

[5] 同上书,第199—200页。

[6]〔后晋〕刘昫等撰:《旧唐书》,第1331页,北京:中华书局,2000年版。

[7] [日]气贺泽保规:《绚烂的世界帝国:隋唐时代》,第199—200页,桂林:广西师范大学出版社,2014年版。

[8] 故宫博物院美术史专家余辉先生认为,右起第五人是虢国夫人,前三骑为导骑,在虢国夫人周边形成半月形的四人护骑,而虢国夫人,

正处于她们的中心。参见余辉：《画马五千年》，第65页，上海：上海书画出版社，2014年版。

[9]〔清〕曹雪芹著、无名氏续：《红楼梦》，下册，第877页，北京：人民文学出版社，2008年版。

[10]〔唐〕骆宾王：《为徐敬业讨武曌檄》，见《古文观止》，下册，第497页，北京：中华书局，2011年版。

第十三章 白衣观音

[1]《人事去何许，唯有轻别》，见《物色》公众号。

[2] 扬之水：《宋代花瓶》，第1页，北京：人民美术出版社，2014年版。

[3] 只有前秦可以算一个，因为这个在公元4世纪建立的王朝，盛时疆域东至大海，西抵葱岭，南控江淮，北极大漠，首都在长安，可惜，只存在了四十二年，就被后秦所灭。

[4] 对观音的记录，在公元3世纪曹魏时代就有康僧铠译《佛说无量寿经》。

[5]"光世音"即观世音。观世音是鸠摩罗什的旧译，玄奘新译为观自在，中国每略称为观音。在北魏、东魏、北齐、隋朝造像中，称观世音、观音者皆有，但称观世音者远远多于称观音者，初唐以后情况反过来，称观音者要多于称观世音者。这可能是民间的一种简化，也可能是唐太宗李世民死后，唐高宗李治为避其父之讳而改称观音。

[6] 七难是:火、水、风、刀杖、鬼、枷锁、怨贼,三毒是:贪、瞋、痴。

[7] 蒋勋:《美的沉思》,第127页,长沙:湖南美术出版社,2014年版。

[8] 北魏是鲜卑人拓跋氏于公元386年建立的王朝,公元534年,北魏分裂为东魏与西魏。后来东魏被北齐取代,西魏被北周取代。许倬云说:"北齐的高氏,就是从河北搬到北方去的汉人,后来却完全以胡人的姿态出现。""北齐、北周的六镇集团,本身就是胡汉混杂的军阀"。见许倬云:《大国霸业的兴废》,第26—27页,杭州:浙江人民出版社,2016年版。

[9] 身体扁平、唇上留有胡须的菩萨像此时仍然存在。

[10] 五代是指907年唐朝灭亡后依次更替的位于中原地区的五个政权,即后梁、后唐、后晋、后汉与后周。而在中原地区之外存在过许多割据政权,其中前蜀、后蜀、吴、南唐、吴越、闽、楚、南汉、南平(荆南)、北汉等十余个割据政权被《新五代史》及后世史学家统称十国。

[11] 宣和四年(公元1122年),宋金订立"海上之盟",约定联合灭辽后,金归还宋燕云十六州。于是北宋预置了燕山府路和云中府路。金太祖完颜阿骨打把辽末代皇帝天祚帝赶到燕山以西之后,于1123年把太行山(后明在此建内长城)以南的燕京、涿州、易州、檀州、顺州、景州、蓟州如约归还。但阿骨打死后,金以张觉事变为由伐宋。宣和七年(公元1125年),金兵又占领燕京地区。1127年,金灭北宋。

1153年，金朝皇帝完颜亮再扩建燕京为金中都，定为首都。

[12]［美］威尔·杜兰特：《东方的遗产》，第316页，北京：华夏出版社，2010年版。

[13] 李敬泽：《行动：三故事》，见《青鸟故事集》，第307页，南京：译林出版社，2017年版。

[14] 故宫博物院编：《故宫观音图典》，第52页，北京：故宫出版社，2012年版。

第十四章 雨过天晴

[1] 韦羲：《照夜白——山水、折叠、循环、拼贴、时空的诗学》，第219页，北京：台海出版社，2017年版。

[2] 同上书，第189页。

[3] 一说为五代后周柴世宗所说。

[4] 韦羲：《照夜白——山水、折叠、循环、拼贴、时空的诗学》，第346页，北京：台海出版社，2017年版。

[5] 蒋勋：《美的沉思》，第200页，长沙：湖南美术出版社，2014年版。

[6]〔金〕赵秉文：《汝瓷酒樽》，见《闲闲老人滏水文集》，卷六，第84页，北京：中华书局，1985年版。故宫博物院考古研究所徐华烽先生认为，此诗可能描写的是钧瓷，因为钧瓷曾经处于仿汝阶段，加之史料中对钧瓷的记载不多，钧瓷的知名度不高，因此出现"钧汝不分"

的状况,参见徐华烽:《钧窑概念的形成及其产品时代辨析》,原载《故宫博物院院刊》,2017年第3期。

[7]"秘色"一词最早出现在晚唐诗人陆龟蒙的诗句中。"九秋风露越窑开,夺得千峰翠色来。好向中宵盛沆瀣,共嵇中散斗遗杯"。中晚唐诗人陆龟蒙,在其所著《甫里集》中以他的《秘色越器》七绝诗,抒发了诗人对越窑秘色瓷器的赞美之情,此为"秘色"之名的滥觞。古代文献中,关于"秘色"之意,说法各异,不一而足。1987年,考古人员打开陕西扶风法门寺佛塔地宫之门的时候,意外地发现在地宫的衣物碑上,竟然刻有"瓷秘色碗七口,瓷秘色盘、叠(碟)子共六枚"的记录,从碑文可见这十三件秘色瓷器为唐懿宗于咸通十五年所赐。名物相互印证,使人们终于从唐人诗句关于秘色的朦胧意象中脱离出来,看到了真实的秘色瓷器。地宫中秘色瓷的发现,终于使人们得以拨开迷雾,第一次看到了唐代秘色瓷确凿无疑的实物证据,参见闻长庆、闻果立:《越窑秘色瓷研究》,原文链接:http://www.dfgms.com/viewthread.php?tid=69157。

[8] 李民举先生较早关注这一细节,参见李民举:《元汝官窑问题之我见》,原载《鸿禧文物》,1996年创刊号。

[9] 吕成龙:《认识汝窑》,原载《紫禁城》,2015年11月号。

[10] 冀勤:《朱淑真集注》,第272页,北京:中华书局,2008年版。

[11]〔明〕高濂:《遵生八笺》,卷十四,转引自吕成龙:《认识汝窑》,

原载《紫禁城》，2015年11月号。

[12] 郑骞：《宋代在中国文化史上的地位》，转引自扬之水：《宋代花瓶》，第32页，北京：人民美术出版社，2014年版。

[13]〔元〕脱脱等撰：《宋史》，第3035页，北京：中华书局，2000年版。

[14] 根据河南省考古研究所统计，目前已知传世汝窑瓷器为77件，另据日本大阪市立东洋陶瓷馆2009年《传世汝窑青瓷一览》统计，世界范围内收藏的传世汝窑共74件。吕成龙《认识汝窑》一文统计，故宫博物院藏有20件，台北故宫藏21件。见蔡毅：《故宫旧藏看汝窑》、吕成龙：《认识汝窑》，均原载《紫禁城》，2015年11月号。

第十五章 一把椅子

[1] 徐累：《褶折》，见祝勇主编：《中国好文章——你不能错过的白话文》，第313页，北京：现代出版社，2016年版。

[2] 参见王世襄：《明式家具研究》，第46页，北京：生活·读书·新知三联书店，2007年版。

[3] 同上。

[4] 同上。

[5]〔春秋〕老子：《老子》，第98页，郑州：中州古籍出版社，2008年版。

[6]〔春秋〕孔子:《论语》,见《论语·大学·中庸》,第15页,北京:中华书局,2011年版。

[7]〔明〕文震亨:《长物志》,见《长物志·考槃馀事》,第22页,杭州:浙江人民美术出版社,2011年版。

[8]同上书,第21页。

第十六章　天朝衣冠

[1]《大清会典》,卷二九。

[2]祝勇:《故宫的隐秘角落》,第73—74页,北京:中信出版集团,2016年版。

[3]同上书,第74—75页。

[4]蒋勋:《微尘众——红楼梦小人物3》,第44—45页,北京:中信出版社,2015年版。

[5]故宫博物院编:《天朝衣冠——故宫博物院藏清代宫廷服饰精品展》,第7页,北京:紫禁城出版社,2008年版。

[6]清代宫廷便服主要有:紧身、马褂、衬衣、氅衣、大褂襕、套裤、裤子、便袍、便鞋、旗鞋、瓜皮帽、头簪、大拉翅等。

[7]故宫博物院编:《天朝衣冠——故宫博物院藏清代宫廷服饰精品展》,第6页,北京:紫禁城出版社,2008年版。

[8]许倬云:《说中国——一个不断变化的复杂共同体》,第192—

193 页，桂林：广西师范大学出版社，2015 年版。

[9] 同上书，第 199 页。

[10] 北起自外兴安岭以南，东北至北海，东含库页岛，西至巴尔喀什湖以东，继承了 1758 年准噶尔汗国的边界，形成了空前"大一统"的多民族国家，即使晚清割让了许多领土，但它留给中华民国和中华人民共和国的国土遗产，仍然比除元朝以外的任何朝代都大。

[11] 乾隆五十五年（公元 1790 年），帝国人口突破 3 亿。

[12] 康乾盛世之后，中国的国内生产总值恢复到世界的三分之一，美国学者肯尼迪在《大国的兴衰》一书中指出，当时中国的工业产量，占世界的 32%。

[13] 学术界一般认为，旗袍是从清代旗女的袍服直接发展而来，如周锡保先生《中国古代服饰史》即持这种观点。故宫博物院认为："它（氅衣）是由早期的旗袍演变而来，是旗袍的一种，也有人称之为旗袍。"见宗凤英:《清代宫廷服饰》，第 170 页，北京:紫禁城出版社，2004 年版。但对于旗袍的概念、起源在学术界尚有争议，在此不一一详述。

第十七章　踏雪寻梅

[1] 故宫博物院收藏的各代漆器中，战国、汉代漆器六十余件，元代漆器十七件，明晚期官造漆器三百件左右，清代官造漆器逾一万件。据郑欣淼：《天府永藏——两岸故宫博物院文物藏品概述》，第 205 页，

北京：紫禁城出版社，2008年版。

[2]〔北宋〕曹组：《临江仙》，见《全宋词》，第二册，第1040页，北京：中华书局，1999年版。

[3]〔明〕高濂：《燕闲清赏笺》，转引自故宫博物院编：《故宫漆器图典》，第12页，北京：故宫出版社，2012年版。

[4] [日]大村西崖：《东洋美术史》，转引自故宫博物院编：《故宫漆器图典》，第13页，北京：故宫出版社，2012年版。

[5]〔清〕曹雪芹著、无名氏续：《红楼梦》，上册，第663页，北京：人民文学出版社，2008年版。

[6] 见〔明〕文震亨、屠隆：《长物志·考槃馀事》，第36页，杭州：浙江人民美术出版社，2011年版。

[7]〔清〕曹雪芹著、无名氏续：《红楼梦》，上册，第555页，北京：人民文学出版社，2008年版。

[8] 中国早期瓷器出现大约在公元前16世纪的商代中期，因其无论在胎体上，还是在釉层的烧制工艺上都尚显粗糙，烧制温度也较低，表现出原始性和过渡性，所以一般称其为"原始瓷"。

[9] [美]威尔·杜兰特：《东方的遗产》，第540页，北京：华夏出版社，2010年版。

[10] 参见[英]迈克尔·苏立文：《中国艺术史》，第263页，上海：上海人民出版社，2014年版。

第十八章　回到源头

[1] 扬之水：《马和之诗经图》，见《物中看画》，第46页，北京：金城出版社，2012年版。

[2] 同上。

[3] 同上书，第62页。

[4] 〔春秋〕孔子：《论语》，见陈晓芬、徐儒宗译注：《论语·大学·中庸》，第32页，北京：中华书局，2011年版。

[5] 〔春秋〕老子：《老子》，第61页，郑州：中州古籍出版社，2008年版。

[6] "至德之世，不尚贤，不使能；上如标枝，民如野鹿；端正而不知以为义，相爱而不知以为仁，实而不知以为忠，当而不知以为信，蠢动而相使，不以为赐。是故行而无迹，事而无传。"见〔春秋〕庄子：《庄子》，第198页，北京：中华书局，2010年版。

[7] 〔元〕赵孟頫：《松雪论画》，见俞剑华编：《中国古代画论类编》，上册，第92页，北京：人民美术出版社，2014年版。

[8] 石守谦：《〈洛神赋图〉：一个传统的形塑与发展》，见邹清泉主编：《顾恺之研究文选》，第97页，上海：上海三联书店，2011年版。

祝勇故宫系列

The Beauty of
Antiquities in the
Palace Museum